施立松/著

SHI LI SONG

山水间

SHAN SHUI JIAN

百花洲文艺出版社

序

施立松的文字山水

王剑冰

一

“金黄的色块，浓烈地描抹，一点也不懂赋比兴的手法，不懂得起承转合，那么直白，又浓墨重彩，简直就像一个口直心快的孩子，迫不及待不管不顾地大声叫嚷着，春天了春天了。”

我引的这段话，不是我的，是施立松散文《西递春色》中的话语。这些话语没有多少艳丽浮华，却亲切自然，感情浓郁。立松笔下的西递，何止是感染了立松本人，而是感染了所有读者。

你再看她的《宏村听雨》：“雨是宏村的一把琴，春风如素手，指尖轻触，皓腕微扬，便有急一阵慢一阵的曲调，在宏村曲曲折折的巷弄里，在高高低低的粉墙黛瓦上，在幽幽暗暗的厅堂厢房中，在古艳和新绿间，铮铮琮琮，婉婉转转。”写得这般灵动异然，神采飞扬，直把宏村的雨渲染成一场音乐会。

若果这些都是旁观的话，那么你看她的《梅雨潭》：“我不该再走近你。如果我不能巧笑嫣然向你，如果我只能为你远远的跫音魂消魄落，为你盈盈的秋水形销骨立，为你曼舞的身姿衣带渐宽。我不该再走近你，不该让你看到我发梢鬓角沾染着的幽怨与潮湿，不该让你看到我眉心上浸沁着的无助和哀愁。我只该挽住你的相思，流窜在茫茫的人海；我只该握住你手心的温度，度一夕又一夕的寒凉；我只该在凡尘中向你不时地张望，我只该在黎明前向你说一回相思的梦呓。”这哪是对着一潭碧水直言，简直就是跟一个有情人在倾诉。

还没有翻看几篇，我即刻想看施立松全部的文字了，好在她要为自己的一部游记结集。立松喜欢旅游，喜欢在游中留下记忆，而这个记忆又是多么的自我，这种自我，实际上是将温软的内心随着一块游一起品，而后又一块藏了。

二

施立松文字涉及的地方，有些是我去过的，有些是我没有到过的，而多数是我不曾写过的。于是我有了一次畅游的机会。我从急管繁弦或古韵清幽的宏村雨开始读起，等我品完了明眸轻漾、水袖轻扬、“不云自悠卷，不雨自缠绵”的梅雨潭，又离开了“给你一份闲适悠然，让你微微沉醉”的朔门街，我开始写这篇感受。

我喜欢《桂雨满垅香满径》《念念风荷》《17° 的诗意》，喜欢《秋逢钱江源》《普陀，佛国的莲花》《在雨声里沉醉或醒来》，还喜欢《与天籁闲闲对答》《醉吹横笛坐榕阴》《抚仙湖：高山上一颗清澈的眼泪》，光看这些文章的题目，就知道必有一种韵味在其中了。一篇篇读来，感觉这是一个极力享受着文学春天的使者，她不断地挥洒着自己热情奔放的灵感和智慧，不断地传递着新鲜的、透明的、温暖的文字的气息，让人们感知着由她带来的清雅、活泛和馥郁。你看她的文字：“春天，那么近，伸伸手，就能握一把在掌心里。”（《春游大均溪》）“在心的回廊，时不时地开一扇窗，让春光来沉醉，让明月来狂欢。”（《丽江桃源梦》）“灿如烟海的金黄，仿佛所有的阳光，都被汇聚凝固成一望无际的绸缎。”（《去仙居看油菜花》）“从秋天的第一场雨后，我就开始编织等待的风铃。树梢飘落的黄叶，林间跌落的蝉鸣，草地上的霜降，瓦楞间的雪花，都被我织进风铃，我要站在立春的门槛上，把风铃高高挂起。”（《立春》）这些句子，有的意境深远，想象超拔，有的比喻贴切，拟人形象。

善于描写，这是一个作家的能力的体现。好的描写会让人读出感情、内心，会引发超出描写对象的美感和意义。施立松常常使用素描的笔法，一点点画出景物的本质，她或也会用写意的手段，夸张地表明一种感觉，总之她运用得十分灵活，不拘泥于文字和事物本身，让我们感觉，一忽是那件描写的事物，一忽是那件事物上作家的心灵。即便是很小的题材，很小的抒发，立松也认真得毫不潦草。

《未琢的天真》，写她陪着母亲去庙里烧香。庙小得没有名字，要乘车，下车再步行才能到。与母亲相互搀扶着，在山海都未醒时出发，一路上野草鲜花葳蕤绽放，还有一只鲁莽的小蚱蜢跳进视线，也就有了小时的儿歌，那儿歌连八十岁的母亲都会。而后是晒满紫菜的成片的竹匾，山海人家袅袅的炊烟，打鸣的公鸡和吼叫的小狗，嘎嘎摇摆的鸭子。而母亲一路走来，竟然认识那么多的人，不时地打着招呼。立松将这些都写得很细腻。写到母亲拜着佛，仍然浓墨重彩地描画出庙前波澜壮阔的海景，最后亮出一句："忽然明白母亲为何舍近求远、不厌其烦地一次次来。这小村小庙的幽美，全在这一片未凿的天真里。"文章展现的不仅是海岛的美，还有信佛的母亲心里那片阔达的天地。

《秋访西溪》，也就是篇千字文，一处小景，铺排展现得却是那般宏大的意象，像一幅画，轻锋重笔都生力，粗条细线尽相宜。众多的港汊，鳞状的鱼塘、成群的鲳条鱼、凫泛的鸭子，这是水上的；疏落的芦花、凋零殆尽的柿树、百年老樟树、寂寞的石碑，这是地上的；还有人，穿印染花布衣裳上茶的小妹、手里纳着鞋底儿却不停打着瞌睡的老妇人、嘻嘻哈哈照相的年轻人，正在捣年糕的女人和小伙儿。使这些纷繁的画面灵动起来的，是云烟，阳光和思想。

随便打开一篇文章，你都会找到你的自信。这自信源于对施立松散文的逐渐了解。在立松的文字中，你几乎感觉不到任何的晦暗和忧郁，即使是有那么几句关于怅惘心绪的，也即刻被迷人的景象所替代。阅读中也感觉不到任何的鄙言累句与磕绊佶屈，就像一股沾满阳光的轻盈的风，在山野间吹。

这样的女子该着是属于文字的，而反过来说，这样的文字该着是属于这样的女子的。她同样精明，敏捷，她的感觉很浅，感想很灵，感知度却很深，她对任何事物都怀有一种热情，这是文学所必需的。而施立松原来是一位医学工作者，就像鲁迅，骨子里是文学，先前熏染的味道却是来苏。这之间有什么相通的吗？要说相通，或许就是净洁、细致、认真，对所接触的敏感、上心。

施立松从小生活在岛上，她有不少文字是为洞头写的，如《行走洞头》《海岛的雪》《未琢的天真》《积水沧浪一望中》，还有《海岛之秋》《在鲳鱼礁，抵达梦中的故乡》《二上鸟岛》《海外桃源别有天》等，这些散文写海岛的景象，海岛的生活，海岛的变化，显出别样也见出真情，突出了洞头的美丽。可见她对家乡的热爱。从文字里知道，她的祖辈和父辈都是打鱼人出身，爷爷和他的白底船还被征用支援过解放舟山的大军，并且荣立了二等和三等功。施立松是实实在在的渔家后代，她的身上有着渔家人的豪爽、坚韧和质朴的性情，作为渔家女儿，当然又多了一种灵秀和聪慧。从立松诸多的散文中可以看出，她是喜欢水的，收在这个集子里“沾”水的文章就有二十五六篇。大概与她的生活有关，凡临水者，怕都沾了水的灵气，何况立松临的是大海呢？

三

我一直认为，游记或者说地理散文是难写的，由此我始终对其有一种敬畏和排斥，不是非得要写，不敢轻易动手。施立松或是知难而进了，似乎是她每到一地都能顺手写出关于那个地方的文字。就像一个能力很强的裁缝，很自信地对一块料子下手，而且必然是刀刀合缝，剪剪得体。好的裁缝实际上也是出色的设计师，他不仅会突出你突出的优点，而且会发现你隐性的优点，所有张扬和点缀都不动声色般自然。即使是皱褶和暗部，也使绽放出绝好的透视效果。而这些绝对是要带入个人感情的，绝对是富于激情之中的。不可想象没有激情的作品会释放出生动的光泽。以前遇到有人请书法家写字，书法家说现在没有情绪，改天写了送你。当时不解，写个中国字也要情绪吗？等我后来练字时，才懂得这个必须以经验才能懂得的道理。

那么，施立松一定是处在一个情绪高昂期，似一口气写出了这许多作品。这些作品总是人在景中，景在情中，情景中的人一刻都没闲着，总是扯动着你的视线，你知道她此刻在看什么，想什么，说什么，而那些看，那些想，那些说又是那么与众不同，充满着童心般的率真与奇想，佛心般的宽广与深沉。

和同伴去白迭，一个海岛小渔村，在立松的眼里和心里，也带有着感情色彩，一切都是那么自然、亲切，语言就有了这种自然和亲切感。她说“杜鹃在山岗放了一把火，把漫山遍野燃烧得春意勃勃”；她说“挂念着那海，便起身往海边去”；她说“我们能做的，只有在它还没有消失的时候，去亲近它，珍惜它，去见证它的存在和美好”。她是完全地融入了大自然之中，享受、沉浸、缠绵的过程是毫不吝惜的语言的凝情。

生活不能一味地少女般烂漫，每个人都会遇到这样那样的挫折坎坷，施立松也会有某种不快，你看她的《仙渡桃花会》：“那一年春天，生活遭遇突如其来的变故，受伤的心只想远远地走开，到陌生的地方，像受伤的兽，独自舔舐伤口。就这样，没头没脑地，来到仙渡。”可贵的是，即使有着“受伤的心”，也依然让文字焕然，将仙渡比作了另一个可以畅怀的友好。景象是可以排遣的，交流的，排遣只是客观的利用，交流则是有着主观意动的色彩。立松选择的是后者，所以她在忧伤上盛开了一个仙渡，践约一般，与“那青山绿水里娇艳的精灵”相会。

她去普陀山，带着三代人对于普陀佛国的仰慕。终于登上那片心中的圣地，她多有感慨，这感慨写得诸般深挚，直达岁月与灵魂，在施立松的心里，那哪里是一座岛，而是托举着佛的一座莲。这是独有的心象认知，也是艺术的认知。文章前面尽情铺展，收尾时却突然收转：“在普陀的过程，是一件一件放下的过程。放下惶惑，放下烦乱，放下肩头掮着的沉甸甸的欲望，放下心底里的尘埃、挣扎和迷茫。是夜，我酣然入睡，那久治不愈的季节性失眠，在普陀，不药而愈。”

她写《庇栏晴沙》，一开始就对“晴沙”产生好奇，难道沙也分阴晴？在下面的接触中，对那片晴沙竟然有了这样的感悟：“沙滩总有这样的魔力，轻描淡写的，就抹去一切痕迹，甜蜜的，或惆怅的，欢乐的，或悲伤的。或者，唯其如此强大的修复能力，才能长长久久美好如初。你带走欢乐，留下的伤痕，沙滩自会收拾。或许，沙滩原本就是大海赐予陆地的小情小调，浊浪排空，惊涛拍岸的跌宕之外，总要有舒缓如长调短歌的沙滩来平衡，来调和，世界才张弛有致，冲淡宁和。”

实际上，我还是觉得施立松是不善于张扬的，即使激动得心内打雷，表面也只是微露，所以她展现的文字总是语近情谣，含蓄隽永，纯然而不幼稚，美质而不矫揉。要想保有这种品位和气质，不单靠功夫，还要凭学养。这个学养来自两方面，一是智性，二是悟性。智性有先天的因素，天生使其对文字敏感，对事物敏锐，操作起来也就顺心得手。悟性则是具有接受和学习的能力。这些立松或都是具备的。

四

“地理”这个词在当今出现得越来越多了，带有“地理”词语的杂志和书籍也渐渐显现出热销的情形。为什么？就因为它同旅游搅在了一起。旅游不只是过过眼瘾、腿脚的瘾，还要过过拍照的瘾，进而精神的文字的瘾。旅游的热流与知识的相对高势当有关系。走了看了，自然地想要产生用文字表达的欲望。表达也会分出几种：一种是表明自己到过某地，带有记述、张扬甚或炫耀的意味，差不多以流水账的形式出现。一种是心灵的表述，展示其境其情的和鸣，抒情的意味较浓。还有一种是将景物与人文相衬，将自然与社会相映，融入境遇与人生的哲性思考。头一种当然入不了文学的场子，后两种则可是文学的宾客。旅游的人越多，文化层次越高，就越显出地理散文的不好写。这也就对新地理散文提出了一个高的要求。不露痕迹，又让人记住了地理方位及特点，并从中获取更多审美信息的散文，当是我们追寻的方向。“地理”一词咱把它看在写作上，就是不要在“地”上下大功夫，而要在“理”上用劲，就如“游记”不在“游”上刻意，要在“记”上用心一样，这个“理”和“记”就是理性的记，记下独特的发现、独特的思考、独特的感怀。地理散文写好了便是带领读者进行一次心灵之旅，欣美之旅。地理散文应该包括游记，但不完全是游记，它也有不游的成分，而游记则必然地涉及地理。我们现在能够更多地看到自觉关注自然环境和生活状态、展示生命体验和精神追索的散文，这是成熟的理性的文字。

以上这段文字是我曾经就旅游散文发表的一段看法，拿过来，实际上也是对施立松旅游散文阅读后的总结，立松散文展现了我要表达的意思，而且是我的表达的最好注解。

好了，施立松在山水间徜徉，我们在施立松的文字山水间流连。她的“归去”，是一种向往，一种寻觅，一种沉迷和享受，我们何尝不是呢？

(王剑冰，当代著名作家，全国鲁迅文学奖二、三、四届评委，河南省作家协会副主席，河南省文艺评论家协会副主席，河南省散文学会会长，中外散文诗协会副主席，《散文选刊》主编，国务院特殊津贴专家。)

目　录

第一辑 · 闲时光里的遇见

拜访梯田…………………………………… 3
线装的南浔…………………………………… 6
宏村听雨…………………………………… 9
月沼之夜…………………………………… 13
西递春色…………………………………… 15
西栅之夜…………………………………… 18
西塘小巷…………………………………… 20
水乡乌镇…………………………………… 22
周庄夜韵…………………………………… 24
石浦老街…………………………………… 27
拜谒凤凰…………………………………… 30
丽江桃源梦…………………………………… 32
晓起之晨…………………………………… 34
丽水街…………………………………… 36

朔门街…… 38
古意民居苑…… 40
闲时光里的遇见…… 42

第二辑·归去山水间

秋行游步道…… 47
17℃的诗意…… 49
秋逢钱江源…… 52
与水相约…… 55
黄山行…… 57
九华三日…… 60
秋访西溪…… 65
梅雨潭…… 67
春游大均溪…… 69
抚仙湖：高山上一颗清澈的眼泪…… 72
洛塘河的前世今生…… 75
拜谒漈坑飞瀑…… 78
一滴水到一滴水的距离…… 80
诗意湘湖…… 82
烟雨千岛湖…… 85
南雁的箴言…… 87

第三辑·与天籁闲闲对答

等你，在芝堰…… 93

与天籁闲闲对答…… 96

晨访惠明茶…… 99

庆元小记…… 102

普陀，佛国的莲花…… 112

仙渡桃花会…… 118

鹿栏晴沙…… 121

夜宿神龙川…… 125

库村闲步…… 128

泰顺雾语…… 131

芹川的欢喜…… 133

读苍坡…… 135

老旧的林坑…… 137

美哉，下姜…… 139

里秧田村的清晨…… 142

邂逅石头村…… 144

清溪濯过的村庄…… 147

去仙居看油菜花…… 150

云和记…… 153

松阳古村落记…… 161

塘河记…………………………………… 169

第四辑 · 裁一段时光温柔岁月

裁一段时光温柔岁月………………………… 179
断桥夜行………………………………………… 181
青藤书屋………………………………………… 183
桂雨满垅香满径………………………………… 186
在雨声里沉醉或醒来…………………………… 188
雷峰塔：千年镇守，人间仰望………………… 190
柒捌玖粥铺……………………………………… 192
醉吹横笛坐榕阴………………………………… 194
那夜的诗行……………………………………… 196
念念风荷………………………………………… 198
开化龙顶………………………………………… 200
玫瑰之约………………………………………… 202
潇洒桐庐………………………………………… 204
齐溪的雨声……………………………………… 206
安吉访竹………………………………………… 208
明茶叙…………………………………………… 210
当西湖遇上雪…………………………………… 212

第五辑 · 独爱此江南

最美海岛八月天…………………………………… 217

海岛的雪…………………………………………… 219

积水沧浪一望中…………………………………… 222

独爱此江南………………………………………… 227

行走洞头…………………………………………… 236

海岛之秋…………………………………………… 238

在鲳鱼礁，抵达梦中的故乡……………………… 241

海外桃源别有天…………………………………… 245

二上鸟岛…………………………………………… 249

洞头的冬天………………………………………… 252

洞头虎皮房………………………………………… 255

此间小坐也神仙 ………………………………… 257

小村后垅…………………………………………… 262

沙　滩……………………………………………… 265

未琢的天真………………………………………… 267

不如与花缠绵……………………………………… 269

仙叠岩琐记………………………………………… 273

XIANSHIGUANG LI DE YUJIAN

第一辑·闲时光里的遇见

拜访梯田

梯田是写在山坡上的长短句，短短长长，平平仄仄，一山的诗意，就美美的，妥妥的，轻吟在时光里，四季里。

在云和，梯田是必须要看的。声名自然是重要的因素，它有“中国最美梯田”之称。梯田图片在朋友圈的疯传，也早惹得我心痒痒。张抗抗写梯田的文章，写得极美，读了又读，读到最后只剩五个字：我也要去看！

到了云和，倒不着急看梯田了。好似对美人仰慕太久了，真要见面了反而情怯。只觉得该梳洗整洁了，收拾利索了，平心静气了，方不唐突了佳人。

云和的青山绿水里走了几日，山间水畔的清逸之气，把身上心上的烟尘涤荡了些许去，在云和湖的水波里，恍然觉得自己也成那一尾绿雪诗意的青鲤了。

是拜访云和梯田的时候了。

到云和梯田山庄，天已黑透，雨也细细地落下来，四周黑黝黝的，什么也看不清，蛙鸣高一声低一声，把村庄春天的夜渲染得诗情画意起来。一些久违的情绪，也慢慢地萦绕过来，心突然空了，什么都没有了，又仿佛满了，充盈着莫名的舒畅。索性洗洗睡了，在蛙鸣里，连梦都不舍得做一个。

清晨，踩了露珠出去。作为超级路痴，从不敢在陌生的地方独自出门。在山里反而不担心迷路。问了担水浇菜的老农，问了拉风箱做早餐的老妇，虽听不懂他们热切的一字半句，但沿着他们所指，却准确无误地踏上了看梯田的捷径。

春天的乡间小路，每一步都是一首诗。细碎的花，开得不成章法，却又自成一篇，色彩、姿态、香味都设计得精致。草更是不讲道理，路中间，石头上，田埂边，那些该出现或不该出现的地方，都被她们含英吐翠的细语占领。

一路走走停停，只听得水声哗哗越来越响，小道越来越细，越来越松软，才发现，自己已站在梯田中了。那水声，是春耕前的灌注。每块田畴边都有一个缺口，水流从上而下，或条或块的田畴，都有水波荡漾，即便那小如斗笠的“笠田”，也“雨露均沾”了。这就是梯田的妙处吧？田有多高，水就有多高。与自上而下的水流迎面相逢，竟觉得水是跟着我的脚步一级级往上走的。怀揣着这美丽的错觉，上山的路，走起来也不觉疲累。

田畴里的稻草人，破旧的衣衫，在清晨的风里御风而行，与它们擦肩而过时，鼻翼间似乎有一股淡淡的烟草味。儿时，父亲荷锄归来，裤脚沾了露水，脚板沾了泥巴草屑，偎在父亲身边，便有熟悉的烟草味围绕过来。

山顶观景台，已有密密麻麻的摄影师持着长枪短炮等日出。从山腰往上看，这些身着彩衣的人们，给春天的梯田镶了一道动态的花边。走到他们中间，听他们言谈轻轻，仿佛担心惊扰了梯田的清梦。忽然听到乡音，悄悄地问，才知他们是昨晚十一点多从温州出发，到云和梯田，刚好凌晨三点。他们就从那时起，一直站在这里，等拍日出。这群人都是从四面八方，慕梯田之名，前来拜谒的吧？后来下山时，遇到一对成都来的年迈夫妇，才知所料非虚。

是什么造就了这云和梯田的盛名？云和朋友说，是“三千”。千年历史，千米落差，千块田畴。是了，云和梯田最早的垦殖者，是闽北迁徙浙南的畲族山民。“九山半水半分田”的云和山区，平地良田稀少，山民只能向荆棘满坡、乱石遍地的山岭要口粮。勤劳的山民起早贪黑，挥镰斩荆，扬锄垦荒，一块块或大或小的田地在汗水中长出来。到明朝景泰前后，云和银矿大量开采，人群涌入，对粮食的需求激增，梯田的开垦也达到顶端。年复一年，日积月累，贫瘠陡峭、杂木丛生的山坡，俨然从天而降的天梯，梯级是宽窄不一、长短错落的田畴，每到金秋，便捧出万斛稻谷，回报勤劳而聪慧的农民。

从山顶往下看，梯田的线条在晨曦里舒展成一个个跳跃的音符，梯田就是一张画了无数小蝌蚪的五线谱纸，满山的鸟雀在轻蒙细笼的云雾里，照着谱子轻唱，清凌凌的声音，让人在纯和净的柔光里，渐渐地化作一滴露，一缕烟，一方田。

阳光终于来了，从云层里射下细细的一道，便有一小片梯田成了水镜，映了霞光，映了树影。等待的人群骚动了起来，咔嚓声此起彼伏。只一会儿，云层悄无声息地把阳光收了去，突然，阳光又从另一侧溜出来，一大片的梯田顿时成了光芒四射的宝石，炫得人睁不开眼。就这样，梯田在阳光和云层的迷藏里变幻着，妩媚着。

在山顶的梯田邮驿里，买了一套四季梯田明信片，寄给远方的朋友。刚刚，我把梯田的照片发布在微信朋友圈里，她第一时间切切地回复：我也要看云和梯田。当然。春夏秋冬，我们都会像静待花开似的，等待着一次次亲近梯田四季变换的美。

线装的南浔

南浔是一册线装书，一页粉墙与黛瓦，一页廊棚与画舫，一页青石路与油纸伞，便把人魂勾了去。

已是深秋，早晨却雾霭沉沉。车在能见度不足百米的高速公路上飞驰，向南浔。

一路上，金黄的稻田在雾中忽隐忽现，宛若春天的油菜花，让人有些恍惚，春矣？秋矣？同行的文友说，去江南水乡古镇，该选春天，有雨有油纸伞，才唯美。

但我执意要去。南浔，水边深处，注定像一册线装诗书，任何时候翻开，都水汽氤氲，诗意盎然。我坚信，南浔不会让我失望，就像一个水灵灵的女子，即便年华老去，人生迟暮，必有更迷人风韵。

到南浔，天仍然阴着。秋天的阴郁，总带了些许沉重。还不如下点雨来，古镇，细雨，气韵上更接近，就像旗袍之于古典美女，就像折扇之于儒雅书生。好在，广场上高悬着的一串串红灯笼，消弭了些许阴郁。跨过一座石桥，远远的，有婉转的歌声传来，细听，是越剧《梁祝》的“十八相送”，极柔媚唱腔，带着几许娇嗔，还有离别的感伤，直把人心唱颤了。心间那一丝残余的阴郁，都化为美的忧伤和忧伤的美。这，是我想要的南浔了。

河是古镇的血脉。河边，柳色已老，却依然有柔曼之态，微风中轻轻摇摆着，如同专司画眉的仙子，尽心尽力地为古镇画一弯黛色细眉，勾一笔秋色寒烟。着青花衫的船娘摇着画舫，欸乃的橹声把沉静的水面划开一道道涟漪，那倒映在水中的翘檐引云和小窗临月，都摇落成一段段押韵的诗句，旋起，旋落，六朝繁华的旧梦，便断断续续，时隐时现。鸬鹚闲闲地蹲在渔人的身旁，渔人顶着箬笠，倚坐船舷，一颗烟在指尖袅娜着青烟，他打量着来去的游人，弹一弹烟灰，时光随烟灰逐水而去。打鱼已不是他的生计了，他和他的鸬鹚只是古镇曾经的生活印迹，是南浔这册线装书的另一页。

沿着河边走去，河道两边全是带有廊檐的民居、店铺。药店、茶店、菱行、鱼行、丝行、米行等等，店面做得精致，物品排列也极有个趣。这些店铺中，又以丝行为多，蚕丝业历来是南浔的重要经济行业，“蚕事吾湖独盛，一郡之中，尤以南浔为甲”。当时，“浔溪溪畔尽桑麻”，“无尺地之不桑，无匹妇之不蚕”，南浔遂成“江浙之雄镇”。如今种桑养蚕的虽不如以前多，但四月新丝上市时，客商蜂拥而至，便列肆喧阗，衢路拥塞，一如当年。

南浔的名人旧居极多，张石铭、张静江、刘氏等人，都是名噪一时的大家，他们的旧宅融合了中西方的文化特色，既有粉墙黛瓦，又有歌特式的窗棂和屋顶，院子里种香樟，也种法国梧桐。外观森严气派，宅内却显阴森压抑，采光不足，又兼临水而居，只觉墙角篱落，有苍苔如顽皮的小兽，探头探脑。

小莲庄的荷叶，都朝着枯荷雨声的方向去了。但那满池的亭亭之姿，依稀可见曾经的繁茂，低垂着头的莲蓬，好像沉在一个梦里，梦里是露浓月清的春夜吗？是花娇蕊媚的盛夏吗？池边的太湖石会记得吧，她那皱瘦漏透的身影，见证过多少的繁华和凋零，她身上点点苍苔，是心情笔记，更是史书卷帙，只待有心人去揣摩，去品阅，去赏读。池中游弋的红鲤，也会记得的，她分明窃了荷的香，又采了红莲的色，裁了一件新衣，不然，她的身体何以如此炫目，她的游姿何以如此曼妙？

与小莲庄一墙之隔的嘉业藏书楼，让南浔的风情里多了一抹知性和厚重。正厅内末代皇帝溥仪所题“钦若嘉业”金匾，是书楼得名的源自。藏书楼的落地长窗都用“嘉业堂藏书楼”篆字图案雕刻而成，围栏则以“希古”篆字图案用铸铁浇成。只这一项，便足以倾倒众生。

在民清古街，遇到了黄包车、轿子，和一群拉着二胡、穿着彩衣的古镇居民，都上了年纪，却兴致勃勃，一招一式，一字一腔，有眼有板，把才子佳人的缠绵悱恻，丝丝缕缕，散向古镇的角角落落，古镇因而分外妩媚，分外余韵悠长。

在通津桥小立。桥头有一棵银杏正茫然地落一地金色的心。桥下有女子在水边浣衣，红红的衣衫在碧水里漂着，是线装南浔的又一页了。有一种声音从头顶传来。抬头，见银杏树上一只喜鹊跳来跳去，啾啾鸣唱像细雨，滋绿了柳色，润黄了秋叶。

雨，真的落下来了。

宏村听雨

雨是宏村的一把琴，春风如素手，指尖轻触，皓腕微扬，便有急一阵慢一阵的曲调，在宏村曲曲折折的巷弄里，在高高低低的粉墙黛瓦上，在幽幽暗暗的厅堂厢房中，在古艳和新绿间，铮铮琮琮，婉婉转转。

初到宏村，雨正急。天空像一把巨大的喷水壶里刚灌满了水，微倾，古槐香樟红杨白果，便忙碌了起来。细长的扁圆的齿状的叶片，都是新萌的，筋骨还嫩着，叶也如刚出壳不久的鸭毛，鹅黄中带了点翠，翠中隐了几缕黄，像包着金子的绿缎，太薄了，透出灿灿的金光。嫩叶承接着雨点，接不住，错手一抖，就弹到另一片叶上，再落在树下缓缓走过的伞面上，伞下的人，侧了耳来听，急管递繁音，竟不似徽派的章法。脚下的步子便乱了，雨点打在青石道上，溅起细细碎碎的水花。一幅原该写意的画，竟用了泼墨的手法。

村口南湖的水也乱，原本她清清澈澈的心，老老实实地把一块碧绿磨成一面水镜，将岸上的粉墙黛瓦，拱桥树影规规矩矩地抄写下来，再版成一幅长卷，让来来往往的人细细地读，轻轻地叹，幽幽地赞，把自己的身影变成她的一部分，收进相机里，也收进心深深处收藏美的屉格，待夜深人静，再拿出来把赏细咂。可是，雨把她点成密密麻麻的凌乱不堪的文字，表意不清，内容繁杂，好似许多话七嘴八舌地讲来，简直乱成一锅粥。

幸好湖中那一茎茎枯荷，不急不躁站着，倾心尽力地为这些文字断句。或许，她最能听懂，那淋漓尽致噼里啪啦中的乐声里，诉说的只有一个追忆的主题，是哩，追忆的声音里怎能少得了这一段淋漓尽致。在荷的记忆中，那曾经的繁华，而后的宁静，此刻的寂灭，和即将再次到来的生发，也是一部恢宏的交响乐章。

一行麻衣的鸭在湖面自由滑行，雨密集如鼓点，它们忽而把自己排成简短的诗行，忽而又弯成舒缓的长调，雨简直就是它们的指挥棒。它们不懂得躲雨吗？又或许，它们就像顽皮的孩子，雨越大，越管不住脚步，筑堤啦，挖泥啦，泼水啦，再不然，踩了满身泥水，淋了满头满脸的雨水，还哧哧笑成傻子一样。

锦鲤远比麻鸭乖巧。它们远远地躲在水下听雨，像那些歌楼上的少年，虽没有红烛昏罗帐，可雨点制造的层层叠叠的波纹，是三弦的细澜，是琵琶的轻涛吧，细细密密的雨声是隐隐的箫鼓，幽幽的风笛吧，你看，它们游动的身姿如此轻悄曼妙。

几棵柳在岸上，新绿的头发上滴着水，却依然向湖中探去。她们要钓几尾鱼跃，表达她们那挡也挡不住的生机，还是钓几许翡翠，装点她们喷薄而出的春意，或许，只是钓几笔粉墙黛瓦，映衬她们无可匹敌的新绿，再钓几片树影，织一段春天的锦吧。古村在雨中苍老，她们在雨中新生，年年岁岁，总有这样一阵急雨，这样一段急管繁弦，唤她们醒来、归来。

还是画桥最为从容，悄无声息地在湖中央划一道线，雨声喧闹的南湖就分成了两半，左边苍茫，右边清越，那些擎着伞花走过的人，那些牵马走过的故事，还有与春天一起到来的我，都在雨中，听到了等在村口的悠远的相思。

雨细了些，斜斜地，如燕子斜掠的翅膀。画桥上小立，远山如黛，天色苍凉，雕甍灰瓦点染着星星点点的苍苔，粉墙木门绘描着斑斑驳驳的图画。

村子那么旧，四百年风雨浸染，寸寸都是沧桑旧颜，可是，又旧得那么丰富，那么雅致。

南湖书院，檐雨还在滴答，四角的天井，雕甍拉起一方檐雨连接而成的珠帘。志道堂前，那些木桌椅上，飘忽的烟雨浸润出一道道旧纹，“漫研竹露裁唐句，细嚼梅花读汉书”，可曾经的懵懂少年，是否手持书卷，口中唱诵诗文，而耳朵已被雨声拐跑，端坐的身姿已随滴答滴答的节奏摆动。滴答滴答，滴答滴答，年少听雨，最爱这四二节拍，轻松明快，适合少年驿动的心境。

小巷深处，八字开的大户人家，门楣已老，砖雕掉灰，红灯笼却新崭崭的，曾经的红漆大门已成褐色。两个铜环钉在一只张翅的银蝶上，轻轻一触，叮咚有声。推开厚重的门，青苔缕缕，将黑灰的地面描成一地的旧画。墙角一口大瓷缸，浮萍数粒，新荷几片，雨落缸中，漾开一片涟漪。芭蕉叶老，却禁不起春雨的挑逗，滴答的雨声早把人引入那些久远的年代。徽商曾经遍布大江南北，留守在老宅的女人们，一任寂寞把岁月过老。夜来，雨掀动冰冷的瓦片，雨轻敲沉寂的窗棂，那或急或缓的噼叭声，怎么敲打着深闺女人寂寞的心房，又怎么洇开不可收拾的思念和幽怨？谁家枕角，不曾被雨声一遍又一遍翻动；谁家的屋檐，不曾被雨声一次又一次惊扰！厅堂两侧依墙放置的半圆花梨木桌，一生中能有几回团圆？夫妻隔着迢迢长路漫漫岁月，圆桌何辜，却要日日相见而不能相聚？于是，听雨点如诗吟：悲欢离合总无情，一任阶前点滴到天明。

在小巷拐角处，遇见徽墨酥。小门小户，却也是典型的徽派建筑。天井虽小，也养一缸荷，厅堂不大，也有左瓷瓶右铜镜，自鸣钟一个，太师椅两把，“室雅何须大，花香不在多”。一联道尽其中真味。小小的作坊做的，却是御赐的一品玉带膏和徽墨酥。作坊的主人最是清雅，新泡的茶水袅娜着，新出炉的玉带膏拿在手中，只见他手起刀落，便薄如云片。切完一条，他便坐下来品一回茶，翻几页诗书。他说，雨天最好，玉带膏、徽墨酥，多了些湿润，才糯软柔韧，不会干涩松散。只是雨天也适合品茗读书，雨声中读诗书，诗韵更长哩。接了他递来的徽墨酥，含在嘴里，唇齿噙香。香甜不失清爽，细腻却有嚼香。所以流传了数百年，还以独特之姿，在小巷深处，引来一拨拨歆羡的唇齿。嚼着香酥，听着细雨，感觉那雨也带了丝丝清甜，那雨声虽细，却是江南丝竹的清音。

一截土墙，围住一个不大的院落。回廊里，竹椅木桌，新茗香飘。廊下听雨，雨声沙沙，仿佛一把胡琴，喑哑着低语着，那语调像一把细毛刷子，一下一下，拨动你心底那一根根触须，痒痒的，却又分外熨帖。一树白牡丹开得正好，含苞的，半开的，盛放的，把枝头点缀得热热闹闹富富贵贵。一向不喜欢太过招摇太过喜气的花，这会儿，看雨珠滋润得珠圆玉润的花瓣，心底里却也欢喜。一弯碧水绕廊而过，几瓣落红荡荡悠悠，仿佛一阕清雅小令。竹篱旁依着一架紫薇，粉色的花沾着晶亮的雨珠，妖娆得让人挪不开眼。花窗外，小巷里悠悠走来一把红伞，伞下白衣飘飘的女子，踏着如歌的行板，写一行悠长又忧伤的《雨巷》。

宏村听雨，雨是一把琴，弹奏的是徽州古韵，调用水磨，声何婉转，拍捱冷板，情最缠绵；宏村听雨，雨是一把琴，咿咿呀呀的，牵出那些走过的人，绵绵长长的思念。

月沼之夜

月沼是属于月夜的。月要半圆，夜要近午。这时在临池的阁楼上推窗，窗外一个将圆未圆的月里，套着另一个将圆未圆的月。天上的月在水里，地上的月在宏村的怀抱里。宏村枕着这两枚月，安详地睡着了。

甚嚣尘上的人声静了，只余几盏红灯笼慵懒地散发着红晕的光；红掌白羽的鹅也歇了，只有微风在水面皱几道波纹；绿荷睡了，只留几枝细茎托着一个含苞的梦，梦中该有露水的轻吻，烟岚的缠绵吧；几缕云纱轻轻飘过，天地间只有云轻悄的脚步，伴着悄无声息的流水；月的清辉簇拥着粉墙黛瓦，静静地栖息在波光云影里，再没有稚嫩的笔触费尽心机的描抹，也没有长枪短炮无休无止的攫取，那些经风历雨的粉墙黛瓦，也可像端了一天架势的明星卸下厚厚的妆饰了。

顶顶不喜欢把月沼比成牛肚，把村中水圳比作牛肠。像风花雪月的一幅画，多了两只苍蝇，煞风景了。最喜欢将一泓天然泉水扩大成月沼的那个人了。要是一般人，将村外的溪水引入村中，流经家家户户门前，再挖个池塘，把水流汇聚到一起，洗个菜，浣个衣，做个消防不时之需，也就罢了。唯有他，煞费苦心一而再，再而三请来风水先生，想必是设计了又设计，图纸画了一张又一张。池塘的形状最初是圆的吧，中国人最讲究方圆，所谓不依规矩，不成方圆。可最终还是建成半月形。月要半圆，花要半开，只因水满则溢，月圆则亏，花一开全则离凋败不远。凡事要做退一步想，这是何等智慧。宏村就是因为这份节制和退让，才在数百载风雨，无数次动荡中保全下来的吧。

更喜欢把村中弯弯曲曲的水圳比作宏村的血管，而月沼，就是跳动不息的心脏。粉墙黛瓦会老，陈年旧事会老，青石巷道会老，芭蕉银杏会老，记忆会老，潺潺流动的溪水却日日如新，她们带来村外的消息，带来山外的气象，她们以清澈涤荡岁月的烟尘，以欢悦的流淌带走沉沉的暮气。她们是让古村焕发生机和活力的血液。月沼貌似平静的水面之下，涌动着新鲜和激越，那碧绿的容颜，只因常敷清溪的粉黛，才眉色如望远山，眼眸如濯月辉。

轻轻推开房门，怕木门的咿呀之声惊扰了月沼的宁静。下楼的脚步也是轻的，楼梯却受惊了似的欸乃不已。房东惺忪的声音满含关爱：出去吗，露重路滑，小心脚下。在沼堤上慢慢走着，白日里无数脚步停留的粉墙下，再无身影的流连，青石路面被露水打湿了，月光又在上面打了一层蜡，数尾红鲤噙着月光浮游在水面，几只水鸟独脚立于塘中，双翅收紧，凝然不动，像披着蓑衣垂钓的渔翁。银白的月在水中轻轻荡漾，月沼是一只摇篮，温柔地搂着月亮入眠。微微的风夹着淡淡花香徐徐而来，像温柔的手，轻抚着疲惫的身心。在塘边的青石上坐下来，将手伸进月沼的柔波里，凉意自掌心沁入心底，昏沉的心魂猛一激灵，竟似醍醐灌顶。远处有隐隐的箫声，断断续续传来，把一份空灵嵌入古村的夜，属于月沼的夜。

夜深了，收拾起散落的心绪，走回寄居的楼阁，回头看月沼，月沼像徐徐展开的一幅古画，而月，像藏家的印章清晰地烙在左下角，将圆未圆，欲说还休，说不尽的万千气象，意蕴悠长。

西递春色

油菜花一路铺陈，把春天铺陈到我们面前来，把我们铺陈到西递去。

金黄的色块，浓烈地描抹，一点也不懂赋比兴的手法，不懂得起承转合，那么直白，又浓墨重彩，简直就像一个口直心快的孩子，迫不及待不管不顾地大声叫嚷着，春天了春天了。

站在西递村口，高低错落的马头墙，挤挤挨挨的灰瓦，斑驳陆离的粉壁，都披上了一身青苔，与油菜花的明艳妖娆，成了鲜明的对比。那些率真的黄，原是为了衬托这一份古朴秀雅而来吧。

迎面一座石牌坊，端立雨中，那是四百余年前胶州刺史胡文光的手笔。雕刻精美，气势雄奇，极尽奢华，只是数百载栉风沐雨，历尽磨难，气势虽在，却已苍老。石隙间，一株无名野草含珠带露，伸枝展叶，娉娉婷婷，用一枝嫩绿的笔把春天欣欣然写在老去的奢华上。仿佛童音唱老歌，稚声传递沧桑，别有一番滋味。又仿佛今时的鲜艳、昔日的繁盛糅合在一张泛黄的宣纸上，透出的是一股岁月的凝重和端丽。

去黟石铺就的巷弄里走走，那些无法搬迁的往事纷至沓来。黑亮平滑的黟石，是西递独有的水镜，时光细细打磨，风雨慢慢浸润，一笔一笔细纹老斑划在晶眸粉颊上，一茬一茬欢悦的新颜变成苦涩的旧爱，一阵一阵的脚步来了又远，只有黑亮的黟石仍旧。幽暗的老屋，斑驳的高墙，曾经多少繁华，只有那些比比皆是的砖雕石刻花窗，用残破之姿，依稀诉说着那年的锣鼓喧天，那夜的烛影摇红。挂月的角檐仍做着飞翔的梦，怎奈双翅折断，朱栏的回廊依然婉转，却不见倚栏的粉衫绿裙，落地的花窗还咿呀有声，却再度不来一窗的月影。看着村中道旁潺潺流动的溪流，惆怅如潮涨来。可是，在西递，惆怅竟如此之美。

瑞玉庭前，主人用一块块寸余长的黟石，镂刻祖训，“快乐每从辛苦来，便宜多自吃亏来”，“多”少一点，“辛”多一横，意寓明显，却难有人真正体会。游人纷纷掏钱买，十元钱，买一条流传数百年的一个家族乃至整个徽商的训示，可谓便宜，只是又有几人能领悟并身体力行？毕竟，哪怕是西递这样以儒商闻名的古老村落，也从不缺少利益的浸透。站在挂着藤蔓的庭院，看春天把海棠开红，青石映绿，天井里一口大缸，原是养荷的吧，此刻荷还沉睡未醒，它便用檐雨，把倒映在水中的天光，搅成一缸散尽复来的碎银。

西递的巷道多而窄，曲曲折折仿若迷津，两侧的门楣粉墙砖雕又极相似，初来乍到的人，根本难以分清，明明行到水穷处，却又柳暗花明。在西递，迷路太容易。好在有水圳，逆水进村，顺水出村，水圳就是方向牌，迷路也不心慌。走走停停，进了一家竹雕馆。主人是兄妹二人，哥哥擅长阴刻，妹妹擅长阳雕，墙上悬展的《兰亭序》《千字文》《心经》等等，都是他们亲手所雕。哥哥能说会道，介绍起作品来头头是道；妹妹木讷沉静，埋头在手头的作品上，只偶尔抬头微微一笑。哥哥赞妹妹，心静，才得家父真传，阳雕是更费时费心费力的手艺，最讲究静心宁神。看妹妹的手，右手的三个指节都已变形，老茧厚得像鞋底。妹妹正在雕一句诗，“梅花香自苦寒来”，妹妹微微翘起的唇角，似噙着一缕幽幽的梅香，很春天很春天了，让抚着她掌心硬茧的手，也感觉到春意融融。

在西递，迷路也是件美好的事。错过颇有名气的桃李园、西园、大夫第、履福堂、敬爱堂、追慕堂，却遇见了村边的西递行馆。馆内宽敞，房屋仍是徽派风格，楼却比其他的房子高一些，墙虽是粉墙，却印染了太多风雨留下斑斑水渍。院落里草色青青，像铺了一张绿色的绒毯。一口八角井在中央，青石的井沿湿漉漉的，像一面镜子，映着远处的山岚。井旁，两张黟石桌，和数张圆石椅，错落有致，像布在绿毯上的残局，等风雅的知音一起奔赴一个无关胜负的结局。院墙边的竹亭，爬山虎的藤叶镶了一道绿色的流苏，竹桌上一壶绿茶犹温，桌面几滴茶渍未干，想来，这里刚停留过几许脚步的悠然，片刻诗意的栖息。在一丛竹前小立，雨从细长的竹叶淅沥而下，竹竿上一道道泪痕，是曾经的驿前的离别泪，还是他乡遇故知的重逢喜？一架秋千在转角处静默，两只紫燕在架上叽叽喳喳个不停，它们是在闲话曾经飘荡的裙裾和欢笑，还是商议燕巢的修筑？

从行馆出来，是出村的路。水泥的地被雨刷过，远远看去，竟似一条流水淙淙的河，两岸是正当好时候的油菜花地，那些黄嫩嫩的，掐得出水来似的，还隐约着一抹浅浅的绿，像一声笑，只露了齿，还未绽开眉眼，却已足够妖娆。阴雨薄雾笼罩的山野间，仿佛被一道阳光金线穿过，突然明媚了。西递的油菜花种得随意，左一块右一片，前一抹后一搭，像随意泼在画布上的油彩，直把古村渲染得春意融融。许多红的橙的白的绿的身影，穿梭其中，像采蜜的蜂，沾粉的蝶，翩翩跹跹。两个红衣的老夫妻在我身后走着，没有话语，只有手中的两架单反相机，咔嚓对话。河塘里的浮萍，绿成了一张写意的画，绿柳排列成一首七言绝句，那些走走停停的花伞，则是一串流动的音符，西递便随着这些音符的变幻，时而宁静，时而喧哗，时而如歌行板，时而清音婉转。

在山坡上看村庄，春天的明媚和村落的古朴那么强烈反差对比着，又那么和谐共融着，不管是对比，还是共融，都是那么美。曾经无数次地想，这游人如织的西递，何以让人感觉不到尘世的喧嚣、人心的芜杂，而让身心飞离现实的桎梏，去往桃源，仿佛有一道无形的栅栏隔开了与喧嚣尘世的距离。也许就是眼前这份老去的坦然从容，和年年来了又去的明媚鲜妍，以及流转其间的不灭如村中水圳之水的美好吧。古村春色，春色西递，因了这对比，这共融，才让人如此迷醉。

西栅之夜

那是去年秋天的事了，我却念念不忘。早春的梦里，时常听得那欸乃的桨声，梦外一声声清脆的鸟鸣，顿时被点染成思念的情绪。那倒映在水中的灯影，在晕开的涟漪中，像一匹匹弄皱的绸缎，时常锦绣了我的梦境，我忍不住要用那个俗而又俗的词了，“魂牵梦萦”。是的，仿佛有什么遗落在那个地方，仿佛前世未了情今生不灭缘，让我一次次用了最轻最轻的声音唤她的名字：乌镇。

一路行行复行行，到乌镇已是黄昏时节。乌镇的夜是属于西栅的，一行人便趁着昏黄的天光走进安渡码头。摆渡船的撑篙正要入水，却见一轮圆盆似的落日正挂在灰墙黛瓦的民居翘起的飞檐上，大家高声喊停。那落日已收起灼目锋芒，像搽在新娘颊上的胭脂，把乌镇的黄昏洇染得妩媚而灵秀。

只是把手中的镜头，对准这渐渐消减的落日，“咔嚓”又“咔嚓”，回过头来，乌镇西栅之夜便拉开梦幻般的帷幕。

河是西栅之夜的舞台。流淌千年的水流，是历尽沧桑的老人，平平静静，波澜不惊，却把风月收纳其中，把时光收纳其中。华灯初上，灯光把河面绚烂成繁华遍地的歌舞剧，时时有高亢的咏叹，处处是低音的回旋。夜深人静，月升起，河把自己设计成明净秋空，让月来独舞；月沉落，他让星星来群欢，让流云在漂流。色彩缤纷的水灯，是夜探向河心的精灵。莲花的底座，摇晃的烛光，载着默了的心愿，缓缓流向夜的深处。船来了，用欸乃的桨声弹出一曲舒缓的民间乐；船去了，留一道颤抖的音符在水面。一只花灯船来了，一条丝竹船去了，河的舞台上，一出婉转多情的才子佳人戏正酣然上演。

灯是西栅之夜的舞娘。楼亭的飞檐翘角上，彩色的霓虹是她们头顶的花冠；廊檐下，一盏盏红灯笼是她们耳边摇曳的珠环；古树上，一串串七彩的珠灯是她们胸前的珠链。桥拱里，古塔外，水阁石柱中，河埠台阶上，忽明忽灭、忽红忽绿的灯光是她们变幻的舞步。她们斜倚着高耸的马头墙，她们跳跃在起伏的老建筑屋脊线，她们丈量着鳞次栉比的瓦面，她们妆饰着陈旧的木质排门、斑驳的古墙，她们在临水而居的原住民家的门缝中、窗棂间穿梭，把西栅之夜演绎得温馨而柔美，她们把所有游人的目光都浸染得如醉如痴，如梦如幻。

桥是西栅之夜的琴键。西栅桥多，12座小岛，用70多座小桥紧紧相连。暮色四合，行走在西栅迷离的夜，就是不停地从这座桥到那座桥。简约的一根条石桥，繁复的曲径廊桥，灵动的单拱桥，典雅的多孔桥，清丽的木桥，独特的“桥里桥”——通济桥和仁济桥。西栅的桥是一把等你弹奏的琴，你步履铿锵地走来，西栅之夜便是一曲如歌行板。你脚步闲闲走过，西栅之夜便是一支温婉的小调。这把琴也曾弹奏过节日的欢歌和祈福的颂歌，那是在古代，女子们穿上节日的盛装，呼朋唤友，提着家用药罐，结伴过桥，手起罐落，瓦罐扑通入水之声此起彼伏，一曲驱病避祸之歌在古镇回荡。而今丢药罐的仪式演化为提灯走桥的游乐。

人是西栅之夜流动的音符。西栅的夜适合自由自在漫无目的地在灯火掩映的大街小巷徜徉，也适合肩背手提“长枪短炮”去“狂轰滥炸”；西栅的夜适合挽着小爱人的手，把人间路走成天堂，也适合老友新朋在临水的木制露台摆上一桌地道的乌镇口味菜肴——荠菜嵌油豆腐、葱靠“白拆条”、乌镇红烧羊肉和新糯米团子，再来上一壶“杜”搭米酒；西栅的夜，适合在那面巨大的书有“乌镇”二字的竹箩前留影，也适合在临水的茶座里就着灯光月光、听着萨克斯风品味着“回家”。

西栅之夜，让人恍然不知身在何处。西栅之夜，让走过的人不断回头不断想念，不断问自己，何时何时再去西栅。

西塘小巷

刚到西塘，秋日午后的阳光，晃得人睁不开眼。跟着前来接旅客的店老板走着走着，就拐进一条幽暗潮湿的小巷。一时间，徒然从白昼进入黑夜，心里凉了半截，该不会入了黑店吧？店老板似乎看出我们的疑惑，只不动声色地笑着。

深一脚浅一脚走了十几米，眼睛才适应幽暗的光线。巷中的红灯笼高高悬着，虽未点燃，却如一盏盏黑暗中的航标灯，引领着我们前行。又走了百多米，只听店老板说，到了。紧接着“吱呀”一声，一扇朴拙的木门推出一座玲珑的小院。黛瓦粉墙，飞檐漏窗，苍苔绿藤，处处透着江南古镇古朴的韵致。小巷深处，原来别有洞天。

旅店老板说：巷弄是西塘的脉络。循着脉络寻去，西塘的历史就可一一翻开。在西塘的一百二十多条巷弄里，旅店附近的石皮弄是最窄最有名的巷，有着“西塘一线天”之称。刚安顿下，我们就按照旅店老板指点，寻着去了。

傍晚的西塘，人来人往，繁华的西街上，商家店铺，红火热闹。而拐进窄小的石皮巷，似乎进了另一个天地，听不到人声鼎沸，更无车马熙攘。两侧的青砖马头墙高高地耸立，把巷弄挤成仅容只身穿过的峡谷。脚底的青石板，像一条小河，蜿蜒而去。斑驳的墙皮上苔痕、水渍遍布，如一幅巨型印象派画，想来时光的饰刻、岁月的笔迹都可在这里一一检索吧。越往巷弄深处，越觉静穆空灵，仿佛一条时空隧道，带你走进明清的传奇。

推开一扇虚掩的木门，一座小小的院落展现在眼前，天井里，一位鬓发斑白的妇人坐在藤椅上，低头摆弄着膝上的针线笸箩，一只白黄相间的老猫静静地卧在她的脚边。同行的摄友“嚓嚓嚓”地抓拍起来。我暗自笑了：这样舒缓的生活，用得抓拍吗？她说：阳光稍纵即逝呢！二楼半开着一扇窗，窗前一钟形风铃，在静谧的院落里，有一声没一声地叮当着。“断椽几许飞檐在，小楼何人曾临窗。”这一扇窗后，必曾有一声清脆的娇嗔，一抹粉衫翠缕的身影，在晨光初现的清晨，将古镇轻轻唤醒。若说西塘的街头巷陌是刻意的修缮复原，那隐匿在小巷深处的院落应是原汁原味的。西塘那一条条巷弄里，不知书写着多少朴拙而又闲适的《清平乐》。

小巷很窄，不时得侧身礼让对面来人。摄友说，江南的小巷，最美莫过于雨中走过丁香般的姑娘。可是，这样逼仄的巷弄，哪撑得开一把油纸伞，但，哪一个走在小巷里的人，心底没有悄悄地撑着一把油纸伞！

这样想着，打转身慢慢往回走。太阳渐渐收去了流金般的光线。回过头来，身后的摄友还在巷弄深处徜徉，时而抬头凝望，时而低头沉思，时而拍打青砖古墙，似在叩问，又似在聆听，不知她的诗情，是否与这古巷一般悠长。而墙角一朵黄色的小野菊，正悄无声息地绽放。

水乡乌镇

一入了秋，心便干涩涩地，不经意间，水乡乌镇平平仄仄闲步入心的领地。一个晴好的秋日，阳光灼人的眼，“乌镇”金灿灿的大字在乌金的匾额上攫取我的神思。

入了门，水乡的韵致便随着脚步的行进一点点晕开来，静静的河，静静的财神湾，水上人家悄无声息，逢源桥一左一右，等待着同归的人。倚坐桥栏，微风拂面，轻柔柔的，是千百年前抚过红粉俏佳人的那一缕吗？桥廊古拙，廊窗却精致得让人心折。当年那工匠镂刻此窗时，心中必是萦绕着绵绵长长的柔情蜜意，想象那梦中的佳人，日日从桥上走过，目光越过清风明月，越过满塘的荷香，停留在这花香鸟语的窗扇上，几可乱真的花鸟，佳人忍不住轻抬玉手抚过，这一抚，工匠的心与情便麻酥酥地、晕陶陶地镌留在这片窗上，历经百年，岁月的风霜侵浸漫漶，此刻又氤氲在我的面前。

拐进青石巷，便想该有细细的雨飘忽着迷离着，然后擎一把拙拙的油纸伞，衣袂飘飘、跫音得得、丁香一般走进戴望舒的《雨巷》，而此刻，我只能踩着他的行板，一步一步，将秋天的艳阳走成三月的烟雨，将喧闹的街头走成寂寞的雨巷，将孤独的踯躅走成挽手的依依……

酒巷最美，美在远远地就闻及浓烈的醇香，酒好不怕巷子深，酒巷便一味地悠悠长长，像好戏开场前的锣鼓，紧一阵慢一阵的，待满腔期待涨得快爆裂开来的时候，主角儿才施施然走来。酒坊内大大小小的酒缸排列成行，酿造工序繁杂。酿制不易，要把握好时间、火候、分寸、用料、剂量等等，增一分减一分都影响酒的品质，需要精心又精心的侍弄，就像婚姻、像生活，不可有片刻的马虎。

一挂挂花色各异的蓝印花布在乌镇的染坊里迎风招展，是水乡最风情最妩媚的一幕，就如一个端庄贤淑、足不出户的大家闺秀，在一个春日的午后，在绕窗而过的溪边，摘掉头上的簪簪钗钗，洗尽铅华，忘了“行不动裙，笑不露齿”的古训，追着翩翩的彩蝶，任油亮乌黑的长发随舞动的身姿轻扬，眼眸如秋水般清澈、灵动，有一种说不出的妩媚，一种道不尽的风情。

据说，电视剧《似水年华》让乌镇火了一把，我没看过《似水年华》，不知道剧情，但门廊下那破旧的竹椅，那么深切地让我体味年华似水，东流去，东流去……

乌镇老了，廊檐下朽迹斑斑，那河水是稠稠的绿，如果清澈是河青春的灵动，那这秋阳下的河水就是历尽沧桑的沉静了。游人不少，镇内却鲜见垃圾，河面没有漂浮物，但也看不到荷花，甚至看不到残茎枯叶，这时节，不正是“留得残荷听雨声”的吗？没有残荷也没有雨声，商家却叫卖着红菱，玫瑰花般鲜艳的色泽，别致优美的造型，让人忍不住慨叹造化的“巧夺天工”。红菱用绿网兜装着，一网兜三块钱，不贵，拧着一网兜的“巧夺天工”，满塘田田的莲叶，和那采莲的素手，人面荷花，在眼前次第走过。

石拱桥上，与友玩着水中模糊的倒影，啃剥着“巧夺天工”，清香满口，河中满载金发碧眼男孩女孩的两只小船“欸乃”而过，一张张粉嘟嘟的小脸蛋宛如一朵朵娇艳的荷花在秋阳下的河塘里开落，水乡乌镇只静静地芳芬在江南，静静地让世界走进它深幽而沉冥的心。

乌镇的彩色宣传画绝美，同行者均爱不释手，而我固执地爱着水墨乌镇，聊聊数笔，轻轻勾勒，那石桥、那垂柳、那水上人家，跃然纸上，水乡的韵致浓缩在一柄小小的团扇上，成了我的珍爱，晚风中轻轻摇曳在帐前，水乡乌镇夜夜滋润着我的梦。

周庄夜韵

周庄的夜，是一条幽暗的小径，在河畔一盏盏红灯笼引领下，周庄一步一步走回她幽微古朴的内心。

白天的周庄，是盛名所累的明星。盛世繁华下，浮躁的尘埃纷纷扬扬；衣香鬓影里，疲倦的神思一一顿灭。她的潺潺流水，承载了摩肩接鐘的喧嚣和猎奇；她的灰墙黛瓦，抵挡着“长枪短炮”的攫取和“轰炸”。她在岁月里优雅的脚步，踉跄在盛名的荧光灯下；她淡定在流年里的微笑，渐渐拢不住奔突的内心。她的石街小巷，浮荡着丁香细雨油纸伞那轻似烟的惆怅；她的雕窗画廊，萦绕着梦里春雨落梧桐这淡似梦的忧伤。她的乌篷船，是疲惫的双脚，穿行在乌泱泱的人群里；她的双桥，是失窃的钥匙，打不开时光尘封的心锁。

周庄，她需要洗净铅华，卸下青甲，检视内心，寻找最初的自己，如女之有态，火之有焰，灯之有光，珠贝金银之有宝色。她要寻回她的态，她的焰，她的光，她的宝色，和她千年古镇的风韵。夜，让她用水乡的水重塑水乡。夜，让她无须风月而风月自在。

周庄的夜，是用一叶蚕花小舟来徜徉的。扁橹轻摇，小舟便如灵巧的鱼儿，悠游在网状交错的水巷。迎面一阵欸乃的桨声，送来一船的欢声笑语，几张青春的脸，正举杯畅饮。美酒佐以青春，便是不识豪情，也豪情已在，不论山河旷古还是岁月倏忽，周庄在这一刻，恍然回到那个叫作青春的地方，在那里，岁月静好，时光缓慢，悠然是无比高贵的姿态，慵懒也显得优雅可爱。错身经过时，几缕甏米黄酒的酒香带着此许醉意，跌落在蚕花小舟的长橹里，随着长橹一下一下探入河心，去探问水乡曾经的雨雪风霜，风云变幻。一座座拱桥在水中悠闲地画一个又一个圆，仿佛现实和梦想在水面完美的衔接，小舟的铧悄无声息地犁去，把梦想犁碎在水波轻漾里。两岸的灯火，在水中蜿蜒成一条条斑斓的水蛇，周庄的夜，灵动中跳跃着缤纷和富足。

周庄的夜，是用一盏荷花水灯来点染的。贞固堂附近的河面，色彩绚丽的荷花水灯，倏忽点亮童年记忆。在童年的庄园里，荷花水灯和花、草、鱼、虫一样，淳朴酣然，一派天趣。宛若玫瑰之于爱情，清泉之于沙漠，白帆之于大海，荷花水灯灿烂了童年的蓝天；在周庄的夜里，白天的喧闹，尘世的浮躁，经了黑夜的锻造，柔和成一抹胭脂红，幻化为一盏荷花水灯，开在周庄的双颊上。一盏盏荷花水灯漂浮着，仿佛一池的荷，次第开放，众香喧哗，香氛缭绕，探向周庄的长夜，像精灵，拨动周庄岁月深处的琴弦。莲花的底座，敛着神祇的光芒，谁说唯有旷野中才有神？周庄的夜里，荷花水灯摇晃的烛光，载着默许的心愿，正缓缓驶向夜的低处，向冥冥中的神祇靠近。

周庄的夜，是用一幕丝弦宣卷来传唱的。富安桥楼里的江南丝竹声，沿河人家的苏州评弹，是一首首温婉简约的小令，诉说着周庄的前尘往事；水乡风情剧里，那些曼妙女子婀娜的舞姿，把水乡的风情抻拉得比三月的烟雨还要柔软绵长，那潮湿的石板路，那挺立了千年的石桥，都成舞台，再现着一幕幕明清时的生活场景。行人的脚尖鞋面，都描抹上一道道水乡的清雅和淡如烟海的忧伤，周庄的夜便似一则悠远的传说，被行人带出去好远好远，远得周庄都听不见；古戏台上，百戏之祖昆曲从这里走出，又归来，“端正好”“新水令”“醉花荫”“点绛唇”“粉蝶儿”“斗鹌鹑”“一枝花”“集贤宾”，这些美得像红粉佳人的曲牌，把斑驳的古戏台装点得花团锦簇；但周庄的夜，却要由丝弦宣卷来传唱。这种周庄乡村特有的民间曲艺，在二胡、三弦、笛子、木鱼、铜磬声中，揉和昆曲唱腔、民间小曲《四季调》，掺和申曲、锡剧地方戏调，把周庄的夜演绎得抑扬顿挫，风起云涌，荡气回肠。

周庄的夜，是用一弯如眉新月来勾勒的。更深夜静，繁星满天，无处不见灯、满园皆光辉的周庄，终于洗尽铅华，素面朝天，面容恬静地入了梦乡。周庄的夜披着月光的盔甲，修复着被光污染的天空，被声浪侵蚀的大地，像征战四方的帝王，收复辽阔的失地。月的清辉，穿街走巷，如母亲温暖的双手，抚摸着灰墙黛瓦，古桥船影，画廊雕窗。尘世的暖意，爱与悲悯，都由一弯新月送进周庄的梦里，周庄的胸怀宽大了，也明亮了。远远地，有花香传递着春天的消息，四月了，油菜花亮成一块幸福的黄手帕，高悬在周庄的窗前，而周庄又高悬在多少人的期待中了？

沿着夜的小径，周庄披古时的星斑，戴旧日的月痕，一次次走回幽微古朴的内心。于是，不管经过多少岁月更替，周庄依然高擎着水乡古镇的帜，在江南，让人仰望，让人牵挂，让人忍不住要度过岁月的河，定格在周庄漫长的时空里。

石浦老街

老街是脐带，是时光留下的连接点，循着老街斑驳的石板路，便溯源般走进石浦古城繁华沧桑的历史。

街临渔港码头，依着不高的山蜿蜒而去。去的时候，正是休渔期，渔港内，数百艘钢制渔轮和各种大小渔船桅樯林立，挤挤挨挨，把渔港变成陆地的延伸。浓烈的鱼腥味混杂在空气中，从海上吹来的风停留在衣上发上肌肤上，黏黏的，满带海的气息，那“人家住在潮烟里，万里涛声到枕边”的意境，在这微微的风中有了些许切身的体验。

修理渔船的咣咣当当声中，我穿过时尚宽敞的渔港广场，一座修葺一新的关帝庙出现在眼前。依庙而下是座江心寺，寺前香烟缭绕，却只见三两老妪在门廊里，闲话家常。从寺旁的巷道，拐进老街，仿佛从光怪陆离五彩缤纷的当下，闪回到黑白胶片的记忆中。灰是老街的主基调，深灰的瓦，浅灰的墙，更让老街静谧安详，稳重谦和，与世无争。曾经的浓烈新奇，鲜衣怒马，风起云涌，在岁月里退让成了这样一种淡而旧的灰。这灰，是时光在宁静的角落修炼出的临危不惧的气势和宠辱不惊的态度；这灰，也是暖透人心的情感经了时间的流转和岁月的磨蚀，尘埃落定后的淡然和气定神闲的优雅。

街不长，仅百余米，不平整，也不笔直，左弯右拐，又时高时低，上坡下坡的脚步却不至于累着。信步走去，像走在跌宕起伏的故事里。灰白的石板路上，点点石英闪动着隐隐光泽，仿佛被乌云掩映着的星辉，透着阵阵清凉，让人想脱了鞋光脚亲近那份经了岁月的凉意。街两侧以木板筑墙的铺面房，独具江南海滨小镇风韵，原木门窗，敷上了灰灰的暗尘，木纹理模糊不清，木花窗精雕细镂的细节，也被时间磨去了棱角。每隔几步，房檐下都挂着一盏渔灯，这是老街彰显渔文化的标志，只此一灯，便把老街与那些江南水乡古镇区别开来。

展厅，药房，酒馆，绸庄，布庄，鞋店，铜店，当铺，书院。就在这些原木门窗后，小小的门面，后院却别有洞天，招牌不张扬，却拙朴别致。据说，老街最繁华的时候，有百余家商铺，密集却精致。从酒馆门前经过，两排大大小小酒缸旁，摆了一对锡酒壶和酒舀子，却找不到酒杯。当年渔民出海前，都要从这酒馆里过的吧，下海长力气，上岸去寒气，再没比酒更合适的。渔民们必不会端着酒杯浅斟细酌，而是大碗畅饮，然后豪情随酒劲奔涌上心头，去风口浪尖，做一番荡气回肠的拼搏。归航歇渔时，渔民也不约而同来酒馆，三五同好，举杯笑谈海上事。从"大皆春"的门廊下穿过，便见一架满是小屉格的木橱，一个铜制药碾子，几只青花瓷药罐，药香隐隐袭来，只是不再有掌柜的，也不再有号脉的良医，只有那豁了口子的门槛，默默地诉说着曾经的门庭若市。当铺里，那段写着"当"字的灰墙，已斑斑驳驳，一层薄薄的灰衣，掩不住里面的灰砖，只轻轻一碰，灰色的粉末便簌簌落在掌心。时间在此刻，仿佛突然有了质感，握在掌心，有些疼，有些暖，像一段可堪回首的往事，不经意地踏着心弦走来。

耕海牧渔馆，勾连了我的视线。不大的院子里，停着一只木船，船上渔具一应俱全，一张渔网，张在船边将落未落，仿佛船老大刚下了张网的口令。陈列室里，许多前人捕鱼捉蟹的生产方式及其演变，在在诉说着渔人的智慧和艰辛。一路走来，耳边似乎回响起渔家当年韵味独特的木屐敲击声。老街以这样写实的手法，简约的笔调，记录渔港的沧桑和岁月的更迭。

不长的老街，被5座"封火门"句成短章。每隔50米左右设一座跨街而筑的"封火门"，是老街独到之处。如果一个地段不幸起火，有"封火门"阻挡，火势便难以蔓延。渔人们的智慧和谨慎，由此也可见一斑。老街上，绿意极少，想来是老街的逼仄留不下绿化的空间，但渔人们的幽默让人莞尔。装饰窗台的各类海螺、贝壳，都种上了绿意葱茏的花草，一处台阶的两侧房檐下，挂着一串串大如茶碗的海螺，螺壳里，吊兰、剑兰、君子兰、含羞草等花草争碧竞翠，细看来，竟是一处"青螺花圃"，出售的就是种在海螺里的花草盆景。那些挂在外面的串串螺花，是宣传招贴，简简单单就道出渔港老街的与众不同。

走在石浦老街，会触摸到600余年光阴铭刻的无数次抗击侵略者的印记，会阅读到有176年历史的金山书院荟萃人文，能重历70多年前电影《渔光曲》的精妙和辉煌，更能听到那些从风口浪尖归来的汉子们爽朗的笑声，与渔妇们等待在风雨中的牵挂和焦灼的叹息。走在石浦老街，就是循着岁月的脐带，追寻时光的母体。

拜谒凤凰

我是奔着沈从文先生去的凤凰。

去的时候，是秋末，雨下了一天一地。同行的人都腻歪了，我却隐隐高兴，也许凤凰最适合在雨天走近。通常，雨之于古城，总是最美的修饰。

走进凤凰已是午后，一场苗歌傩戏正在广场上演，浓妆彩衣的演员在雨中唱念做打，咿咿呀呀的唱腔，在雨中听来分外清越可喜。沿着一条仅容一人可过的小巷，走进凤凰的主街道。远远地，就闻到姜糖的香。被阴雨稀释得寡淡的脾胃，仿佛追日的夸父看到一丝阳光，脚步便匆匆奔着去了。

啃吃一捧姜糖，旁若无人地穿行在如织的人流中。看民族服饰，赏银器古玩，偶尔也停下脚步，看卖姜糖的店家显摆似的搓弄糖面，一甩一揉，娴熟潇洒。爱极这种率真的显摆，为自己的手艺骄傲，值得喝彩。走得累了，随便拐进一家酒铺歇歇脚，装模作样地品咂店家自酿的青梅酒。盛酒的是一个个竹节。湘西到处都是竹子，店家就地取材，手法自然高妙，让人暗自拍手叫绝。青梅酒从竹节里倒出来，近前一嗅，酒香梅香竹香，混合成一股清凉的味道，细尝一口，一股辛辣直逼嗓眼，眼泪险些流出来。慢慢地，唇齿间轻泛起一丝微酸的清甜，忍不住想再来一口。再后来，竟想就在这酒铺里，醉上平生第一回。微醺中，看到两个戴着草编花冠的女子从身旁走过，听她们叹息，真是可惜，古城都被商业化了。每个时代都有其烙印，才是真实，凭什么古城就得保持千年不变的容颜。我几乎想追上去质问她们。

寄居的旅店，是临河的吊脚楼，名叫翠翠客栈。一看就知是源自沈从文的手笔。白天里游览了先生故居，那简朴的院落，千万人走过，沾满岁月烟尘的院落与家具物件，都在时光里老了，只有后院一墙的绿色植物，几点紫色小花，像清新朝露，洗去院里墙外的落泥尘意。没有老去的，应该只有先生的文字了。在故居，我又买了两本先生的文集，《边城》就在其中。这个我阅读过无数遍的小说，在先生的家乡重读，别有一番体会。

旅店客房极简单，一床一桌一椅一梳妆台。细看却不简单。梳妆台是古铜色的，有几处脱落，色泽却仍然鲜亮；镶镜的木架，花式繁复，看了许久，才发现是一长发女子，在花丛下临水梳妆。看似信手拈来的雕功，却于不经意间流露浓浓爱意。这梳妆台，曾经寄蕴着怎样的一种深情？

推窗而立，窗外是一个旖旎的世界。雨中，河畔的吊脚楼，挂满了一串串红纱灯，倒映入静谧的沱江，河面像一匹徐徐展开的绸缎，微风中轻轻颤动着红艳的花瓣，而吊脚楼伶仃的脚，俨然一枝枝细细的花茎；不远处，虹桥的桥洞，像一轮刚刚跳出水面的明月，浑身还带着湿气；临江的酒吧，音乐声鼓点声，此起彼伏，古城的夜跳动着年轻的脉搏；两个街头歌手，弹着吉他，唱"郎从那门前过哟，妹在那家中坐哟……"把一曲湘西民歌演绎得现代感十足；白天凝望许久，却没有勇气走过的跳岩，在昏黄的灯光中，像戴在沱江颈上的珠串。

我悄悄地退回来，关了灯，静静地躺在黑暗中。细脚伶仃的吊脚楼，潺潺流动的沱江水，却在眼前清晰起来。白天，我泛舟沱江，桐油涂亮的扁舟，古朴简单，艄公的长篙刚一点开，吊脚楼边浣衣女子的歌声就响起来，邀你对歌。我曾掬一捧江水，用舌尖轻尝清味，也曾一探水心，扯一根蜿蜒的水草，捞一粒细滑的河石，可我却感觉，沱江离我那么远，我完全触摸不到沱江的脉动。我只是个匆匆的过客，只是迷恋沈先生的文字，而后想一谒古城的讨客。夜渐深了，古城也沉静下来，隔壁上楼的脚步声，地板不胜重负似的吱呀声，雨点打在瓦片上的噼啪声，不时传来，我却恍惚了，竟觉自己是沱江里的一块鹅卵石，一条不知名的水草，千百年前，就在河心漂漂荡荡了。

我想起白日里凝望许久的北门跳岩，忽然明白，温润婉约的沱江，一江琉璃一江翠，只有宁静平和的脚步，心素如简的人，才能踩着相距半米的跳岩，一步步走进河心。

这个秋雨潺潺的夜，我终于无限接近了沈从文的凤凰，终于枕着沱江做了一个悠长的梦。

丽江桃源梦

一个从未涉足的地方，却像万丈红尘里清幽明净的桃源梦，像记忆深处清纯羞涩的少年时，在心的回廊，时不时地开一扇窗，让春光来沉醉，让明月来狂欢。这个地方，是丽江。

习惯一个人行走。从纷繁尘世里抽身不易，一旦有机会，便只想散漫自在，走一个人的江湖。何况，与花草对话，与山水同在，身边多了人，便不纯粹。丽江，更适合一个人行走，“千里走单骑”，“一米阳光”，那些闻名遐迩的酒吧，在等你独自去发呆，去沉醉，去寻回在都市中迷失的自己。

没有城墙的丽江，多了一份妩媚，一份坦荡，让人惊艳，也让人疑虑，多少固若金汤的城池都在兵荒马乱中被攻陷，被夷为平地，而丽江几百年来绕过铁蹄，躲过杀戮，让茶马古道的马铃，在岁月深处轻轻回响。

一大一小两个老水车咯吱咯吱地转动着，缓慢，悠然，仿佛岁月老人的眼眸，不惊不骇淡看尘世的纷扰，不着边际地回应世人的疑问。时光，以清清流水的温柔手笔，将岁月的印记镌刻入水车的身躯，仿佛只为告诉人们，岁月，是用来老的。就像丽江的阳光，是用来给发呆的你一床温暖的锦被。

午后的丽江，是喧闹的，小巷里人流如织。琳琅满目的店铺，风格迥异的酒吧，花团锦簇的屋舍，纳西风情的建筑，让人应接不暇，眼花缭乱。五花石铺就的巷道，让行进的脚步慢下来。五花石巷道是寂寞的。伴巷而行的，是千年不断的流水，来自雪山峰顶的匆匆过客；穿巷而过的，是匆匆走过的脚步，远道而来的旅人不经意的触摸。五花石巷道又是包容的。喧嚣的人声，淹没了得得的足音；追寻的目光，抖落纷扰的尘埃；散漫的脚步，卸下满身的疲惫。百年风霜，万千脚印，在她宽阔的胸怀里，已成诗意的雕琢。

拐进一条幽静的小巷，人声远了，也没有五彩缤纷的店铺，只有灰色的粉墙灰瓦，和斑驳的木门小院。小巷深处，一个纳西老妇人，坐在石板凳上，黝黑的脸庞上，岁月雕刀留下千万道镂痕，重重叠叠皱折包裹下的眼眸，却是清澈的、淡然的，笑意在深深的法令纹里若隐若现。一条土黄色的小狗，在她身边嘤嘤叫着，不时咬咬她的裤管，嗅嗅她的鞋子，好像蹒跚学步的孩子，央求着大人带她出去玩。一位年轻的女人在门口低头洗发，黝黑的长发，把碧绿色的脸盆都装得满满的，一瓢瓢水淹没在黑发间，阳光打在她的湿发上，闪烁着梦一般的光泽。

推开一扇轻掩着的门，是一个小小的院落，“三坊一照壁”“四合五天井”，古城民居最普通的土木结构。布局考究，雕绘精美，这穿斗式木结构，使房屋具有“墙倒屋不塌”的特点，让古城不仅逃过地震之劫，更因此名扬四海。院内，种植了许多花木，窗台上，天井里，摆设着各色盆景，房檐下悬挂着一个个花团，好像春天被一扇旧木门关在这里。

我忽然想坐下来，喝一杯茶，翻一本书，在岁月里老去。或者，只静静地坐着，像一棵盛夏的柳树，茫然地吐一些飞絮。这里，看不到玉龙雪山皑雪封顶，脚下也没有玉泉清溪红鲤悠游，而我，分明是清溪里一尾悠游的鱼了。

《丽江的柔软时光》里，有这样一句话：“让生命在别处坚硬吧，在丽江，柔软一下是道德的。”来丽江的人，寻找的就是这样的柔软？好似一根被名利绷直的弹簧，让丽江的阳光熔炉重新锻打回弯曲和弹性，一个被都市的暗流裹挟着前行的灵魂，突然挣脱了羁绊，在丽江的微风里，轻舞飞扬。

詹姆斯·希尔顿曾在《消失的地平线》一书中发出如此感慨：“这里让我相信，世界上真的有天堂……”一个让人柔软到想就此老去的地方，就是天堂吧。

在四方街头纳西妇女打跳的舞步里，在霓虹炫彩歌声迷离的酒吧街，在银饰、披肩、木雕、小吃和各种手工艺品的店铺前，我一直沉浸在一种醉人的柔软里，这柔软属于柔美的少年时，属于梦中的桃花源，属于透明清澈雪水环绕的丽江。

远处飘来印象丽江主题曲《回家》：远离了钢筋水泥的喧嚣，洗净了凡庸俗事的困扰，从未有过的，快乐地大口呼吸，难道这不是大自然给予的恩泽么？难道这不是大自然给予的厚待么？丽江，就是大自然给予的恩泽。

晓起之晨

我一直留着，要把婺源留给春天，我知道婺源这个美丽妖娆的女子，将在春天，许我一段金灿灿的香喷喷的旖旎情。

可是，我却在十一月，那个万物凋零的季节，走进了婺源。很多事都是这样，毫无预兆地，与自己的梦想差了千万里。就像是在不对的时间，却遇上了对的人，那种遗憾，在看到只剩几把甘蔗裸露的田野时，更加沉重。

没有了油菜花，李坑仅是个商业化了的景点。她那白粉黛瓦马头墙的徽派建筑，也仅像她所贩卖的青梅酒，只在普通的米酒里扔几粒青梅，酒里有了青梅的颜色，青梅的韵味却一点也捕捉不到。穿村而过的溪流，溪水虽还清澈，溪床里的斑斑污迹，却泄露了她的秘密，就像一个眉目修饰精美的女人，却在耳后留下一片污垢一样让人大倒胃口。

如果不是晓起，我不知道我要把对婺源深深浅浅的情愫寄予何处。

和晓起第一任主人汪万武一样，我们一行也是在天刚破晓启明时走进了它。在村门口，“晓起”二字用绿色的亮漆龙飞凤舞地写在黑漆漆的长匾上，灵动而大气，像酣睡了一夜的农人洗去疲惫，又精神抖擞地走向田间地头。被早早唤醒的我们，眼里残留的睡意，似乎也被这两个字给铲除了。村头青石护栏的古道古亭，宗祠梁柱间隐约可辨的“高中（进士）捷报”，依稀可见古村当年的显赫与繁华。

踏着清晨的薄雾，走在晓起的石板路上，冷露湿了鞋面。村边水口亭的八只角上挂着铃铛，微风吹来叮叮当当，应和着小溪的潺潺流水声。成片的古樟树、大叶红楠树和江南红豆杉，还与如丝如缕的晨雾痴缠着，村里人家已开始了一天的忙碌。环村的溪边，一个戴着竹笠的老农人，把一担新摘的青菜倒在溪边，慢条斯理地清洗起来。洗过的青菜整整齐齐地码进竹筐里，洗好后，他又把折断在溪里的残叶一一收拾起来，扔到数米外的农田里。过了小桥，村子入口处，一位妇人支起一把小帐篷，一旁是刚笼上火的蜂窝炉子，艾叶揉成的面团正在盆里醒着，而炉子上平底锅里，几个翠绿色的清明粿正滋滋地散发出阵阵清香，勾引得还未吃早饭的我们垂涎欲滴。妇人说，她已在晓起卖了十年清明粿。一元钱一个的清明粿，里面是喷香的芝麻馅，轻轻咬一口，艾叶的清香和芝麻的香脆，把唇齿贿赂得服服帖帖。一锅的清明粿进了我们的肚子，一锅又被我们托在手中。更有把十元钱压在这儿的，要妇人做好打包，回头再来取。我坚信她的芝麻非同一般，硬是央求让她把生芝麻装了两小袋卖给我。妇人小声说，值不了多少钱的，你们买了那么多清明粿，就送给你了。晓起，就以这烟火气迎接我们收服我们，把我们初到婺源时的失落遗憾涤荡得无影无踪。

村中多明清古建筑，有进士第、大夫第、荣禄第这等气派堂皇的官宅，前后留有天井，厅堂宽敞深进，大门口三级高阶和门楼精美的砖雕图案，炫耀着主人高贵的身份。也有清静简陋，屋前设有瓜棚豆架，屋后青石当椅的农家小院。村内小巷曲曲折折，回环如棋局，青石铺就的巷道，平滑如明镜。而不足百米长的购物街上，各种各样的工艺品琳琅满目，樟木香此起彼伏，熏得我们昏昏欲睡。一路走来，手里的东西不断增加，木镯子挂了四五个，木梳子买了七八把，木簪子整打擒来了，还有木扇子、木凳子和木推子，更有干脆买一袋樟木块的。一行人相互检阅彼此的收获，迎面而来一棵千年古樟，高大繁密的树冠，像一张巨大的网，罩在我们头顶，微风过，树叶哗哗响成一片。原来那樟香是有来处的。

“古树高低屋，斜阳远近山，林梢烟似带，村外水如环。”导游小姐还在滔滔不绝地介绍着。我突然打了个盹，仿佛听到远处传来“进士及第”的报喜声。晓起就是从历史深处伸向现代的橄榄枝，将浮躁的世人引入一片宁静幽远的天与地。

丽水街

三百米长度，五百年深度，时空的纵深感，让一段长廊优雅成一条华丽的街。

永嘉的好景致很多，但在永嘉的对外宣传栏里，这条被红灯笼晕染得异常温暖古典的丽水街，从不缺席。那缕缕晕黄的光，幻化为一声钟响，在尘世的对岸，悄悄地把疲惫的心召唤。

时节已是初冬，天地万物都漶散着一缕懒懒的冷意，丽水街的灯笼分外有诱惑力，行程中的青山绿水，便被替换成了暖意融融的丽水街。

穿过一条充作菜市场的街，杂乱无章的店铺和熙来攘往的人群让满心的期待生出几许不安，真怕几米外的丽水街，远非宣传画中所说、我心中所想。迎面又是嘈杂错落的房舍和乱如麻线的电线，简直要把期待之光熄灭。好在，有一弯清澈的溪流蜿蜒而来，牵着我们走进丽水街。清溪无疑是最好的阻断剂，俗世的繁杂，跌进清溪的波纹，便置换出一片清新和宁静。

在溪边驻足。一个红衣女子在溪边浣洗着衣物，她弯腰的姿态，和衣物在水中的漂动，是最柔软的线条，让嘈杂的画面流出空灵的旋律。生活的僵硬和尘埃，在她的揉搓下，渐渐清洁，渐渐柔软。这一驻足，让我对检票亭外的丽水街，完完全全地放下心来。

街是真旧。木质的长廊布满了深深浅浅的灰衣，三百年的时光，一撇一捺地写下版画似的凝重和沉郁，廊下的丽水河无声地抄录着长廊工整的诗句，细细的波纹将廊角勾住的岁月印痕和易于流失的细节，一一收进绿绿的波心。临河是一溜美人靠，街有多长，美人靠比肩相伴。三百米，于街而言，太短，而于美人靠而言，却是可载史册的长度。因了这美人靠，丽水街便一路妩媚，一路妖娆。而一盏盏红灯笼，擎举在美人头上，旧的街洇染了一片融融的暖，如美人的脸颊敷了层淡淡的胭脂。

街的另一侧，是木质老屋，清一色的屋子，容纳了各式各样的店铺，好像同一种瓷缸，却装上了不同的酒。百年老店仍在制售着大大小小的木桶，木头的香，氤氲出一街的古朴；新开的店铺，精致的物品在老木头的映衬下，把一份时尚、一份新鲜融入老街疏缓的节奏里，三百年的老街便似拐了个弯，呈现出别样的美。街路上的鹅卵石圆润极了，如婴儿拳着的手，温润细腻。岁月的打磨机最是精巧。耐心、不经意，又完全不计时间成本，慢工出细活儿，因此，细了看，每一枚鹅卵石里都交错着时光的经纬和行人的悲喜。

从明嘉靖年间走来的丽水街，当年不过是水利工程的一段兼作拦水坝的寨墙，丽水湖中种了荷花，它便风雅成荷堤。时光走过百年，漫漶荷香的长堤成了担盐客的必经之路，来来往往担盐客的停留歇足，不经意间成就了丽水街。那时，作为颇具规模的商业街，应该是繁华的吧，丽水街的锦绣年华，是在那世事动荡的清末民初，而她的传奇却在烽火连天的年代，“当年丽水街有个恒新店，曾经是红十三军的秘密联络站，让人震惊的东宗事件也发生在这里……”

可是啊，丽水街的故事，又何止这些？在美人靠上小坐，蹒跚走过的老人，拐杖敲在鹅卵石上的清脆声，都似在诉说着往事；在街头的丽水桥上小立，长石条搭成的桥身，和桥下的流水，都记录过灯影绰绰，唢呐声声和无数笔墨难以描绘的章节。

一只黑猫在灰瓦上喵了一声，便踮着脚尖羞涩地躲进一扇半开的窗子，丽水街的秒针也是轻悄的，一刻不停地走，却困在原地打转，平淡的流年里，三百米的丽水街走了三百年，又将走过多少年。

朔门街

街不长，仅380米；街不宽，最宽处不过6米。街在闹市，不依山不傍水，拐过几道巷弄，穿过一条马路，却有滚滚瓯江日夜奔流。正因这条江，毫不起眼的朔门街，在明清时期，成为温州最繁华的商业街。

我不是第一次来朔门街。上世纪八十年代，我在温州念书，每次回家到码头坐船，都要经过这条街。那时，朔门街已失去了往日的热闹繁华，湮没在老城上千条灰扑扑的巷弄中，只有几面斑驳的古楼牌，和楼牌上褪了色的“固若金汤”“紫气东来”字样，依稀可见当年的鼎盛。

再次来朔门街，是素衣带我们来的。那时，白天下过一场大暴雨，预报说夜里还会有更大的暴雨。就在日与夜的交替间，在暴雨与暴雨的间歇间，我们一行六人走进了朔门街。

刚踏进街口，我以为走错了地方。二十年未见的朔门街已“面目全非”。拐进高高矗立的“金城巩固”过路牌坊，满目的青色砖墙、乌漆大门、雕花门楣、青石板路，一股迥异于喧嚣都市的民国风雅扑面而来。因为暴雨，许多商家已关了门，正好可欣赏两侧商铺别致的装潢。那些不拘一格的店名，也给人留下无穷的想象空间。店名“镜像”，应该是影楼之类的吧？几个人从门缝里张望，在店门前托腮思量，却都不得其解。“没事吧”“趣玩吧”“419吧”，这些店名，好像相处久长的街坊邻居在跟你打招呼，殷勤邀你进屋稍坐闲话家常。

看过“泥塑吧”，小试了身手，又去“彩绘吧”。惊奇地发现，人人都可当画家，像街上流行的十字绣一样，只要你愿意，都可过上一把绣娘的瘾。画作都事先打好了网格，即使从未拿过画笔的人，只要有耐心，按图索骥，就可画出一幅或清雅或富丽的水彩画。

隔着玻璃长窗向里张望，“趣玩吧”里，几对年轻男女正盘着腿在巨大的飞行棋上摇骰子。一位纤小的女孩干脆坐在桌角上，小腿在桌脚上打着拍子，一副怡然自得的模样，看到有人抓拍，忙跳下来，瞪着水汪汪的大眼无辜地笑着。

“没事吧”是个茶座，却别致宜人，原木桌椅、花布靠垫桌布，处处透着精妙，连厕所门前也别具匠心地造了一个小鱼池，上厕所时从鱼池上踏过，脚步忍不住放慢放轻。坐在窗口，木制雕花阁窗半推开，行人就在眼皮下经过，轻喊一声，那人便会抬头循声看来，四目相对，不相识，也不见怪，挥挥手，一路左盼右顾而去。

路过一家水晶阁，水晶并不特别，店主却说，上楼去吧，楼上有好茶，自己煮来喝就好。我们疑是店家的陷阱，相视一眼，迟迟不肯举步，店主看出疑惑，笑说，我开这店也是玩尔，没事，绝不收费。上得楼来，只见棕色的茶桌上，紫砂茶具、烧水壶、普洱茶一应俱全。胡杨木雕花隔栏后，却是一架秋千！轻轻坐上去，足尖一点，秋千就轻摇起来，拿本书来读，打个盹儿，都是快活的。而此刻，素衣坐在身边，说些闲话，一杯清茶，几声喟叹，生活的不易，都暂置脑后。素衣喊了几次“走”，我才恋恋不舍地离开。离开时，对店主道了谢，店主只摆摆手说，再来再来！后来才知，这店主，三十多岁年纪，却有不菲身家，做的是金融投资。

在朔门街，你还可在古旧书店里翻书弄古，在葫芦丝店赏清音雅韵，在“蓑衣井”边品读历史的青苔，也可能在不经意间碰上一个儒雅低调的千万富翁。朔门街是藏在喧闹繁华温州城市背后的一座宁静安详的后院，在灯正红酒正绿车声正炽的夜，给你一份闲适悠然，让你微微沉醉。

古意民居苑

在龙游。灵山江畔，鸡鸣山下，春风浩荡的午后，阳光轻盈如薄酒，微醺脚步踏进民居苑，杨花伴着缤纷的鸟鸣，洒落于脚尖，斑驳的青石路上，岁月深处的故事从石隙间青草似的探出头来，时光慢了下来。

这是全国两处异地迁建保护的古建筑博览公园之一。当年，龙游文物普查时，发现境内保存着众多古建筑，仅明清两代民用建筑就有三百六十多座。上世纪九十年代初，龙游县决定串起散落民间的“遗珠”，逐步拆迁集中于鸡鸣山复建，保护好民间文化和遗存。二十二座散落在民间的古建筑移身到风光秀丽、文化底蕴深厚的鸡鸣山下，形成这闻名遐迩的古建筑异地保护的样板。它们为江南文明标定了一个历史血型。

民居苑的所有建筑，都是有故事的。大门左侧的“状元”“丞相”牌坊古色古香，气势恢宏，是为纪念南宋状元刘章、“南渡名宰”余端礼而建。大门正出口处的照壁墙建于明嘉靖年间，由徐氏家庭中的“兄弟贡元”出资建造。“龚氏民居”建于清咸丰年间，建筑内外装饰有砖雕、石雕、木雕，三雕齐全，是龙游清代民居的典型代表；龙门桥村的“余氏民居”木雕精细，牛腿、雀替、大梁及楼栅外侧均雕刻有精美的戏曲人物图案；“翊秀亭”平面呈方形，四根方柱支撑着重达几吨的青石屋顶，顶部由数块凿刻有宝瓶、瓦当、垂兽的构件镶嵌组成，这些构件间紧密相连，毫无缝隙。巧夺天工的，实在让人惊叹！也不禁为龙游父母官点赞，他们没有在城镇化的进程中把自己的文化“化”掉。

漫步在古意盎然的老街，仰俯在一座座建筑中，只觉得那些远去的岁月，那些走散了的人们，都在灰砖黛瓦、廊檐粉墙中留下了斑斑印迹，像一片湖水笼进了暮色烟霭里，冰凉苍茫。翘檐瓦当，板门石阶，花窗廊柱，窗帷天井，桌凳陶瓷，把漫漶的时光，幽微的情绪，拢成一层青苔或一件灰衣。

古街两边的老行当，是活历史。挂着大小蓑衣的云衣堂里，两个老人手剥着棕麻，一丝丝的棕麻从他们手下扯出来，再编织成蓑衣。老人说，手艺是祖传的，只是年轻人都不愿学了，往后，恐怕是要绝迹了。他皱纹密布的脸上，藏着几多无奈，几多遗憾。九斤箍桶铺的师傅正在大刨上刨着桶板，做好的桶在他身后整齐地彰显他的技艺。好桶会说话的。打铁铺关着门，师傅家有喜事，告假了。姑蔑茶轩门扉半开，带着一身茶香的女掌柜从门内走出来，蜡染的青花衣裳在阳光下，跳跃着一片潋滟波纹。微胡馆内，几把微胡在墙上等待一双素手的临幸；造纸坊的老师傅改行掏起耳朵了，耳刀在耳内轻旋，制造出一片风过竹梢的轻吟；而对面的竹博馆里，竹影婆娑成一把痒痒挠，一顶竹笠，一个竹篮，一张竹椅，和一群竹篾箩。大堂内，舞狮子的，在密集的锣鼓声中，翩翩起舞。亮相，嬉戏，试探，调情，亲昵，相拥，然后生出一只小狮子，一家三口相亲相爱。活脱脱一副人间喜剧。以往看舞狮，只看热闹，在高难动作中满足猎奇的欲望，从不知有这般细腻的情感表达和完整的故事情节，真有些惊艳了。

古戏台上，正上演婺剧经典选段《西施泪》，清越高亢的唱腔，倾情婉转，如泣如诉，让从没听过婺剧、亦毫不知剧情的人听了，也心尖战栗，泫然欲泣。坐在戏台前，细看两侧的对子："满场都是闲人袖手旁观看戏不知做戏苦，凡事终须结局从头演起上台容易下台难。"戏台旁，洋槐的花香一串串挂下来，花在枝头清丽如白衣的仙子，花到树下已成断翅的小蝶。世事如戏，荣枯间，花香弥散，岁月遂沉静有香。

穿过一个小巷弄，不经意间，看到一门牌，"通济古街（北）零柒号"，长方形，香樟木所制。近前，似能嗅及淡淡樟木的香。想来，这通济古街，必曾辉耀一时，做这般精细的门牌，也必是大户人家了。史书或许可查，可我，更愿意留一段未知，给无穷的想象，让平淡无聊的岁月，不时地讲述一段从前的故事，来温润平凡的人生。

说到底，古建筑的迷人之处，不就在此吗？站在岁月的这边，回望历史的那端，在一番眼见为实的触摸和回想后，找到属于自己的解读。每个走进民居苑的人，多半能从悠久岁月的淡唱低吟中，俯拾几多醉拾井月的陶然，在一丝沧海桑田的无奈中，更懂得珍惜当下珍惜身边人。

闲时光里的遇见

如果要给宽窄巷子选一种颜色，那应该是灰，深深浅浅的灰，老少咸宜的灰，是时光里慢慢沉淀下来的心事，岁月风雨里渐渐漫上的苍苔，有一些些懒散，一些些颓迷，一些些烟火里的市井，还有一些些雪月中的风情。

宽窄巷子，适合一个人闲步。那些建于清朝及民初的建筑，旧而不残，黑墙青瓦、红砂马石在岁月的尘烟里积攒了苍茫的往事，需要独自俯身捡拾；雕梁翘檐、粉红金廊穿过曾经的金戈铁马细诉着褪色的繁华，需要独自凭墙倾听；而那些轮回在过去和未来的因果情缘，那些对弈在时光里的棋局，更需要独自叩问独自化解独自继续。

初秋阳光打在宽窄巷子的青石街道上，午后的倦意从八字影壁后、沧桑木雕边散发出来。路边有竹躺椅傍两棵老银杏树而置，懒懒地坐上去，抬眼是满目黄绿的叶，任阳光涂一层细密的金釉。一盏青花盖碗茶温温热热暖到手边，随来一句川味的问候，掏耳朵的老师傅围着白围裙，坐到侧边。耳朵被轻轻提起，一丝被拉扯的不适从脊背升起，随着青铜掏勺在耳内的轻旋慢舞，一种熨帖的舒坦放射到四肢百骸，倦意更深更浓，便沉进一个梦境里。但见一枚银色的箭矢，穿过枝枝叶叶，稳稳地落在一面灰色砖墙上，墙缝里一枝黄花正迎风绽放，蓦然幻化为一个黄衣的少女，低眉浅笑，待细看，分明是年少的自己，正诧异着，耳边是一声悠悠的询问：姑娘，来，转下头，好撒？恍惚中，是父亲的声音，摇晃睡意蒙眬的我，告诉我该起床上学了。父亲去世多年，声音却不陌生，好像磁石的一级，只要遇到另一级，便连接在一起。我闭着眼，把头转向另一侧，枕在那一个声音里，沉睡不醒。

宽窄巷子是有这种魔力的，它能把秋月春风写成旧时的书信，信里有别离，也有相遇。不经意间，你就能在这书信里，遇见魂牵梦萦的往事和难舍难割的情缘。

在宽窄巷子，还能不时遇上一首首诗，诗名很古典，很雅致，上席、而已、子非、花间、养云、宽居、白夜、莲上莲、海棠晓月，多像一缕中国风，轻轻席卷那浮在喧嚣世事里的心弦，仿佛杨柳岸边，牙板轻响处，一声晓风残月，旖旎了一个城市的身影。

“花间”经营的是餐饮。只是，那小院回廊，花木扶疏，清静悠远，一列秋菊开得正闹，金桂也在枝丫间冒着点点金星，花草虫鱼装点的天井中，你看不到烟火缭绕，只闻得到桂香缕缕。坐在桂花树下，点一壶清茶，听竹笼里的画眉清越鸣啾，一杯淡茶掺了这小精灵珠玑似的轻语，时光便温柔成柔软的心事，悲喜也淡远成往事的微光。茶香氤氲，鼻翼渐渐萦满水色山光。这“花间”，入得茶米油盐，也看得水穷云起啊。

遇见蜀江锦院，就像与一位穿古装的窈窕淑女相遇。这家锦院，展列着一幅幅蜀绣作品，有被面、枕套、衣物、鞋子，也有画屏，那淡雅清秀的色彩，优美流畅的线条，像工笔画，绚丽中不乏清雅，细腻中不失写意，逼真中不忘留白。精妙绝伦。这被称为“绸纱上的指尖芭蕾”的艺术，看那针法的名字，斜滚针，蓬蒲针，切针，参针，柘木针，便知针针线线，都有故事。这时，便听谁在唱：“情针意线绣不尽鸳鸯枕，绕指柔破锦千万针，杜鹃啼血声……”略带中性的嗓音，如水银泻地，似云蔚山间，不动声色中，便锦绣了辽阔的情愫，绵长了幽暗的怀想。蜀江锦院给古朴苍凉的宽巷子绣了一道奢华大气的流苏，让流淌在巷子里的闲适、慵懒都走向了精致，走向豪迈，与岁月共山高水远。

在宽窄巷子，做一个简单的人，与十元一碗的盖碗茶，消磨一段简约的时光，让盈盈花香缀上你的襟前袖口，当你走开时，这花香便点成你心间的朱砂，替你年年岁岁守护着这一份踏踏实实的遇见，守护这一段素静悠闲的时光。

GUIQU SHANSHUI JIAN

第二辑 · 归去山水间

秋行游步道

早听说那条游步道，在小朴村与望海楼之间。朋友去过，回来说，风景独好。

那时是夏天。烈日，登山，对体能是个考验。于我，再好的风景，也只能兴叹。

秋后，周末的清晨，闲适安逸，在自家阳台上，眯细了眼看阳光，阳光明晃晃的，却已不再逼灼人眼，便想起那游步道。

在通向游步道的路上，秋草的香在阳光里弥散，空气里尽是铅华洗尽的清澈和通透……中年以后，更喜欢秋了，秋的删繁就简，秋的天高气爽，都更契合中年的气韵。一些些的凛冽，却不刺骨，一些些萎谢，却不失优雅，一些些的凋敝，却还掐得出一滴青葱的汁液，像眉梢染了岁月的女子，不论日子丰贫，都有了一股子端正的气象，处处都是熨帖的好。

游步道起始于小朴村。村庄静静的，三五只鸡追来逐去，几只番鸭扑腾着雪白的翅膀，把一滩浅浅的水洼搅和得风生水起，一只鸽子咕咕叫着，从这屋檐到那屋檐，东张西望，在寻找着什么；一衔烟的老农，用一把小马勺给包心菜浇水，菜似张开的手掌，嫩绿的叶面，像覆了一层秋霜，水滴在叶上滴溜溜的，转几下，便没入泥土中，老农直起身吸两口烟，自言自语几句，又蹲下身来，一勺一勺地浇水。喜欢村落，或许就是喜欢这气定神闲的气度吧。

游步道竟是用原木铺成。涂了清漆的原木，像凝固在琥珀里，肌理和纹路都是自由生长的舒展和从容，与路两侧长得恣意茂盛的野花野草树木融合成一体。比起那光滑冰冷的大理石花岗岩，原木多了几分温度，也多了几分生气。

从山底到山顶，直线落差仅二百余米，若是性急体健的壮汉，一口气就能走个来回。游步道走的是迂回曲折的路线，像一出戏，一波三折，又一波三折，把一个故事、一场悲喜，讲得峰回路转、荡气回肠，赚足眼泪和欢笑，也把人心底那一根柔曼的情肠，那一抹温柔的回忆，撩拨成一汪清澈的水，于眉眼间，盈盈如秋波。

走个十来步，或更短，便有个折回，像一首长短不一、错落有致的诗，读起来是轻松明快，走起来是闲庭信步。折回处，有木桌木椅，或竹篱回栏，可小坐，可轻倚，也可凭栏远望。远处岛如棋局，似藏无限玄机，透过木麻黄的针叶看，天际苍茫，任由秋风的评弹，把时光弹成渺远的春秋爱恨；山脚下的小朴村，一片灰瓦石壁，凌乱中又有自己的秩序，一派风雨沧桑后的宁静淡远；最高处的望海楼，只在苍绿的林木间，探出半个身子，飞檐翘角都在勾连人心底探访的欲望。

一棵高大的乌荆树倾倒在游步道上，像一招横空出世的剑势，被定格在路中央，大概是前不久的菲特台风的手笔，吃土很浅的乌荆，到底吃了根基不深的亏。它倒伏的姿势自然而散淡，与游步道极为契合，倒像有意给游步道添一道声色。

游步道上，落叶片片，是秋风书写的午夜故事吧，不远处的秋虫把故事演绎成一首含霜的老歌。野菊开得正好，这是她的好时候，所有春夏里姹紫嫣红的草木枝叶，都沦为她的陪衬了，她独有的舞台上，没有珠光宝气，也没有灯红酒绿，有的只是辽阔、空旷和云淡风轻。秋草的香，也往事般地包围过来，曾经走过的路，历经的悲欢，都淡远成回忆的微光，暖暖的，令人微醺。

在落叶密布的道上，打个坐儿，像入了禅般，想象自己就是一片落叶，风正醒，花未眠，来路已是平楚荒烟，去处又是一番千山暮雪。尘世熙来攘往，能因着自己去时的足迹，记得归来的路，便好。这，就是中年的况味了。

游步道，确可游可步，更可叹可喟。

17℃的诗意

江南离水很近，水离诗很近。在新安江畔，诗离我很近。

七月的太阳是一炉烧得旺旺的炭火，把城市蒸成桑拿房。烈日炎炎中去新安江，奔的，是里叶村的十里荷花。可一江碧水和17℃的清凉，锁住了我们的脚步。那接天莲叶、映日荷花的盛况，在阵阵袭来的凉意中想来，只觉缕缕清芬，都在四肢百骸中，扩散成慵懒的欢喜和舒缓的诗意，看与不看，此刻都不重要了。

17℃，是这样走近的。路两旁高大茂密的树木，把烈日的熔浆，稀释成柔和斑驳的日影，摇曳的绿叶间，镶嵌了金色丝线，像一把镏金纸扇，自书生手中，凉意徐来；一树野生的桃，半青半红在浓眉似的叶间，似一首首小令，吟诵着清凉的甜蜜，伸手采摘，好似握一把春风在手，那杏花春雨便历历在指尖眼前；岸边碧绿的水草，擎举着一把把小伞，在清澈的水中轻颤着，碗状的伞叶还盛着一两滴晶莹剔透的绿露，诉说昨宵的风月与雾湿。江畔，群峰叠翠，山色葱茏，倒映在波光潋里，仿佛一幕水幕电影，正上演着山与水的千古绝恋；江上，几只水鸟，追逐着渔舟，上下翻飞，一阵风过，江面上滚出一个个白色絮团，慢慢地，好像有无数双无形的手，将絮团撕扯开，氤氲成轻纱，轻笼在江面上，渔舟若隐若现，水鸟穿梭其间，翅翼驮来阵阵清凉。

滔滔的水声，自远处传来，起初夹杂在一片蝉鸣里，像一缕轻风，若有若无抚过脸颊，渐渐地，蝉声沉落，轰鸣声汇聚成一张细密的网，笼罩了听觉神经，清凉沿着神经末梢，占领了全部身心。站到漂流龙舟上，17℃更近了，水草蜿蜒在一道道波纹里，灰脊小鱼们悠游在绿琉璃里，飞溅的水珠，一捧捧白雪似的，盛开在船头船尾，龙舟恍若在雪中滑行，沁凉的风卷起衣裙，扬起长发，飘飘欲仙了。采来的桃子被挂在船边，乘风破浪了一番后，细茸毛搓去了，粉嘟嘟，新崭崭，像刚开脸的新妇。分到各人手中，拈起的兰花指颤了，仿佛拈在指尖的是冰，是雪。冰镇过的凉，把桃的甜推向极致。炎日里上火唇齿，像刚听到下课铃声的一年级新生，憋了一肚子的叽叽喳喳，终于尽情地一吐为快；探入水中的手足，纷纷惊呼17℃的谎言：分明是冰里雪里的彻骨寒凉，哪能只是温暖如春的17℃？掬一捧江水入口，是熟悉的农夫山泉味道，有点甜，却比甜多了一道清冽，如山歌般清越。

惊呼声中，一堵矗立江中的大坝高耸眼前。一团团烟雾，在大坝深处，似纱如云，翻转卷舒。这座建于五十五年前的新安江大坝，创造了世界水电站建造史上诸多奇迹。当年的辉煌，停留在我记忆深处的，是一款新安江香烟。烟盒上，大坝的九个泄洪孔，九条硕大无朋的水龙冲出，沿着高达百米的泄洪道汹涌而下。九条气势磅礴的瀑布，倾泻在江面上，翻腾起巨大的水花，磅礴的气势，奔腾的快乐，深烙在幼小的心灵里，历久弥新。三十余年时光流逝，大坝近在咫尺，抬头仰望，依然透着巍峨之气，与遥远的记忆相得益彰。正是眼前这座高达70米的大坝，犹如一台巨大的天然水空调，造就了江水的澄澈清凉和长年17℃的恒温，正是70米水压起到杀菌作用，水质也才如此甘冽清甜。忽然地想起人生。有深度和高度的人生，总似一汪清水，淡淡的，风过霜过，烟过云过，无色无香，却清清白白，干净简单，真实隽永。也许，世人都该来读一读新安江，读这一江清凉和诗意，让这一帘用高度和落差形成的精神飞瀑，把人生变得辽阔而沉静，心灵变得澄澈而空灵。

夜宿新安江边旅店。旅店的阳台凌空于江上，店老板在阳台上支了茶几，摆了酒菜。坐在竹躺椅上，凉风阵阵，带来江水的湿润和清新，两岸的灯火，打造琉璃般的夜。远处，谁在高歌："有一条新安江啊，碧蓝蓝真好看；有一个月亮岛呀，漂浮在水上边；有一座情人屋啊，泊成了小篷船；有一个月牙湾，落满了星星的眼。所有的牵挂深了又浅，所有的伤感浓了又淡……"一时间，青山绿水，高坝飞瀑，齐涌眼前来。五加皮酒的醇香中，友人在对面，轻声吟诵："清溪清我心，水色异诸水。借问新安江，见底何如此？人行明镜中，鸟度屏风里。"这是17℃传递的诗意吧，生活在浮躁喧嚣都市的人们，被繁忙和压力挤兑得离诗很远了，像失去水佑护的河道，裂痕处处，杂草丛生。静静流淌的新安江，却在岁月的洪荒中，默默坚守。当我们向往着这清凉和诗意时，何尝不需要在生命里，保持一份17℃，然后在17℃的催化下，酿一壶人生的五加皮，当千帆过尽，心深深处，依然汩汩流淌着一脉17℃的水流和清欢。

如此刻，在新安江边，在凉风如水、月华如洗的夏夜，17℃的诗意离我很近，近得伸手轻轻一握，盈盈已满袖。

秋逢钱江源

秋风渐起，钱江潮涌，我在钱塘江畔，观赏八月钱江大潮。辽阔雄浑的潮水，浊浪排空，气势如虹，潮声如雷。一片惊叹声中，我起身，拨开如潮的人群，悄然离开。盛宴才刚开始，却要提前离席？所有的目光都布满疑问。我也暗自笑了，感觉自己像是那个吃了好吃的蛋，要去寻找下蛋的鸡的人。

是，我要去寻访钱江源，我要在枫叶红起的秋天，与她相逢。

他们说，夏天才是她最好的季节。都市的酷暑，映衬她玉骨冰肌般的沁凉；淙淙的水声，消弭尘世的喧嚣；弥天的林木，编织清凉的桃源。但我想，只有借这一腔观潮的激情和大潮的澎湃，才敢与她对视，才不会在她清澈的眼眸下，卑微地低下头。何况，金风玉露一相逢，胜却人间无数，秋天，原就属于相逢。

溯源，就是要沿着江水行去的。我们的车虽在高速公路上奔走，却一直感觉得到江风的湿意，风越来越清新，林木越来越繁密，钱江源便越来越近了，那个叫开化的地标，带着满目青翠出现在视线里。来接车的开化朋友等在路边，随来的是一句不无自豪的话语：让钱江源清澈地在境内流淌，再清澈地流出境去。他在开化政府部门工作，保护钱江源是开化政府，乃至所有开化人的心愿。

车出开化县城，一路溯江而行，前往钱江源国家森林公园。一条江碧绿如翡翠，像一把柔软的弯刀，硬是在崇山峻岭间生生劈出一条水路。是谁的巧手持一把锐剪，将这青翠天地豁然裁开，让水依了山势舒展开来，山愈静，水愈动，山水仿佛是一对俗世的夫妻，稳重而不失明朗的夫，与俏皮而温婉的妻，日日相对，时时挽手，把平淡的俗世生活过得风生水起、流光溢彩。

远远地，又见一块巨大的翡翠，镶嵌在山林间，朋友说，那是齐溪水库。渐渐地，近了，翡翠有了真切质感，迎面的风带来它的温润质地，也带来它的湿润清新。波平如砥，山映水中，树影摇翠，那绿，绿得人心尖颤抖，恍惚中分不清眼前的景致，到底是水中的一片山还是山间的一片水，或许，这山这水，是世间最为缠绵悱恻的情侣，相守相依，永不分离。

思绪还纠结在那片山水，齐溪的翡翠已抛在身后，莲花溪的激越伴我们前行。急流乱石，合奏出一曲看似随意却激情四射的摇滚，清澈的水流绽开一捧捧雪白的霜花，左一捧才刚黯然凋落，右一团已浓情绽放，前一束悄然吐蕊，后一丛又隆重盛开。一条溪水走在开开落落间，那么繁华绚烂，又那么从容淡定，那么激情欢悦，又那么平和宁静。两岸青山，也汇聚成彩色的波浪，枫红，橙黄，金黄，翠绿，墨绿，靛青，亮紫，如果从红到紫是一组从1到7的音阶，那么，这满山林木该是一部怎样雄浑的交响乐章？

山林深处，路到尽头，钱江源就在山林更深处。沿涧边小道行去，踩着厚实的落叶，脚底是柔软的，青冈，樟柏，松楠的身影随处可见；青檀，那么珍贵的物种，也有幸遇到一株。高大的林木，仿佛身材颀长的中年男子，平和，冲淡，浑身散发温暖的气息。这气息的源自，应该是那些虽不壮观却曲折动人的溪瀑吧，枕水而眠，伴瀑而生，水的柔韧，瀑的跌宕，原就是一部哲学，一部关于生与死、荣与衰的哲学。这山中，林木、山石，甚而路边的一株小草，都像是悟道的老僧，不求险峻，不求秀美，只优雅从容地活出生命的本色。忽然明白了开化人的胸襟，守护一条江的清澈，也就是守护家园的安宁，身心的纯净，灵魂的澄澈。

潈坑飞天瀑布是钱江源众多瀑布中最让人眼前一亮的。一百二十多米的飞瀑，中间被崖石阻挡，像一段平淡无奇的故事，突然多出一个曲折情节，便有了荡气回肠的情愫，又像是一段雪白粉墙，突地一枝飘香寒梅旁逸斜出，变得生动而意蕴深远，让人怦然心动。站在崖下，看飞瀑自峰顶跌落，到石上飞溅开来，又倾泻而下，恍若银河倒泻。那姿态宛如仙女之裙裾，缥缈于千仞峭壁间，风姿绰约；那声势，如巨雷轰鸣于幽谷，万马驰骋于疆场，如一曲盛世的欢歌，经久不息地响彻在云霄。阻挡的崖石在此处，是如此妙到毫巅，曲折在此刻，那么美不可言。

钱江源的清澈，与钱江潮的雄浑，仿佛是人的一生，年轻时是源头，清澈简单，又激越欢悦，一路行去，纳入百川，经历世事沧桑，心胸开阔了，内涵丰富了，却也变得浑浊不堪，变得波澜不惊，却又会在天时地利的推动下，掀起一番惊天的波澜，直至汇入大海，一切才又悄无声息。

开化是个隐士，深居浙皖赣三省交界的崇山峻岭中，悠然地采菊修篱，眉目恬淡，守护着一汪清泉；钱江源像名诗人，把一条大江的磅礴气势，深蕴在道道清溪的诗行中，手法高妙而平实，词句简约而干净。

在秋天，在开化，与钱江源相逢，心像山间的溪涧，澄澈而欢欣。

与水相约

周末，一行三十人，去磐安涉溪寻瀑，与大自然来一次亲密接触。

到磐安，已经过中午，饥肠辘辘，导游却领着我们一路循花溪往山里去。正午的阳光晃得人睁不开眼，却有凉风送来阵阵舒爽，花溪两侧林木森森，满目苍翠。一路上奇峰异石、廊桥遗风、斤丝潭绿、双瀑争潭等奇观异景让人浑然忘却炎热和饥饿。在农家小店的廊下，匆匆用过午饭，便迫不及待地扑到溪水里去。

花溪，深山冷坞的一个传奇。千米平板溪，是亿年火山的遗迹，溪水潺潺流动，清澈见底，溪底的石板依稀可见亿年前岩浆流淌的形状，岩石棱角在溪水悄无声息的轻抚中，变得圆润平滑。溪底有苔痕，光脚或穿拖鞋踩上，极易滑倒。说话间，已有小女孩滑入水中，与溪水做了全方位接触。那女孩才四五岁，一派天真，在一片惊呼中，她却嘻嘻哈哈地拍起水来，完全不顾身上的公主裙已变成贴身衣。

游花溪，草鞋是必需的。花溪的草鞋，是用布条打的。五彩缤纷的布条，在农妇手中穿来梭去，就成了一双双花色艳丽的草鞋。穿着草鞋走在溪中，踏实稳妥。溪水冰凉，不深，大多只没过足踝，最深处也不过刚过膝头。溪水流动与脚步溯流行进产生的冲击力，仿佛经验老到的按摩师，给脚底做着温和按摩。

游花溪，渔网也是必需的。溪里有雪白与草灰相间的花色草鱼，三五公分长，悠游在水中。溪面上，便多是提着红色水桶，拿着红红绿绿渔网的大人小孩，猫着身体，轻手轻脚地与鱼儿斗智斗勇。那些小鱼久经沙场，训练有素，对渔网极敏感，渔网入水，它似浑然不觉，可刚想靠近，它一扭身，没入石缝中，只留一抹水花或一道涟漪，让你无可奈何又欲罢不能。

行到水上秋千处，但见刚才那落水女孩，光着身子，拿着渔网大呼小叫，许多人看着她笑，她却只忙着捉鱼，妄顾旁人似惊诧似笑谑的目光。大概，这溪上，她是最快活的人儿了。

蝴蝶成双翩翩飞过，蜻蜓拍着薄翅掠过，我坐在溪中的秋千上，轻轻飘荡，轻风凉意徐徐而来。这时，恍然自己也是有翅的，这样的溪水，这样的清风，都是有魔力的，像醇酒，让人沉醉。

去百杖潭寻瀑，有些兴致缺缺，一早阳光尖锐得像有金属般硬度，导游说海拔有七百多米，我有些担心心脏受不了。但又被导游说的绝壁飞瀑、森林炊烟、花香鸟语所蛊惑。思量再三，还是决定一试。

走过一段陡峭的山路，气喘如牛，口干舌燥，不知路还有多长，脆弱的心脏也如急鼓般地抗议了。突然，隐隐地有瀑布的轰鸣声传来，当下松了口气，脚下也快起来，到最后，几乎奔着瀑声去了。

不多时，百杖潭就在眼前了，阳光下，溪瀑晶莹剔透，飞珠泄玉，掬一手入口，清凉袭透全身，忍不住再掬一口。从涉水到漂流，再到此刻掬水入口，磐安的水带着清凉一步步深入我心。并不喜欢百杖潭的传说，那个关于白龙与高僧的故事有些牵强俗套，但却喜欢那三个潭名，米筛潭、藏龙潭、祈雨潭。一瀑三折，似幕帘，似喷泻，似轻烟，阳光下，隐隐约约的彩虹在瀑边出没。“百杖龙潭像玉盘，岩腰飞瀑散林峦。”峰因瀑而灵动，瀑因潭而深邃。我们这些匆匆过客，带走了片片清凉，已觉满心欢喜。

从百杖潭下山的路上，遇到一处山泉，旁有“冷泉”二字。这泉，由一根竹子从山深处引出来，水流不大，水温彻骨冰凉。掬一手入口，清冽甘甜，沁透心脾。导游说，这泉水源自百杖潭。游客纷纷上前，连那些斯文人士也不顾形象，俯下身来，双手掬水，低头就饮。

作家黄亚洲说：磐安是一枚绿叶，隐匿在大森林当中。我们从绿叶中来，带着一身清凉，离开了磐安，在车上，已有人计划，几时再与家人同来。

黄山行

事实上，当我被山路十八弯的车程颠簸得七荤八素的时候，沿途五月葱茏的山色是极养目的，车厢内的笑语谑言是极怡人的，来自各地的五女二男的旅途也是极热闹极有趣的。进了黄山山门，我还是晕乎乎地全无应有的兴奋和神往已久的狂喜，从这个意义上讲，身体上的不适会导致精神上的疲软，绝非虚言。

黄山的秀丽，黄山的神奇，黄山的险峻，早在书上、电视上、明信片上耳熟能详了。登山前，便做好了许多准备，比如说只带必需品，减少负重；比如带长袖的衣服，抵挡山上的寒凉，带雨衣以防突降骤雨……，谁知遮阳帽、太阳镜、防晒霜倒派上大用场了，只因很幸运地遇上个艳阳天！

上山最初的一段路途是坐缆车上去的，缆车上观山，山势陡峭，七下八上的一千五百级台阶的山道，蜿蜒如一条细细的白飘带。导游说，山上的物品，都是挑夫从这山路上一步一步挑上去的，所以物价极高。果然，山下一元两元的矿泉水到了山上，已是五元十元的天价，但看着挑夫肩上虬结的大疙瘩，手中的矿泉水也沉甸甸的，有所值了。缆车上有窗供人赏景，王京为景所动，欲开窗览胜，小强大叫不可，其声凄厉，再观其神态，双目紧闭，双手紧抓座椅，双脚轻颤，原来是恐高症患者，便建议他藏身椅下，怎奈他人高马大，只能作罢。五女二男上山，山路崎岖，原指望有男士护花，心可安矣，此时看来，一半希望落空了，另一半呢，恐怕不是自身难保，也是分身乏术，没指望了，于是匆匆买来手杖。导游说，在山上，手杖顶半个男人，但愿此言不虚。

许多年前，有人把我潦草的签名，误看作“云松”，便说，你该上黄山，黄山二景云和松你都占全了。虽是个误会，多年来却一直是我神往黄山的一大原因。

云是我最爱，云海缥缈，若隐若现，极尽妩媚；云雾缭绕，欲迎还拒，极尽缠绵。上山的路上，看峻峭的天都峰被一阵又一阵的云雾痴缠得时如女儿般娇羞，时如坠入情网的少年般神采飞扬。在黄山，云是最朴实、最简单、最自然、最优美的修饰，如若无云，看山峰险峻刚硬地矗立，明朗是明朗了，脚下却不免越来越沉重，上山的路走得恐怕更不轻松。导游的时间观念极强，时刻一到便催促着上路，云里雾里的天都、莲花变幻未已，导游的旗帜已高高扬起。走吧走吧，想来在黄山，云海应是俯拾皆是的，如猴子望海、云海日出等景观，无不是因云而生。却不料，当日太阳极好，云雾早逃逸无踪，无有觅处了。

松是黄山的另一奇观，黄山的迎客松、送客松、伴客松，这松那松的，名目繁多，气势非凡，大都是破石而出，很有些不可思议，以致频频叹为观止。后来导游说，黄山松根部有能溶解岩石获取养分的物质，如此而已，至于某些值得颂扬的精神和品格，只是某些人牵强附会罢了。

黄山黄昏后气温陡降，五月天水竟刺骨冰寒，能上身的衣服都披挂上阵，寒意依然侵体，五女瑟瑟缩缩如过冬的寒号鸟，再看二男，睡衣也上身了！所谓潇洒，是温饱问题解决后的事吧？寄住的小屋，号称“西海山庄”，二层木质结构，房间由木板隔成，隔音极差，墙壁斑驳，床铺靠墙而置，床单有些异味，无电视电话也没有卫生间，一楼的楼梯口有一排水龙头，就是漱洗的地方，至于厕所，远在百米外，还需七拐八拐的，一个不留神，就迷途难返。女同胞们均和衣而眠，小郑更绝，索性将雨衣穿上睡觉，确保娇嫩的肌肤不受小虫小蚊的侵害，原本是要带着防山上晴雨无常的天气的，不曾想还有这种用途！

晚上的娱乐，是五女二男的扑克大战，由于来自不同的地方，玩法不一，好不容易统一了打法，制定了规则，大声的喧哗已引得隔壁频频敲墙抗议，只好草草收兵。又另择房间神侃，又复留通讯地址，又说几时几时如何相聚，竟见些许久不见的热情。我们这些将届不惑或已届不惑的人等，分散在天南海北，得以相聚在一起，如此快乐地度过几日，冥冥中难道没有真神的安排？我们曾站在光明顶上，眺望远方，望见山天相接，望见山水尽处，又怎么能望到我们辽阔的缘的尽头？我们曾在排云亭上，戏看小佟和小强为他们的儿女锁下连心锁，锁下另一段宿世的情缘，我们又怎么能说上苍没有浪漫的情怀？

黄山日出的风采，我曾在明信片上领略过，一直很神往。是夜，我便组织上山观景的阵容，二男怕自己的阳刚之气吓跑太阳，害众人观不得美景，愿意做出牺牲，不去了；三女早怕娇躯不胜寒风欺凌，放弃了，只剩下我与来自上海的苏，视美景高于健康，组成上山“敢死队”，收集所有能御寒的衣物，准备好手电筒，调好闹钟，万事俱备，只欠时刻到。黄山日出举世无双，一道金光“唰”的一声，穿破重重阴霾，吹响晨的号角，万丈光芒喷薄而出，宣告夜的终结，云海茫茫中一轮红日冉冉升起，那气势应是极磅礴的，而那红而圆的太阳却显得如此的宁静，如此的悠然，如此的纯净，黄山千峰万岭、千松万柏都披上一层绚丽的霞光，富丽堂皇，金碧辉煌。

也许是太冷，也许是太疲累，当嘈杂的人声脚步声奔日出而去，闹钟准点响起，苏竟退缩了，任千呼万唤，说不出来就不出来，温暖的被窝比起日出种种诱人得多，孤掌难鸣，“敢死队”不攻自破。至于日出种种，那是床上想的，梦里梦的，说来解恨的。真正的黄山日出，留待他日有缘再见。也好，五女二男总算是同进退，共享受了。

离开黄山，我独自踏上归途，寂寞的车旅，任声声的车鸣带我走进深深的夜，只有脚部隐隐的疼痛提醒我黄山的种种。深深地，我开始想念那些刚刚认识不久又匆匆分别的朋友，在我们刚刚分别的时候。

九华三日

对佛，我总心向往之，隐隐地觉得那是我未来心身之归处。听着悠悠梵音，心底也清净澄明，仿佛雨后春山，涤荡过的洁净里，氤氲的水汽和泥土的香，碰撞成空气中悬浮的负氧离子，浊重的身心便轻盈了起来。

只是，这些年，去过的寺院，越有名气，越商业化了，寺院越富丽堂皇，佛像越高大威严，可越近到佛前，却觉得离佛越远。佛教圣地如普陀，也没有度化周边的人，那些靠香客为生的旅店饭店，刻薄冷漠，没有丝毫佛的宽怀和慈悲；名寺如灵隐，为推销高价香，请托诈骗，甚至不惜拿佛的名号恐吓。在白马寺烧过数百元一枝的香，在峨眉买过价格不菲的开光佛像，在仙居名不经传的寺院捐过强制性的香火钱……被寺院被所谓的佛祖，撞了许多回的腰后，去九华山，便没有多大的兴致，心想，不知道会有多少陷阱等着破坏礼佛的心。

第一日

到九华，已是黄昏。上山的路上，见远处一座高高的佛像，在暮色中闪着隐隐的金光。导游不无自豪地说，有九十九米高呢，是世上最高的铜质佛像。心底闪过一丝不以为然。九华供奉的地藏王菩萨，终生信奉的是地狱不空，誓不成佛，可不是为争这浮名的。需要这浮名的，恐怕是那些要借菩萨的名义达到某种目的的人吧。便只任导游的声音，成为断断续续的背景，目光只流连在车窗外的竹林。早春的竹林，有一种生发的气象，青翠，娉婷，落地成诗。若说世间万物皆有禅意，那么，这竹就是佛写在地上的偈语，纤细却光滑笔直的竹干，细长却柔韧的竹叶，不疏不密的距离，在在都是佛心的传递。风来弯弯腰送风过耳，是佛的谦恭和顺；雨来沐叶浴竿，又滋润泥地和地下的根，是佛的恬淡包容；严霜寒雪无奈于它的纤细，电闪雷鸣无奈于它的挺拔，仿佛佛心低到尘埃里，却高贵于云端之上。

夜宿的宾馆，看似一家普通的两层楼民房，里面却别有洞天。回廊外，是小小的庭院，假山，流水，鹅卵石铺就的小径，还有春天里欣欣然生长和开放的花草，把这平凡的小店营造得雅致舒适而韵味悠长。倚栏小坐，看一朵杜鹃将开未开，一颗露珠含在花心，凝然未动，这露珠显然是早晨的雾气所凝，因了这花瓣的佑护，到黄昏而依然晶莹。心忽然欢喜起来，为这一朵将开未开的花，为这一颗应消未消的露。

晚饭后，一行二十人去古街走走。说是古街，其实甚小，店铺也单一，卖香烛的居多，间或有一些土特产店。同行的女伴要买香烛，便有男同胞接口：到这里来买香烛，等着挨宰吧。可香烛并不贵，才十元一盒。女伴问，山上庙多，得买多少才够。店家是一中年男子，清瘦黝黑，有些木讷。我等着他信口开河，不想，他只淡淡回道，一盒足够。看我惊讶的眼神，他显然会错了意，说：心中有佛就好，不定烧得多就好。我立即掏钱买了一盒——上山前，可是打定主意坚决不买任何东西的。从小店出来，几乎人手一盒香，只为店主的那份实诚吧。

暮色四合，雾气渐浓，街石也渐渐湿滑，小心翼翼走着，只听一阵悠悠梵音穿雾而来。循声寻去，巷弄深处，一家音像小店，古朴的仿羊皮灯，晕出一片微黄。店极小，一架古筝闲置一旁，四壁堆满了书籍和碟片。中间的过道上，摆满了徽砚、笔墨、宣纸，和佛珠木鱼摇铃之类的物品。几个顾客站着翻书，听碟，与主人闲聊，木鱼敲得无着无落，主人也不阻止，只是微笑着与顾客闲谈，仿佛这是他的道场，他只负责闲适、轻松，然后把时光变得通透宁静。

从小店出来，才发现自己落了单。宾馆的方位，早在一片茫然中，甚而连宾馆的名，是钟楼还是钟鼓，也记不清了。向一家小店的主人打听，那年迈的老妇人从店里走出来，用我听不太明白的普通话连说带比画了半天，看我仍一脸茫然，便跟旁边的店员打个招呼，带着我去找宾馆。宾馆并不远，只是要拐几次弯。看到宾馆前的停车场，我知道就是这家了，可她却非让我进去确认无误了，才肯离开。

第二日

第二天早晨，九华山被雾气笼罩着密不透风。雾主宰了世界，山岭、村庄、树木和人，都隐身在白雾中。早出的人归来说，九华之雾，九华之悟也。我生性愚钝，悟不出高深禅意，只隐约觉得生命只是幻象，眼中所见不一定是实，所不见未必是虚。要让世界成空，一场浓雾即可。

坐缆车上百岁宫。雾渐散，远处的山，是一尊睡佛的侧影，额、眼、鼻、唇、颌、项、胸都清晰可见，只是，不同的看客看到的并不一致，诚然，每个人心中都有自己的佛。

不能不说说肉身菩萨。九华山曾有十四尊肉身菩萨，“文革”时损毁近半，现在尚存五尊。在山间的寺院里，见到一位肉身菩萨。这菩萨身形矮小，面容清癯，两颊下陷，姿势却松弛沉静，跟普通的佛像有明显的差别。所谓的肉身菩萨，就是佛教所说的全身舍利，即是指高僧圆寂后，其身体经久不烂，常保原形而栩栩如生者。《金光明经》载：“舍利者，是戒定慧之所熏修，甚难可得，最上福田。”戒定慧之所熏修，是佛教对肉身菩萨现象的基本解释。严谨的修持，是肉身不烂的主要原因。导游介绍，慧明禅师圆寂前交代弟子，把他的身体放入缸中，置于后院，三年后开缸。弟子遵师所嘱，安顿好师父后，便出门云游。当时寺院翻修，其他人不知缸内放的什么，便把缸挪到角落，杂草杂物堆在缸旁，有一天，大家从这里路过，远远就闻到有异香扑鼻而来，甚是奇怪，揭开缸盖，见禅师端坐缸中，头发长出寸余，牙齿完好，皮肤毛孔清晰，装缸时穿的衣服紧贴身上。难以想象我们眼前的这肉身菩萨，已历三四百年风雨，虽贴了金，仍能见其圆融寂定，岁月在这里也变得沉静有香。

下午上天台。天台是信众朝拜地藏“圣迹”之所在，民间流传“不上天台，等于没来”。缆车从陡峭的山顶越过，山间木头架成的台阶在林木乱石间蜿蜒，没有缆车前，这条路走过多少虔诚的脚步，印证多少向佛的诚心。如今，礼佛有了捷径，诚心却也打了折扣。缆车尽处，是一座寺院，天台在更高的山上，八百多级台阶是通向天台的云梯。我素来怕爬山，早搏的心脏强烈抗拒这项运动。可同行的伙伴们不想让我留此遗憾，非要陪我同行。背上的包到了他们的肩上，手中的水壶、相机，到了他们的背包里，到后来，阳伞甚至帽子，都由他们帮忙拿着，轻装上阵，仍是走十余级就得歇一歇，他们也陪我走走停停。路上，有买水果的小贩，叫卖着野生的果实。那果实黑乎乎的，像扭曲的铁钉，买的人挺多，而且都说好吃。我有些口渴，便也想买点解渴，只是身上分文未留。那小贩是个个子小巧的女人，看不出年纪，麦色的肌肤，脸上有许多皱纹，体态却轻盈。她竟说，拿去吃，没事。我不好意思，推辞着，她抓了一把，不由分说往我手里塞。那两个同伴见我们推推搡搡，便从上面跑下来，要付钱。小贩说，这一把说了要送的，不收钱，要是不够，就再买一点。同伴买了一大袋，后来在车上，分给大家吃时，把这事说了又说。天台的龙头峰、龙珠峰、十王峰、玉屏峰，怪石嵯峨，山势险峻，景色秀丽，有诗赞道“从此置身于仞上，不须别处觅蓬莱”。只是，不久后，这些景色装进相机，又传到电脑上，便从脑海里渐渐淡去，而屡屡提及的却是那平凡的小贩。凡俗中的佛心，也许更让人流连向往？

是夜，久疏运动的腿，疼得难以入眠。热水泡脚是不错的疏解之法。只是宾馆哪有泡脚的桶？垃圾桶倒是有两个。取两个干净厚实的背心袋，套在垃圾桶上，注满热水，又烧一壶开水在一旁。两双酸疼的脚，被温热的水轻拥着，热气自脚底升起，掌心泛红，慢慢地，酸疼消散。沉沉睡去，梦里，有温热的水的轻柔，有其貌不扬的垃圾桶。再丑陋的外表，也无损内心的温暖、柔软、善良。恐怕，这也是佛的禅意吧。

第三日

第三天的序幕也是自浓雾中拉开。雾气似乎比昨天更浓重。往地藏王肉身宝殿去，近在身后的十余米高牌坊式山门，只成一抹淡影。踏着莲花从山门下过，看门上那一联“众生度尽方证菩提，地狱不空誓不成佛”，只有近前的几个字看得清楚，上端的四个字完全淹没在浓雾之中。从偏门进了寺，有江泽民题写的“护国月身宝殿”字样，源自赵朴初的“护国月身宝塔”，改一字，寺还是这寺，菩萨还是那菩萨，需要名人权贵撑腰的，想来也不是寺院，更不是菩萨的初衷。

在大殿里随众人转三圈，为年迈的母亲和年轻的儿子祈求平安。转着转着竟迷糊了，不记得转了几圈。这几天去过不少的寺院佛殿，也看过不少佛像，却如走马观花，脑海里没有一点印记。这殿内有不少佛像，索性多转几圈，看个仔细。记得朋友说自己在这寺内遇着一位负责接受和登记香客捐施的结缘师父，在如潮的人流中，只一心专注看经书，如在无人之境，让她非常感慨。殿内有四个捐施点，只是那几个和尚都年轻，捐施的人不多，他们闲得无聊，也就东张西望，神色茫然，毕竟，“禅心对虎闲”，是需要高深修为的。

从肉身大殿出来，在殿后的石栏上小坐，栏外一树桃花开得正艳。同伴开玩笑说，道行浅的和尚，见了可要春心大动。便有人笑回道，是你的春心动吧。我看着那开得不管不顾的花，仿佛见到佛的欢喜心。平日里，说到佛教，就会说到苦修和清修，一味觉得修为之苦，其实，这苦只是物质上的简朴，修行人的内心必是丰盈的、欢喜的，从弘一法师临终前的悲欣交集四个字也可见一斑，只是凡俗如我们难以理解和体会到罢。

午饭后，坐上回程的车。多年的午睡习惯，到这时间节点，不睡就昏昏沉沉，加上九十九弯的山路，难免头昏脑涨。同伴让出她的睡枕给我，靠着那柔软，小寐了一刻钟，车还在山路上折来叠去，人却已神清气爽。九华三日，也像漫长人生中的一次小寐，以佛的名义，为凡俗人生做一回禅意的行走，让岁月生香心灵润泽。

秋访西溪

天高气爽的暮秋时节，一个阳光和煦的午后，我走进西溪。

西溪僧人说，西溪为十月中旬秋光好，最好有月亮，舟行西溪，月光橹声，清辉朦胧，芦荡的芦花堆雪，鱼逐月影，风送柿香，渔火簇簇漂浮水泊。我去时艳阳正高，月光橹声只能在摇摇晃晃的舟行中，闭上眼睛去遐想，我要去会一会芦花堆雪胜景。

但我来迟了。芦花只剩疏疏落落的几枝，在芦荡里寂寞地飘摇。柿树的叶子也凋零殆尽，几枚小小的柿子像橘红色的小灯笼，高高悬挂在枝头，摇摇欲坠，想是长得太高，让收获的人也无可奈何，只好把它们留下来，让像我这样迟来的人一睹柿红如火的风采。

好在有水，约占园区70%面积的河港、池塘、湖漾、沼泽，依然“一曲溪流一曲烟”。六条河流在园区内纵横交汇，众多的港汊和鱼鳞状鱼塘，把西溪编织成阡陌纵横的方塘，云来徘徊，影也来徘徊。河水清冽，像翠绿的绸缎，船驶过，绸缎荡起一层层皱折，岸边护堤的木桩，在一个个皱折里起起伏伏，让人误以为那木桩是浮动着的。成群结队的鲳条鱼漫不经心地浮在水面上，时而向左，时而向右，拔根芦苇轻探入水，它们便箭一般地四散而去，激起一阵水花。都说水是西溪的灵魂，我倒觉得这些有点憨有点愣却又极灵活敏捷的鲳条鱼，是水中的精灵。远远的一只鸭子凫泛过来，渐行渐近，似在觅食，又似在寻伴。近处，一只水鸟振翅飞去，渐行渐远，留下一串清越的鸟鸣，让人不禁把目光追去老远仍不忍收回。

极喜欢“烟水渔庄”这个名字，用相机对着它拍了又拍，顺着箭头所指走去，心中已模模糊糊有了远离尘嚣的恬静。取名“烟水”，是因为这里有三烟之妙：柳烟、云烟、炊烟。此时，三烟俱已难觅，但几间农舍改装成的展示厅，像一幅描写农事鱼耕的简笔画，一锅一瓢，一帐一斛，满是烟火人生，一杖一锄，一舟一楫，尽显渔耕生涯。在渔庄人家拙朴的条凳上坐下，便有着印染花布衣裳的小妹奉上清茶，鱼在大木盆里游着，现点就好，烹炸自选，更有钓客拎着刚钓上来鱼，兴冲冲地老远就喊，老板，快给煮上。

深潭口的三棵百年老樟树，很有些慈眉善目的样子，阳光从枝叶间筛落下来，像给樟树的脸洒上些笑纹。“龙舟胜会”石碑寂寞地立在中间，六七个年轻人嘻嘻哈哈的，故意摆出怪异造型，与石碑合影。几户农家小楼门窗紧闭，只有一家小店前，坐着一个老妇人，手里纳着鞋底儿，却不停打着瞌睡，暖暖的阳光是有催眠作用的。不远处的古戏台空无一人，寥落得让人无法想象它曾是越剧北派艺人的首演地，却更能让人体味人生如戏的况味。

沿着小桥曲径行去，不经意间步入了蚕桑陈列园。这个小小陈列园，详尽地陈设了从桑到蚕及丝至绸的场景，活脱脱一个“春蚕到死丝方尽”的“现场直播”。附在嫩绿桑叶上的幼虫咀嚼着，把一张张桑叶嚼成脉络明晰的叶柄，便蜕皮成蚕，那秋雨般的沙沙声持续了几昼夜，终于慢慢停息了，蚕吐丝成茧，茧结成蛹，然后破茧而出。这浓缩在眼前的蚕的一生悲喜，让人心头不由一颤，生命原是在付出中得到，在痛苦中快乐，在困惑中解脱的。在另一个房间，天然蚕丝织制出的美轮美奂的丝绸作品，让人眼光缭乱，更让人无言以对。

秋天日短，行行停停间，阳光收去了金色的光芒，河道上，阳光的丝线如织如缕穿梭在碧绿的河面。坐最后一班游船回来，路过那一条传统小吃街时，一个妇人和一个小伙子正在捣年糕，米粉在石臼里，妇人一遍遍翻着，小伙子一捶一捶捣着，天地几乎都震动了，那醇厚的米香一路追随着我，走出了西溪公园大门，走进了滚滚车流中。西溪却在身后，无声地邀请我，再来，再来。

梅雨潭

曾经追随着朱自清的眸光轻抚过你醉人的女儿绿，那时清澈的眼眸一如你随风轻漾的水纹，没有岁月的烙印，没有风雨的沧桑。我曾攀上峭壁，贴近你跳跃的心弦，看阳光下你如何变幻着七彩，轻风里你如何飞舞着水袖。我欲执你柔美的手，执住你飞泻的快乐，而你溅我一身的清凉，一声声惊呼泄露我年少的痴狂。我惊诧于你柔柔的女儿绿，甜美如处子的烟波；我感慨于你雷鸣后的恬静，飞越过后的怡然。从此后，你潋滟的波光映衬成我梦境的底色，不云自悠卷，不雨自缠绵。

我不该再走近你。

如果我不能巧笑嫣然向你，如果我只能为你远远的跫音魂消魄落，为你盈盈的秋水形销骨立，为你曼舞的身姿衣带渐宽。

我不该再走近你，不该让你看到我发梢鬓角沾染着的幽怨与潮湿，不该让你看到我眉心上浸沁着的无助和哀愁。

我只该挽住你的相思，流窜在茫茫的人海；我只该握住你手心的温度，度一夕又一夕的寒凉；我只该在凡尘中向你不时的张望，我只该在黎明前向你说一回相思的梦呓。

绿绿的竹排游荡在你的波心，一把把七彩的阳伞绽放在你的怀抱里，竹排上浊酒与笑语敲得清脆，牛肉与长歌击得震天响。你柔柔的女儿绿也溶入了凡尘的快乐吗？你盈盈的波光也爱上了俗世的繁华吗？

我把脚探进你的碧波里，我让你的轻柔流进我心田里，我听你絮絮轻诉春肥秋瘦的故事，我自你散发悲歌的生涯，捡读你岁岁失落的诗心。

一阵风过，盆空碗净，倾倒的阳伞砸中我的眉心，我与杯盆一起坠入你的柔波里，你以清澈包容我们的污浊，你以款款的细波涤荡我们沉沉的积垢。呵呵，你历经风霜雨雪不改的容颜，你飞越千年曼妙依然的丰姿美态，你恪守万年不变的脉脉女儿情怀，都是因为你宽大包容的心啊，梅雨潭!

我不要一探雷鸣的深处，也不采山花满把，我只想握住你的手，握住你手心暖暖的温度，静静的长久的不被打搅的向你凝望，直到地老天荒，直到海枯石烂。

不见你是寂寞，见你是相思。

我宁可你静含地美在尘世的对岸，宁可我永远也握不到你的手。

可是，就算是千万遍地走过你，我也不能保证我不回首啊，梅雨潭!

春游大均溪

游溪，游的是大均溪。

溪在畲乡景宁县，景宁在浙西深山里，山在春意缱绻处。

春天，那么近，伸伸手，就能握一把在掌心里。眼睛是有福的，车行在狭长山谷里，满目里，花儿红红白白，叶儿青青翠翠，溪水碧玉般莹亮剔透，而村庄嵌在山腰里，都老旧了，好像那些灰色的墙面，黛色的瓦片，幽暗着，只为衬托春意的葳蕤。耳朵也是有福的，鸟语是绕身的珠翠，一串串，把尘世的烟尘都点染得熠熠生辉，而风声在树梢间轻盈地穿梭，步步生莲。鼻子也有福了，山间烟岚的味道，林间草木的清香，风里传送的芳馨，潺潺水流的湿意，纷至沓来。我这久患鼻炎初愈的鼻子，像在古寺里修炼年久的僧人，忽坠入繁华街市，迷醉得意乱情迷，多年清修的淡泊宁定瞬间消失了，心突然空洞起来，仿佛曾经的岁月，都错了，都白活了，只这一刻，满心里是尘世的欢喜。

车停在路尽头，山却仍高远着。远山，自有曲径可通腹地，可探深幽，而我们像一群不求甚解的孩子，要临溪去了。

溪水声声，像一首小调，随意而轻快，轻轻地弹拨，就把耳目从漫散中吸引来。比起江海，比起河湖，溪更可亲。江海河湖是壮阔的，深沉的，是历尽风雨的沧桑，是中年的况味；溪，却是轻盈的，纤弱的，活泼的，是未经世事的简约，是年少的纯净。独对这春日清溪，只觉得那些远去的年少岁月，也如这溪流一般，在眼前层层叠叠地展开了。

踏过一片凌乱的溪石，溪，近了，近了，宛宛转转，千娇百媚，细细的涟漪是轻抛的媚眼，是娇脆的邀请。忍不住张开怀抱，去拥抱她，去亲吻她。可我，只能伸出手去，掬一捧，在手心，指间兜不住了，便低下头，含在口中，她的冰沁与因上火而发烫的唇舌，像闹别扭的小情侣，起初拉拉扯扯，各执一词，看似争锋相对，却慢慢相互渗透，相互融合，直至浑然一体，浓情蜜意。

就在这溪水与唇舌的浓情蜜意间，恍惚觉得这场景如此熟悉，好像无数次来过这溪边。浣衣，戏水，捉鱼，还有一递一递说着的话，一来一去和着的歌。或许前世，我就是这溪边的浣衣女，或许在这溪边，曾有一场恋爱，汹涌激越，把我平淡的人生激荡得像急雨后的春溪。

艄公把漂流的皮筏舟抬到溪边，老绿的皮筏舟，与我以往坐过的都不同，像两只火箭捆绑在一起，火箭上各有五条皮带子，那就是座位了，看样子，我们要过一把坐火箭的瘾了。

艄公又拿来雨衣，一次性的，薄薄的袋子装着，淡淡的蓝叠加在一起，蓝便深了，像裁了一块天空来。这样想着，抬起头，绿树上的天，高山上的天，春天里的天，蓝得清婉了，蓝得透彻了，像传说中的“海洋之心”巨钻。不，巨钻哪有她蓝得如此空阔如此高渺，这样的天，最难以形容的，如果一定要形容，或许可加这样的前缀，春天的，深山的，畲乡的。

舟在溪中漂着，两岸不断后退的春山是华贵的丽人，那些深深浅浅的绿，那些层层叠叠的碧，是华裳；那些高耸入云的山，那些千奇百怪的树，是身段；那些风带来的袅娜，那些香带来的迷醉，是气韵。看了又看，叹了又叹，总是看不够，叹不尽。船尾撑杆的艄公，可算是世上最清闲的艄公了，捆绑成火箭似的舟，在溪流里，像自由落体，顺流而下，他只指指点点，对溪畔迎面而来的巨石，有声有色地解读着，把所有人的目光都牵引到远处。可我，只愿与这一溪春水纠缠了。

脚套在密封的雨裤里，虽不怕水湿了鞋袜，可伸不出去，隐忍了一冬的脚丫子，像萌动的春心，蠢蠢欲动了。撕开密封的裤管，褪下鞋袜，脚在春溪里了，像桨一下一下地划着，打起一浪浪的水花。春溪还寒着，却不再刺骨，暖意隐约在脚丫间穿梭着，春的脉动，敏感的脚心感知了，春溪的欢悦，细致的脚尖触摸了。这一刻，脚在春溪里，像镶进碧玉琥珀里的小蟹小蝶，与我有隔世相望的疏离和相逢的喜悦。

用脚探一探划一划是不够的，用手撩一把拨一把也是不够的，用唇含一口抿一口还是不够。有人被这一溪流淌的绿迷住了，叹息道，跳进去游一程，一定美极。便有人怂恿，跳呀跳呀。终还是没人跳进去。而我，不识水性，是无法受用这美的，我只能长久地紧紧地把目光深入。这在阳光下跳跃着欢笑的春溪，这在春风里舒展着筋骨的春溪，这与水草交颈缠绵的春溪，这与溪石软磨硬泡的春溪，分明是我曾经的年少，少小无知却无畏，少小单纯却快乐，少小无赖却率真。

溪流很长，可漂流的溪段不长，四五十分钟，便走到停靠的滩头，像年少岁月，短暂，却让人久久留恋。

春日游大均溪，在山深处，在春深处，在岁月深处，用年少的心情，在无瑕的光阴里泅游。

抚仙湖：高山上一颗清澈的眼泪

初秋，披一肩沾着桂香的阳光，去抚仙湖，心间仿佛揣着一把巨大的钥匙，要去开启那一片沉淀着历史、绚烂着风情的湖水深处的奥秘，触摸云南高原上那一颗蓝色的眼泪。

去之前，朋友说，高原明珠抚仙湖像一个葫芦，横放在澄江、江川、华宁三县之间。我翻开地图看，发现那分明是一把蓝色的巨型钥匙，静静地潜藏在崇山峻岭间。打那时起，这把钥匙就挂在了我的心的颈间，时不时地晃动着，跳跃着，让我一次次去抚摸她，端详她，最后抛开烦情琐事，走向她。

从温州飞到昆明，已是黄昏，驱车去抚仙湖的路上，初秋的阳光像金属的簧片，弹出一地的明亮。大地是储蜜的陶罐，一波一波涌动着秋天的欢喜。不知道为什么，我心底却一遍遍响起齐豫的《一面湖水》：有人说高山上的湖水，是躺在地球表面上的一颗眼泪；那么说我枕畔的眼泪，就是挂在你心间的一面湖水。抚仙湖会是怎样的一颗眼泪，是喜极而泣的幸福泪花，还是悲观失望的忧伤珠串?

到抚仙湖，已月上柳梢。在湖边礁石上小坐，听细浪轻拍堤岸，看鸥鸟双翅驮着月光翩飞，渔火点点，帆影隐隐，我恍然以为自己仍然坐在家乡碧波万顷的东海边，难怪贾平凹在这湖边坐着时，直截了当把它唤作“海”。抚仙湖的悠久与宏阔让人不由自主地萌生一种朝拜心理。

月色从来都是最好的修饰。此刻，皎洁的月光把抚仙湖装扮得风姿绰约，空阔浩渺的湖水，在蒙蒙月色中，像一张铺展开的宣纸，圆月用轻柔的笔调，将自己晕染在这片巨大的画面上。远处，孤山像一块镇纸，轻轻地压住宣纸，任湖水在初起的秋风里，皱了平，平了皱，将月光以青花揉入瓷器的姿势抱进湖心。

划一叶扁舟入画，是必需的。解缆启航，小舟轻晃了晃，一声惊呼仿佛为这宁静的画面配一段画外音。雾自觉散开，迷迷蒙蒙的湖水，与空蒙的远天连成一片，月在水中，船在天上，我们借一柄小桨在天地间悠然行走。突然，前方一阵喧响，随来一抹银光的弧线迅速划过，“青鱼！快看！”艄公喊。待我们定睛看时，水面已一片平静，怅然间，艄公说，甭急，还会有的！这样宁静的月夜，会有许多青鱼跃出水面，跳得比船还高，有时还会从小舟上空越过，像背跃式跳高的运动员，而且一鱼欢跳，众鱼响应，一时间船的四周，都是青鱼轻盈优美的身影，扑通扑通，此起彼伏。我接口道：就是“青鱼戏月”吧？我百度过抚仙湖，资料上说，抚仙湖还有“青鱼戏月湖”之称。艄公点点头。正待细说，却见船左边一阵哗声，一尾青鱼跃出水面，月光把它的鳞片涂成银色的光芒，出水入水，只不过数秒，它像一个调皮的孩子，划一道弧线，就消失不见。艄公停了桨，任小船随细浪轻荡，我们静静地看着一阵阵水响后，一抹抹身影，一道道弧线，划过又划过，欣赏着青鱼为我们演出的这一场自然和谐的戏剧。

良久，湖面恢复了平静，圆月又成为这一方天地的主角，一阵风来，湖面翻起层层细浪，仿佛无数朵白莲次第绽开。艄公说，这水下有大量人工建筑的遗迹，十年前，中国首次湖泊水下考古就在这里进行。呵，美丽的抚仙湖，这把深藏在崇山峻岭中的蓝色钥匙，将为我们解开多少大自然的奥秘，带来怎样的惊喜！

把手探入湖中，掬一掌水月，撩几把水花，沁凉的湖水将一抹淡淡的喜悦逼入指尖心上。因为艄公说，这湖水现在几乎可以直接饮用了。以前，世世代代的高原人都汲取湖水为炊，渴了，到湖边掬水入口，明代大旅行家徐霞客曾记载，“滇山唯多土，故多壅流而成海，而多浑浊，唯抚仙湖最清。”湖水的清澈由此可见一斑。后来曾有一度，湖水被轻度污染了，幸好地方政府和众多志愿者及时治理和保护，总算没有让湖水变成咸涩的眼泪。

湖水，眼泪，眼泪，湖水，这两个词像残荷上的露珠，在我心里滚来滚去，伤感弥散成一种眼酸鼻塞的情绪。来时路上，听昆明的朋友说，美如翡翠的滇池，如今已恶臭不堪，湖水如同墨汁一般，不知道要经过多少年治理才能恢复。白衫溅上墨水，要洗净谈何容易。人类的自私和愚昧，真是大自然的噩梦。但愿抚仙湖，这颗淌在地球表面的眼泪，能一直一直这么清澈纯净下去。

兴尽回舟，在明星鱼洞紧靠水边的一家饭馆，我们品尝着抚仙湖的特色佳肴——澄江铜锅鱼。这个用抚仙湖的鱼、抚仙湖的水、抚仙湖的铜锅做成的特色菜，果然不同凡响，鱼是刚捕上来的抚仙湖特有的抗浪鱼，鲜美爽嫩，满口鲜香，回味无穷。

回宾馆时，一行人弃车漫步，风带来湖上的凉意，轻抚我们酒酣耳热的脸，在湖边的柳树下小立，心底隐隐泛起热热的情绪：多希望抚仙湖是这一方天地的主角，周边的山脉、河流、森林、村庄，甚至是人，都心甘情愿地依附它，呵护它，甘作它的保护神而毫无怨言。那么，抚仙湖便永远是淌在地球表面最晶莹剔透的一颗眼泪，也是挂在千千万万爱她牵挂她向往她的人们，以及从她身边走向远方的游子心尖的一面清澈的湖水。

洛塘河的前世今生

江河尽处是大海，喧嚣尽处是宁和。江与海接缝处，江流和海潮上演了一幕气势恢宏的大戏——钱江潮；而在繁华与喧嚣之后，素有海宁母亲河之称的洛塘河，缓缓地，无声地讲述着她的前世今生。

钱塘江抒怀采风到海宁，已是末站。一条江从涓涓细流到浩浩汤汤，从莽莽苍苍的山间到灯彩耀眼的大都市，从高山之巅到大海之滨，改变的，不止是容颜，更有气质与胸怀的变迁。在海宁，江的胸怀，是过尽千帆尝遍百草后仍有一颗敦厚朴素的心，江的气质是千里奔波历经世事沉淀的豁达与开阔。

海宁，将给我们的采风之旅画上一个怎样的句号，是硖石灯彩的精致和华丽，是中国皮革城的繁华和尊贵，还是徐志摩的柔美与诗意？期待中步履匆匆，静静的洛塘河，给了我们不一样的答案。

关于洛塘河，早在唐代就有记录。《唐敕赠荆州大都督睢阳太守许公（远）神道碑》中，已有“世居盐官洛溪里”之称。洛溪，即洛塘河。宋《咸淳临安志》记载：“洛塘，在县北，长四十里。”这条长四十里的洛塘河，滋养了一方水土。

横头古街边，洛塘河像古街一样苍老。河不宽，三五米而已，河水绿中带黄，浮萍片片，如一群绿衣稚童，嬉戏其中，倒把一河不清澈不明媚的水，映出几许灵动。一行人沿街走，街边的平房灰扑扑的，黑瓦上一丛丛嫩黄的瓦笋，旖旎了陈旧而冷清的街巷。在古樟树下小坐，一灰衣老农骑电动三轮车路过，陪同村书记喊住他，老农把车刹住，一脚点地，一手掀起衣角擦额上的汗，憨憨的笑亮在古铜色的脸上，竟有几许拙朴动人的光彩。村书记与他聊了几句，柔美婉转的海宁腔，使得普通的对话，在我听来，如同戏剧对白一般。村书记见我们一脸茫然，便用蹩脚的普通话翻译给我们听。原来，老农是村里特聘的河道清洁员，每天三个时段，每时段两个小时，在河边梭巡，打扫，打捞污物。电动车上一个小竹篓，装的就是他早上打捞的杂物，我伸头去看，只有几根树枝，几片树叶，还有一个白色方便袋。“‘收获’不丰么！”我笑道。村书记也笑，洁白的牙齿闪着光：“村里的垃圾投放都有严格规定，河道也有河长管理，因此河里基本上没杂物了。”

枫杨树在河边开枝散叶，枝叶低低地俯下身来，仿佛要掬起一把河水，树影倒在水面，静止了，似一帧轻轻淡淡的水墨；拱桥是跨于河上的虹，是河对高处的向往，是此岸和彼岸的握手。桥让河妩媚了。桥下浮萍四散开来，盎然的绿意扫去一河的清寂，稍显浑浊的河水，似乎是浮萍最好的土壤。忽听同伴叹息，小时候，要能捞到这么好的浮萍，鸭子们就可乐坏了。没想到这一叹，竟引来一群人同声感慨，纷纷说起童年旧事。原来，河边的记忆都是相似的，一条河的前世今生，又何曾不是人的前世今生呢？清澈与浑浊，繁复与简约，热闹与沉静，浓烈与恬淡，都是一种经历，一种态度，更是一种追求。在河边的石凳上坐下来，脚下是一道通往河边的石阶，苍苔点点，几乎覆满石阶。伸向河水的手，撩起几波水花，阳光下，水滴晶莹如珍珠，一颗颗闪着莹亮着光跌回河心，河水静静地收容着，缓缓地流向远方。

在南关厢街，洛塘河静得如同入关坐禅的高僧，无波无澜，甚至看不到流淌的波纹。南关厢街是明末抗清义士周宗彝为抗清而设置，清中叶，因地处米市中心的南部而兴盛，后来衰落了，成为百姓的住宅。如今，南关厢街作为文化古街正在整修，居民迁出，街巷静静，门扉紧闭，人烟稀少，一条黑色的狗从街头跑到街尾，又跟着我们跑回来，青石街道上只有它热烈而紧张地追寻着什么，期待什么。临河一排美人靠，木质灰白，像迟暮的美人，寂寞而沧桑。一位老人蹲坐在河边垂钓，钓竿不动，浮标也不动，老人仿佛睡着了，我在他身边坐了好一会儿，他才缓缓睁开眼睛，跟我有一句没一句地攀谈起来。说到洛塘河，老人突然来了兴致，浑浊的眼睛闪过一抹光彩，话也跟着滔滔不绝起来。他小时候，跟父母到田间耕作，口渴了，到河边，俯身一手撑住塘沿，一手泼水净面，再掬一捧水入口，那种甘洌，透心爽哩。夏天一到，塘河就是孩子的乐园了，游几个来回，捉几尾小鱼，捞几捧溪螺，运气好还能抓条河鳗。河边有妇人浣洗衣被，洗完后晾晒在塘边密密麻麻的芦苇上，芦花开时，纷纷扬扬，飘雪了似的，可好看呢。二十多年前，这河水，也还是能游泳的，后来，你知道的啦，赚钱赚钱，都为了钱哪，腰包鼓了，楼房高了，可河水糟蹋了，那个黑啊那个臭啊，真真让人心痛呢。这几年总算好了，下大力气治水，水是不黑不臭了，鱼也又有了，偶尔能钓上几条，可都说不能吃呢，我也就钓着玩，钓上来了，还要放回去的，何苦为了玩玩就害死一条鱼呢。老人盯着河面看了一会儿，又缓缓地说，兴许再过些年这水也清了，鱼也能吃了，我老头子要能等到那天，也能闭眼了。

我一时不知道如何回答，想起之前参观过的水库和树林，心底说，一定能的，平地上能挖出个水光滟潋的水库，种出数百亩葱茏茂密的树林，也定能治好一条塘河的。

拜谒溹坑飞瀑

此行采风，是寻访。寻访钱江源，寻访一条大江的发源传奇，和它一路东去的故事。

可是，对开化的溹坑飞瀑，我更想用拜谒二字。因为它站立的姿势含有一股摄人心魄的人文魅力，它绝决的神色庄严着一股震天撼地的豪迈和激情。拜谒溹坑飞瀑，更是拜谒天地的慷慨赐予，拜谒万涓成河的凝聚力和百折不挠的执着心，拜谒这些人性里历久弥新积淀着的庄严命题。

一行十余人，缓缓行走在钱江源大峡谷，从森森的林木和涓涓的细流，就不难猜出前方将有何等的激越。按捺住那份揭开谜底的期待，装着淡定的样子，掬一捧透明的水，寻一尾游弋的鱼，抚一抚山石的苍衣，问一问树的年轮草的芳名；在水车旋转中，体味前人的智慧和拙朴，于杜鹃戏水处，让花香盈满鼻翼染香心灵；择一处溪石而坐，让水流从指间滑落，依稀看到时光白驹过隙般的身影，听几声婉转鸟鸣，让那不知名的飞翅，带去几多脚步无法抵达的追寻；过一道风情万种的石拱桥，找到些许人生何处不相逢的感叹和喜悦，攀一段布满苍苔的岩崖，与错身而过的人，彼此绽一朵盛开的春花，随来一句“小心点”的嘱咐；寻到了清澈无比的水洼处的“墨池”二字，拍摄到了绿叶间小小的蛛网被露水缀成“珠网”……轰鸣声先来预告飞瀑的消息。一段水龙吟，如巨雷轰鸣于幽谷，万马驰骋于疆场。脚步受了牵引似的，匆匆向前，仿佛帷幕已拉开，再不向前就赶不上精彩的开场。

一百二十多米的飞瀑从天而降，如万斛珍珠从岩缝瞬间倾泻。细看不是岩缝，是中间被一段崖石阻挡，像面纱，遮挡住飞瀑的颜面。这遮挡，让飞瀑像一段平淡无奇的故事，突然多出一个曲折情节，便有了荡气回肠的情愫；又像是一段雪白粉墙，蓦然一枝飘香寒梅旁逸斜出，意蕴迭起。站在崖下，看飞瀑自峰顶跌落，到石上飞溅开来，恍若银河倒泻。那姿态宛如仙女之裙裾，缥缈于千仞峭壁间，风姿绰约；那声势，如一曲盛世的欢歌，经久不息地响彻在云霄。阻挡的崖石在此处，简直妙到毫巅，跌落在此刻，那么美。

沿着栈道蜿蜒向飞瀑靠近，水珠时如急雨，落在身上，洒一身清凉，时如云烟，氤氲一段轻盈和柔媚。漈坑飞瀑，让人感觉从一份温馨细腻中一脚踏入马嘶镝鸣的错愕，体会如水的轻柔如何转为钢铁般的铿锵，每个从它身边走过的人，都变得腰杆笔直，意气风发。

忽然明白，钱塘江潮那壮阔雄浑的源自了，眼前这飞扬于天地间的瀑布，便是钱江潮的基因，百转千回后，基因里的激越和豪迈，无可阻挡地迸发出震惊世人的大潮。

回过头来想一想，这一条绵延数千里的江，其实就像人的一生。年少时如钱江源，清澈简单，激昂欢悦，一路行去，纳入百川，经历世事沧桑，心胸开阔了，内涵丰富了，却也变得浑浊不堪，变得波澜不惊，而一旦在天时地利的推动下，又会掀起一番惊天的狂澜，直至汇入大海，一切才又悄无声息。

一滴水到一滴水的距离

每一泓水，都是一滴水与一滴水的挽手，像一个个细胞构成人体一样，一滴滴水构成了一泓水，一条江，一个万顷碧波荡漾的水库。一滴水到一滴水的距离，很近，近到零距离。

但在铜山源水库，我发现，一滴水与一滴水的距离，其实有些远。

在钱江源头，每一滴水都如初生的婴儿，清澈，晶亮，鲜活，透着神性的空灵。那样的水，能照见生命的底色，能柔软心深处的麻木和坚硬。只是那样的水，像母亲怀抱里的婴儿，终要离开母亲怀抱，走自己的人生路。走着走着，一滴水与一滴水，就走失了。

位于衢州杜泽镇的铜山源水库，是一座以农业灌溉为主，结合防洪、发电、水产养殖等综合利用的大型水利骨干工程。建成于上世纪七十年代，是柯城、衢江、龙游等地农业和农村经济发展的主水源。灌溉二区一县和十里丰、团石两个农场二十五万亩农田。水库集雨面积180平方公里，总库容1.71亿立方米，正常库容1.21亿立方米。

刚到杜泽老街，远远地便看到鲜红的铜山源水库五个大字，大坝呈四十五度倾斜，像扎着马步的巨人，稳稳地立于青山绿树间。沿途的花开得欢快，泡桐的紫，淡淡的，透着几分怯怯的娇羞；杜鹃的红，是热烈的，一把火烧开似的，虽只有不多的几枝，葳蕤的春山经它点缀，意境全出；金樱子的白，是厚实的，能掐下一桶牛奶似的，这是她的人间四月天吧，漫山遍野，都是她的颜色她的香。近水楼台先得月。这些花树都是有福的，它们是水库滋养着的孩子。站到大坝上看，波平水静，远山如黛，倒映在水中，似洇染在旧宣纸上的一幅水墨。

一切都那么好，如果不是源头活水宠爱过的眼睛，又怎么能眼尖地发现水的异样。

水是黑的，像一滴墨水落入一汪清水。一时间，人人忧心忡忡。这一滴水和最初的那一滴水，有多远？

胭脂鱼曾像一树树桃花似的盛开在这一片水里，引无数人惊艳，曾几何时，这水却落了不合时宜的墨。

陪同的当地政府人员有些赧然，他指指水库四周，说，问题就是那。

那些绿树浓荫下，曾有一些不按要求排放废水的企业，村民们还养殖了数十万头生猪，猪的排放量是人的十倍，短短几年，水库就不堪重负。现在企业都搬走了，生猪养殖也在严格控制中，污水排放更按照“五水共治”的要求做了处理。

他正了正神色，看着远处，对我们一行人，又像是对自己说：治水必先治污。三年后，嗯，三年后你们再来，一定能看到一个清澈透亮的铜山源水！

看着他，我们安下心来。他们完全可以带我们去看清澈秀美的乌溪江，也可以让我们在茶坪村透明的溪水边，听风吟看树绿，更可以让我们在生态农业园里，摘草莓赏玫瑰，流连忘返。但他们却带我们参观这个落了墨汁的水库。一个敢于亮出自己缺点，勇于正视自己弱点，又锲而不舍想方设法改正错误的政府，让人放心。正如他所说，我们在上游，有责任保护好治理好这一江水。

人人心里有一江碧水。那么，这一滴水走回清澈的那一滴水，不会太远。

诗意湘湖

一向，经济发达地区在我的印象中，要么寸土寸金，高楼林立，拥挤不堪，恨不得长棵草的地方都省下来盖房子卖钱；要么蓬头垢面，建筑垃圾遍地，到处机器声轰轰，好好的一座山，东挖西挖，挖得像一个瘌痢头。像萧山经济如此发达的地区，我从不抱幻想，是以之前两度来萧山开会，都只在宾馆待着，开完会便赶紧离开，完全没有出去走一走的欲望。这次采风团到萧山，首站是看湘湖。湘湖，完全颠覆了我的观念。

记得明代的张岱曾有一段精彩之论：“西湖为名妓，人人得而媟亵之；鉴湖如闺秀，可钦而不可狎；湘湖如处子，视娗羞涩，犹及见其未嫁时也。”湘湖与西湖是钱塘江边一对隔江相望的姐妹湖。碧波荡漾，绿柳拂堤中，画舫似的游船载着我们，去丈量湘湖含羞似怯的柔波微澜，领略湘湖处子般的柔曼情怀。江南初夏的风，沾了湖水的清气，是柔似无骨的纤手，含了脉脉柔情，轻轻一抚，便让人柔了心软了意，只愿化为湘湖中的一颗水滴，永远被湘湖簇拥在怀抱里；初夏的草木，在湖边，娇媚圆润，似正当好年纪的女子，蓬勃着一股隐隐的“劲”，隔着数米宽，还能清晰地感知那劲道，像少女快撑开衣襟的胸脯，让人血脉偾张，更有淡淡的草木香馨，浪似的，一阵阵涌过来，不由得微微闭了双眼，任由那香醺了心魄，醉了神魂。

湖边，跨湖栏遗址船形展览馆，细诉着萧山八千年历史的风雨沧桑。那一只世上最早的独木舟上的焦痕，是岁月的封缄吗？那一块绘了太阳纹的碎瓷片，不经意间成了敲开八千年漫漫时光门扉的铜环。时光之上，地底之下，一段历史如此惊心动魄地栖居着，又如此家常如此烟火地生活着。石膏修补好的陶罐，隐约着妇人的手纹。手纹之下，是柴米油盐里相濡以沫的温暖和风霜雨雪里汹涌的爱意，那时的她和他，不需要在月色朦胧之际吟一首诗的浪漫，不需要懂得夫妻相处“二十四法宝”，他们只需用一枚圆润的骨针，一架纺车，缝制出拙扑的生活的帛；他们只需一捧盈盈的稻香，丰盈简陋的生活；他们只需一把弓箭，护佑家的周全。梅花鹿的长角，水牛的头骨，海豚的喙……陈列室的橱窗里，这些绝迹于我们视野的动物，在那时的林间自由地奔跑着。那时的林间，什么都有，唯独没有贪得无厌的占领和杀戮。八千年前，是一场怎样的变故，让万物在寂寞中归一？不需揣摩，不需探寻，时光从来都是秘密最好的隐匿地，历史从来都不曾再现真实的场景，只有湘湖懂得用一怀柔波，抚去岁月的创痕。

掬星岛在湖中，长风漫卷，垂柳轻扬，似一颗坠入人间的星辰，带着脱尘的仙气，沾了尘埃的手，是掬不起她的，只有湘湖的碧波，将她稳稳当当地掬在手心、含在口里、藏在心头，像一个疼爱小女儿的父亲，爱到心软，更爱到心疼。

湘堤卧波、湘浦观鱼、忆杨思贤、绿岛掬星、湖心云影、城山怀古、湖桥拾梦、越堤夕照、纤道古风、越楼品茗、跨湖问史，这些湘湖景致，轻轻地念来，仿佛一首诗。而湘湖的湖光山色，早就入诗去了，“湘湖莼菜大于钱，千顷鸥波可放船”“遍历吾乡胜，湘湖景更幽。水遥青霭合，波静白云浮”“明窗晓晴图画开，兴入湘湖三百里”……数百首吟咏湘湖的诗，从唐宋迤逦而来，一路妖娆一路歌唱，直至风烟俱净，天山共色，只留下一湖清清净净的水，和一湖清清净净的诗意。

画舫穿过渡湖桥，导游说，湘湖的三期工程已经立项，两年后建成，届时，湘湖通江连河做活水，实现钱塘江三江口、湘湖、滨江白马湖、城区南门江、义桥东方文化园的水系连通，建成一条比肩杭州运河的水上黄金旅游线。萧山半个世纪来，都在围垦造地中发展，在这样寸土寸金的地域，萧山人竟拿出数十平方公里的土地来建湖，萧山人的魄力和胸怀值得一赞。

细细想来，这又何尝不是萧山人的智慧所在、责任所在呢？城市的发展中，环境从来都是最根本的底线，青山绿水没了，空气污染了，水质差了，生存都有危机，发展的意义何在。湘湖，是萧山给城市制造的绿肺，给人类一口清新的空气，更给人心一块清净地。

如果说，现代化的城区是萧山现实的存在，那么，湘湖就是萧山诗意的栖居。湘湖是含在萧山口中的一块碧玉，她让腾飞中的萧山游刃有余于纷繁的竞争中。

烟雨千岛湖

作为湖，他太年轻，来不及长些水草装点心情，来不及收藏些天光云影丰富内心，也来不及经些风雨沧桑容颜，只一味清幽幽地绿着。一如未谙世事的少年清澈的眼眸，全然不记得他的身下，三座县城和几十万亩良田，曾有多少村庄的炊烟，袅袅飘荡着俗世的烟火和悲喜。

作为岛，她们太年轻。裸露在水面上一米见宽的黄土山体，还一如从前清白洁净，不沾一丝一缕的苔藓和苍灰，更衬得山青水碧，娇媚可人。曾经唱和在山间的歌谣，曾经回响在云霄的号子，还有那些田头垄边的脚印，都被一汪清水，从她们的记忆中涤荡得无影无踪。

遥想当年，兴建水库的大水奔涌而来，像一个刚学描红的少年，高提着了笔，饱蘸了浓墨，面对云母笺宣纸般的青山绿树，正犹豫着如何落笔，已滴落下几多墨迹，于是，1078个岛屿疏落有致，浓密相宜，深浅成了一幅绝美的山水画卷。

这样的湖是写意中国画，没有波澜壮阔、气势磅礴，却韵味悠远，空灵逸气，适合怀揣一腔俗世烟尘的心畅读一回，置换一腔的宁静淡泊和可纳百川的“空”；这样的岛像人间四月天，风刀霜剑都成绕指柔，在都市钢筋水泥森林里僵硬了的心魂，像重回炉火煅烧的弹簧恢复弹性。这样的岛宜烟雨三月去，将落未落的雨，欲散还聚的雾，尽显欲说还羞的妩媚和清丽；这样的湖宜月夜诵读，万千清辉，化作万斛银波，天与地交合成两瓣温暖的唇，将那一轮圆月含成蚌中的珍珠。

坐船，是必需的。泱泱573平方公里的湖面，只待船舵的丈量，1078个星罗棋布的岛屿，可纳心灵的仰望。船行在湖中，像铁铧犁在碧玉上，激起万千珠翠。能见度7米的清澈，这一刻变得特别直观，一群灰脊的小鱼，一点也不惧游轮掀起的波澜，丝毫不改变游向，顾自觅食顾自前行，仿佛一群古村落景点里的原住民对来来往往叽叽喳喳的游客早已司空见惯，在游客把他们当风景的时候，却不知游客就是他们的风景。

绿是湖与岛的主色调。嫩绿、草绿、豆绿、葱绿、翠绿、碧绿、深绿、宝石绿、女儿绿、祖母绿，把湖与岛排列出许多的层次。置身湖岛间，仿佛置身绿的万花筒，才发现绿原可如此丰富多彩变化万千，如果从浅到深的绿，是一组从1到7的音阶，那么千岛湖该是一部怎样的绿的交响乐？

一团云雾施施然走过来，迎面撞上，只留下湿湿的水汽，停留在发上睫上。肌肤上，有被湿吻过的滋润和舒适，眼眸迷蒙了，远山近水都烟笼雾罩成悠远的水墨。船老大把船停下来，指着不远处的岛，问要不要上去看看，鸟岛、蛇岛、猴岛、鸵鸟岛、珍珠岛，各有特色，值得一看。我摇了摇头。不是不明白经营者的苦心，而是我舍不下这片绿和安静，还有终于从雾后探出头来的夕阳和晚霞。湖面绚丽起来了，晚霞的热烈经了湖水的折射，温婉如新娘颊上的胭脂；夕阳的红唇，在万千绿叶上，吻出温暖的光晕。

暮色四合，华灯初上，我在梅峰岛上了岸。店家已准备好酒菜，千岛湖鱼头汤的鲜香，让所有人的味蕾活跃起来。憨憨的店家小哥将千岛湖啤酒捧上来，不无骄傲地说：这是不经过任何处理、可直接饮用的纯净的千岛湖水酿成的，包你满意。说得跟绕口令似的，却已有人迫不及待地“令狐冲”（拎壶冲）了，完了还不忘咂巴着嘴，连声赞爽爽爽。酒我不敢问津，但产自千岛湖的农夫山泉，此刻喝来，那点甜，竟有湖光山色、天光云影的味道。

作为湖，他很年轻，他的身下却有古城的文化底蕴；作为岛，她们很年轻，她们身上却延续着淳安独特的风土人情。这底蕴这风情，原不是我这浮光掠影的过客能领略的，匆匆的我只带走一怀的“空”和满眼的绿。这便足够了。千岛湖，是一则清空心灵尘埃的“程序”，让人“清空”心中的忧烦和浮躁，重又轻轻松松走回人生去。

烟雨千岛湖，让人流连让人神往，让人只想化作湖中的一滴水、岛上的一叶绿，心素如简，清川浅淡，静静地与千岛抵死缠绵。

南雁的箴言

与南雁荡山做了多年邻居，有事没事到山中去，就像到邻居家串串门。

秋风乍起，一池秋水，皱了平，平了皱，像心底的微澜，起起落落，颇不平静，便想，到南雁去。

人还未到，早有雁鸣声声，报告客来消息；早有溪涧潺潺，烹茶煮酒等你；早有烟岚袅袅，如炊烟四起，邀你推杯换盏，饮风啜露。石天窗边，早有一树枫红凭窗而望。窗在那溪边的大悬岩上，宋人项桂发说，“深游南雁见名山，石洞天窗夜不关”，石天窗早早就闻名遐迩了。

南雁的门扉，是一道清溪，浅浅的，溪石清晰可数，柔柔的，宛如一袭碧绿的锦。挽起裤脚涉水也能过的，但撑一竿竹排去轻扣南雁柴扉，更显风雅更富童趣。竹排上三五张竹椅，三五人坐着，都不老实，赤了脚划水的，扯起嗓子唱山歌的，摆弄相机企图收了水光山色去的，还有伸手撩水泼人的，相熟不相熟的，挨了泼也不生气，回不回击，都一样笑脸盈盈。竹竿一撑，竹排一荡，人就到山水里了，和鸟、石头、树、溪融为一体，光阴的小舟就从凡俗人世撑到了世外桃源。

南雁一挑门帘出来迎你。那门帘是一挂青石，巧手的人绣了“东南屏障”字样，再用紫藤、用细草、用苍苔打了底晕了色，不用说，这是造化的手笔。隐在屏障后的脸，是带了蝉鸣的宁静，是风来雨去只等闲的闲逸，一望，便能让人心静神宁。

南雁种了半坡野菊。蓝瓣黄蕊，蓝得清雅，黄得明艳。一眼望去，只觉得还沾着晓露的野菊，是眼眸清澈，笑声清越的村姑，在轻风中摇摆着身姿。蹲下来，细嗅着菊香，微微清苦的香气，一阵阵的，打压住心上的无名火，上火多时的唇齿便消了肿似的安适了。以宁静镶边，明艳才不至浮躁，这是野菊的暗语吧，那心素如简，人淡如菊，就是南雁写了半坡的箴言了。半坡菊花，够做一个菊花枕吧，枕一枕菊香入梦，时光荡开涟漪，夜夜心心，都是清凉，都是修行。

仙姑洞是要去的，倒不是为沾几许仙风道骨，只为洞西悬崖下的怡心院。其实，怡心院也没什么特别，是院前那一片桂花林让人魂牵梦萦。这时节的桂花，像深巷里的美酒，像腹有诗书的佳人，像胸怀韬略的大将，灼灼光华，藏是藏不住的了。索性就不藏了，细细碎碎地开了，细细碎碎地碾开一条花香满径的路，把秋天逼得红了脸，萧瑟的日子都变得烟火，变得温暖。按说，桂花是不适合道人修行的，因为她太浓烈，太灼灼逼人，太让人心旌摇曳，一晃神，把持不住，多年修行汇聚的真气便一泻千里。幸而山洞深幽，来自地底的幽冷，封存住浓浓的香气，再慢慢释放出来，就成了醍醐灌顶的冷香，难怪那道人能在这里一修百年。秋到南雁，是没有愁烦和悲凄的，伤春悲秋，只是那些心窄眼小、神经脆弱的人的专利，大气磅礴如南雁，千万年的时光早把那些小心思小情绪涤荡得千回百转，心胸开阔到亦无风雨亦无晴了。岁月的杀猪刀，从来都奈何不了活在年岁之外的人。

会文书院也是要走一趟的。华表峰下，石门开处，圆筒洞里，会文书院依洞而筑，清雅幽静，泉水一嘀一嗒，如钟摆丈量岁月。古色古香的楼房，树墩坐成一把风雅的凳子，这时候，最想持一卷诗书，朗声诵上几句，摇头晃脑地，与化在故纸堆后的才思，把手言欢。一缕阳光斜射进来，明晃晃的，像一把穿越时空的利剑，猛插进来。眯细了眼看，恍惚中，见北宋末年的陈经正、经邦兄弟也摇头晃脑地踱着方步；见一干青衫席地而坐，听朱熹狂晒思想；见孙衣言饱蘸浓墨，大笔一挥，唰唰写下："伊洛微言持敬始，永嘉前辈读书多"。人生中的遇见，都在不经意间完成，在每一个细微的角落，总能遇见你想遇见的。

秋阳易逝，只一瞬，便鸣金收兵。拢回思绪，倚窗而坐，仿若坐在季节的渡口，落叶一枚，姗姗而降，是南雁书册落下的书签吧，稳稳接在手中，像握了一把苍凉。红尘的花影，芬芳的相会，都成前尘往事了，不变的是时光的容颜，南雁的襟怀。也学着门前听诗叟的姿势，侧耳听南雁写在风中的诗句，只觉得心间有一抹云淡风轻的觉知，在伸枝展叶。

坐一回缆车吧，如雁般，权当轻盈了一把，凌空了一回，把万壑千山踩在脚下。南雁的缆车，其实是一把长椅，用一根钢管轻轻一拦，无遮无挡的，双腿一前一后地晃着，不必言语，清风自来，把身上的尘土都抖一抖，把心上的烦忧都涤荡了去。

心里住了南雁，到哪里，都是云水禅心，走什么路，都揣着一句箴言，路便可通天。

YU TIANLAI XIANXIAN DUIDA

第三辑 · 与天籁闲闲对答

等你，在芝堰

落花时节，轻雨午后，芝堰在一片空蒙的烟雨中等我。

此番采风，兰溪是末站，芝堰则是末站中的末站。一路的青山绿水，一路的田园人家，已让审美疲惫。在芝堰，我只是步履匆匆的过客。

一番急雨后，芝堰是浴后佳人，容颜清丽，眉眼娇媚，丰姿绰约，却烟笼雾罩着几缕愁绪，像等待着归客，而客总不归。

芝堰是善于等待的。早在八百多年前，她就是金华、兰溪、寿昌、严州的交通要塞，驿站应运而生。那泛着黄晕的光的红灯笼，曾温暖了多少过往商旅困倦的眼。旅人要在驿站休整的，不仅仅是疲惫的身心，更需要安慰那思乡的愁绪，于是茶楼、酒肆、银庄、当铺、戏院、烟馆、澡堂、剃头店、浴足店在村中相继开张。那些忙着招呼客人的女子，她们的翩翩衣袂，她们的低眉侧影，她的温言软语里，有他们远在家乡的妻子的温婉和柔媚。思念让时空穿越，孤旅让寂寞泛滥。这是最好的爱情土壤。于是一段段缠绵悱恻的爱情故事便旖旎在古道上，分离和等待成了芝堰不可言说的痛。芝堰被等待的目光疼痛了一年又一年，一座艳遇亭如何盛得下绵绵不绝如溪流的离情别绪？严婺古驿边，苍茫古道上，风尘仆仆的马蹄声苍老了岁月，也苍老了等待的容颜。

山色如黛，云雾如纱，是数百年前芝堰女子为旅人揩去汗水与烟尘的那方锦帕吗？一棵古樟在村口，数百年的岁月风霜，记录在他皴裂的躯干上，虬曲的枝条，诉说着一次次抗争中妥协和妥协中抗争的坚韧和执守。他用阅尽世事的目光，检阅前来芝堰的每一个人，让人情不自禁在他面前整绪肃容，收敛起游戏之心、狂妄之心、欲念之心，让心间风生水起的一泓水渐渐沉淀下来。

芝溪潺潺，水声清越，他要带着山深处的秘语，去人世历一番山高水长；堰坝无言，只用疼爱的目光，护佑他们前行，像一位慈祥的父亲，送别即将远行的孩子；溪石伸出挽留的臂膀，却只激起一团缱绻的水花，渐渐，她知道溪水只是过客，不是归人，她生命的意义不只是溪水，还有她自己，有月影可映，有鸟语可听，她同样可以精彩；堰的另一侧，是农田，代代香洁白的花朵在墨绿的枝叶间，悄悄地酿一坛醇酒，被雨点轻轻掀开，香气醉人；油菜正在灌浆，曾经的繁花似锦，于她们只是爱情的风花雪月，她们更在意华枝春满后的天心月圆，再过些日子，她们会慢慢低下头，像母亲一样为儿女低眉、负重。

穿村而过的溪水，把村外的消息带到家家户户后，汇聚进村中的半月塘。经历数百年的时光浸淫，塘水依然清澈如初，可画粉墙黑瓦，可画风动垂柳，可画游鱼的曼妙身姿，也可画鸟翅飞掠的轻盈和水草蜿蜒的柔曼。水满则溢，月圆则缺，半月是留有余地的胸怀，是向着圆满靠近的希冀，是向上攀越的激情，像画中的留白，像文中的不尽言。一塘水懂得半月，一村人懂得半圆，便从容于人世的风云变幻。不管山外的水流如何变幻了颜色，她只保持这一份清澈，让溯源的人找到最初的美好，让烟尘染身的人找到稚时的天真。

问塘水出口处浣衣洗菜的妇人，为何不在自家门前的溪流里洗。她们笑：洗了流到别家就脏了，怎么可以，哪能这么不厚道！流经家门前的溪水，是她们的天然冰箱，可冰西瓜，也可冰鱼肉。原来清澈不是没有原因的，要有坚守有底线，要有所为有所不为。或许，就是这份厚道，才成就家家户户门前红灯笼上的“和美”吧。

再看村中的九堂一街，便不难明白村人的胸襟。孝恩堂、衍德堂、成志堂、济美堂、承显堂、光裕堂、善述堂、世泽堂、世德堂，不用细说，光看这些名字，就知道村里推崇的是什么了，孝、德、善、美、承、恩、泽、裕，这些品质，已用清溪的笔调，镌入他们的眉间心上，刻进他们的基因，代代相传。若说世间有什么可以在时光里不倒，不外乎这些了。

在邀月亭上小坐，一群一年级新生围了过来，叽叽喳喳，眼眸是清溪濯过的清澈，言语是春雨润过的清越。他们说，我带你去看孝恩堂吧，不长蛛网不遭虫蚀，你知道为什么吗？不待我们回答，就听七嘴八舌说：是松柏桐椿。“松柏同春”？又是七嘴八舌回答：松树，柏树，桐树，椿树，做成的栋梁和柱子，有香味，才不招虫子呗。

一个虎头虎脑的小男孩，走到我跟前，肉乎乎的手中，是一枝代代香。他把花枝递给我，说：妈妈说，自己身上特别香特别香，蚊虫就不敢靠近。

闻言，我心下惭然。总是怪世风日下人心不古，有谁懂得保持自己身体和灵魂的清香？都怪江浊河殇，为何总让江河成为垃圾搭乘的免费公交？物必腐而后虫生，如果每个人都从自己的身上找找根源，或许，江河昨日的清澈会成为明天的现实。

在芝堰，等你，等你来清澈身心，等你来找回身心的清香。

与天籁闲闲对答

说到农家乐，最美的莫过于磐安乌石村。

这个地处浙江中部，海拔530多米的高山台地上的村子，群山环抱，绿树葳蕤，素有“火山台地，空中乡村”美称，气候温暖湿润，夏天平均气温26.4℃，是理想的休闲避暑胜地。一座座乌石垒筑的奇特小屋，像细笔勾勒的水墨画，淡远空灵，世外桃源般，让所有凡尘的焦躁都沉静下来。

盛夏烈日如火的晌午，我去了乌石村。车行在蜿蜒的山道上，两侧绿树浓荫，是铺向她的绿毯。车窗敞开着，满山浓厚的绿，化作丝丝缕缕满带清香的柔风，肺叶仿佛也浸染得青翠欲滴。

刚进村口，在胸口吐纳的清香里，突然多了几多温润甘甜的花香，我知道，必是那棵老槐树了。村子有棵老槐树，就像家里有位温厚仁慈的长辈，抵挡着人世的风雨，让再老的心都感觉自己是有人疼爱的孩子。正是“槐林七月漾琼花”的时节，树上、树下，空中，都是花云。没错，就是云。枝头的槐花，密匝匝的，在绿叶掩映下，仿佛一片镶了绿边舒卷自如的轻云，而黝黑的泥地上，那一朵朵白中镀上隐隐绿，绿中漂成了淡淡白的小花，汇聚成一层毛毯似的绒云，轻轻地覆盖着谁的香甜的梦。风过，树上的花纷纷挣离枝头，在风中翩翩起舞，而地上的花也翻起跟头，槐花特有的甜香，浓郁成一股醉人的佳酿了，仿佛玉女甩开水袖，扬起了一阵阵带了体温的馨香。

四百六十余座乌石小屋，错落有致地散落在绿色海洋中，像一叶叶涂了黑桐油的乌篷船在绿涛中荡漾。村中小径，大多是信步踩出来的，人工铺就的那几条，也是就地取材用了乌石。走在乌石小道上，身侧是乌石砌成的墙面，墙隙间竟见不到一丝黏合的泥浆，仿佛整个房子是直接用这些有棱有角的不规则形的乌石堆砌而成，屋前的石桌石椅也是乌石所砌，小小菜地边也围了一圈乌石，在石凳上小坐，竟恍然觉得鼻翼盈满石头的香味。这两亿年前火山喷发形成的玄武石，有些许远古的神秘芳香，潜藏在乌黑透亮的石片深处，在你静下心来贴近它时，静静地诉说着遥远的故事。

每一间乌石小屋都门户洞开，可随意出入，讨口水喝，或是摘一朵墙边开得正好的花，都在他们的笑中默许，知道我要求宿，他们也不刻意招徕，更不争抢生意，只憨憨地笑，一派听其自然。这久违了的乡村淳朴，让人心防尽卸。

选择靠近观日台的一户农家入住，主人是一对中年夫妇。离晚饭时间不远，男主人提了渔网出去，女主人则在灶台前忙活起来。火苗在灶膛里嗤嗤地响着，映着她麦色的脸庞。不久，烟囱里升起了袅袅炊烟，洁白而柔软，在晚风里悠悠地飘散开来。不一会儿，男主人回来了，鱼篓里，田螺背着暗绿的壳吐着白沫，一条青鱼，尺多长，鳃盖一开一合，黑灰的鳞片上沾着晶莹的水珠。他随手拔回来的一束青葱，还带着泥土。我要帮忙做饭，女主人摆摆手笑着说：你去观日台走走，晚霞中的梯田美着呢。

信步出来，晚风习习，高一声低一声的蝉鸣，紧一阵密一阵的松涛，还有草地里不知名的虫儿不知疲倦的啁啾。不时地，有灰衣的小鸟倏忽而过，留下一声清脆的啼唱，天地间，正合唱着一曲发轫于天籁，还原于自然的乡间小调。

天籁俱在，让人心安。

观日台上，已有三四个游人，或坐或倚，都阒然无声。暮色中的“盘龙”梯田，几分苍茫，又有几分旷远。层层梯田，阶梯般齐整，卧龙盘旋般磅礴。此刻，田中的水稻正在拔节，梯田葱葱绿绿，湿润的田地映着将尽的天光，隐隐地倒映出粼粼的光泽。相较于春天油菜花的喧闹、秋天稻浪金属般的坚硬和冬天收获过后田地裸露的沉郁，夏天的梯田更有一种生机勃勃的气息在涌动，像一群莽撞少年，不知天高地厚，却激情满怀。

远远地，听到女主人喊我回家吃饭。这，也是久违的天籁。少年时的乡村，每到饭点，此起彼伏的，都是喊家人回家吃饭的呼声。而今，手机的盛行，淹没了这温馨的声音。

饭菜已摆在屋前的石桌上，菜式不多，家常豆腐，清炒油菜，香辣田螺，葱油青鱼，丝瓜蛋汤，米饭里放了几片黄澄澄的南瓜，绝对的农家。男主人拿了家酿的米酒，让我尝尝，我不胜酒力，摇头婉拒，女主人说，要不尝点杨梅酒，自家泡的，甜呢。说着拿青花瓷杯倒了浅杯，玫瑰的酒色，在瓷白的杯里，说不出的妖艳，让人口唇生津。浅浅地抿一口，酒香袭上脑门，唇舌竟迷醉在甜腻的花香里，不知归路。一顿饭吃得唇齿留香，所谓的农家乐，也许大部分的乐趣都在这些农家的一蔬一菜间了。

是夜，女主人陪我走到老槐树下小坐，这里已汇集了许多村民和游客，轻摇蒲扇，闲话家常，槐香阵阵像给夜晚打上芳香的底色。乌石村，在微风轻送中，恬静，祥和，芳香，让心灵熨帖又自在地与天籁闲闲对答。

晨访惠明茶

要感受一个地方的性灵，清晨，是最合适不过的了。好比观照一个人的内心，不管是自己还是别人，清晨总是最真实的时刻。晨梦初醒，睡眼惺忪，那些精心的修饰，那些自觉不自觉的掩饰，都还没开始，这一刻，内心如初生的婴儿般简单澄明。

在景宁的那个清晨，同屋摄友早早出门去了，我也匆匆起床，畲乡春晨，我相信，一定别具特色。

从宾馆出来，一路兜兜转转，竟都是大门紧闭的商铺，杂乱的广告牌，路边胡乱停靠的汽车，路灯昏黄，一脸的倦容，再往前走，是市声嘈杂的临时农贸市场，零乱的摊位，散乱的物品，一辆三轮车在窄小的市场内左冲右突。这不是我心中的畲乡春晨，不是的。那一刻，我像医术不精的庸医，完全搭不到畲乡的脉动，如迷途的旅人，站在畲乡门外，不得其门而入。惆怅间，同行的两位文友在不远处向我招手，他们邀我同去惠明寺。

惠明寺在南泉山上，唐咸通二年，惠明和尚建寺于此，寺因僧名，村以寺名，却因此地所产的茶叶闻名遐迩，而茶也以僧名，叫惠明茶，后又因百年在巴拿马得了金奖，而称金奖惠明茶。陪同上山的景宁文联主席介绍着，我们都诧异了，怎么都不曾听说过？莫非，也是墙内开花墙外香？

上山的路是曲折迂回的盘山道，路面凸凹，车子像个鲁莽的青春期少年，跌跌撞撞，却要一探人生的奥义。晨雾在林间萦绕，满山的杉木竹林，满目的绿浪碧波，满脸的氤氲雾霭。春山，在晨曦里极尽妩媚着，野花星星点点，是她细碎的笑颜，鸟语声声清脆，是她清亮的歌音。颀长的翠竹，刚褪去冬的残衣，又忙着把春的碧簪别上枝头，挺拔的云杉，圆锥形的树冠，随风轻轻摇曳，仿佛与新知故旧点头作揖，这作揖里，有长别离的忧伤，有相逢的欢喜，车子在这片绵延不绝的忧伤和欢喜里盘旋，不知不觉已爬到千米的高峰。

也许我们来得有些早，惠明寺寺门紧闭，在晨曦里静默着。同行的摄友，把镜头对准这既不庄严肃穆，也不富丽堂皇的寺门，前后左右，坐起蹲下，拍个不停，在平常中拍出精彩，只是个角度的问题，他说。向前走，有一道小门，可通寺内，轻推进去，寺内堆满了沙石水泥，原来，惠明寺正在修缮中，只一树桃花在狼藉零乱的沙石中开得正明艳。这仿佛就是寺内唯一的春天了。

惠明寺右边的山坡上，种满了茶树。茶树并无特别之处，矮矮的，一行行顺着山势或弯或直，远处，几个农妇在采茶，文友说，如果不是她们在采茶，还以为是冬青呢。我暗自笑了，冬青哪有这细嫩的尖芽。这茶，芽头肥大、叶张幼嫩，叶芽稍有白毫，乳白中带着淡黄。摘了一片，放在嘴里慢慢咀嚼，一股辛涩自舌尖传来，紧接着，一缕清甜在口中弥散。这就是惠明茶？问身边的人，他点头称是。

惠明寺对面，有几间不起眼的平房，是一家制作惠明茶的茶庄。远远地，就见一口四方形的土灶，正吞吐红红的火舌，一位灰衣男子不时地过来添几把柴火，雪白的墙面布满黑色烟熏。屋里，正在给茶叶杀青、捻揉和烘焙，一筐筐新采绿芽，在传送带上慢慢变成乳白中带淡黄的成茶。主人抓了一把刚焙好的新茶，用山泉水泡在一次性纸杯里，我正口渴，迫不及待地端了就喝，可水太烫，只能慢慢吹着，小口啜饮，茶色慢慢变得清澈明绿，一股兰花般幽香，随淡淡的白雾袅袅而起。抿一口，含在嘴里，有些淡，又有些涩，慢慢地，唇舌间溢满水果般清新的甜味，“一杯鲜，二杯浓，三杯甘又醇，四杯五杯茶韵犹存”，这个清晨，我一杯杯地品味着鲜香的惠明茶，一点儿也不为自己“牛饮”汗颜。

惠明茶，我是第一次喝，甚至是第一次听说，与那些吆喝得起劲，名噪一时的名茶相比，她籍籍无名，曾经的辉煌已漫漶在悠远的时光里。可不管辉煌还是黯淡，她的香，她的绿，却不曾有丝毫改变，她的美，她的好，也自有人记取。

茶庄里，遇到一位研究畲乡语言的女孩子，是厦门大学的在读博士生，她说以畲族语言作为博士论文选题，是因为被畲族精深而丰富的文化所迷醉。说起畲族语言种种，相貌平平的她，脸上跃动着一股动人的神采。研究畲族语言，毕业后工作不好找吧？文友问。她羞涩地笑笑：总要有人来做这些事的，能用青春为内心的真喜爱任性一回，人生便可少点遗憾，再说，我相信，好东西不会被掩没的，像惠明茶，虽然比不上那些名茶风光，可也自有她的特色，有朝一日，会找到她应该有的位置的。

我捧着纸杯，看杯中悬浮伸展的茶叶，想起那首咏惠明茶的诗：“滋云蓄雾玉泉液，嫩芽初出含清真。”突然发现，我久觅不得其门而入的畲乡大门，已如这碧绿的茶叶，徐徐展开。

庆元小记

素有“浙江西藏”之称的庆元，偏居在浙西群峰叠峦中，山岭连绵，高岩巉嶂，松林竹海，绿浪碧波，是国家级生态县。去之前，庆元的朋友告知行车路线，知道有些远，走起来竟比想象中还要远。车在高速公路上狂奔了小半天，又在弯弯曲曲的丛林山道上穿行了一个多小时，路两边林木越来越茂密，空气越来越清新，才看到“庆元”的字样。

香　菇

去庆元，不可能不遇到香菇。

那几天，庆元正为香菇文化节忙碌着，街头巷尾，节庆的元素随处可见。也就是在“香菇之乡”庆元，才能见到如此规模宏大的香菇交易市场，里三层外三层的摊位，让人如入迷宫，不经意间，就染了通身馥郁的菇香；也就是在“香菇之源”庆元，才能见到如此繁多的香菇品种，牛肝菌，灰树花，猴头菌，这些闻所未闻、奇特有趣的小精灵，像一曲曲山野小调，粗犷、拙扑，令人耳目一新；也就是在香菇文化底蕴如此深厚的庆元，才会郑重其事地建座香菇博物馆，记录下那段历史，和那些鲜为人知的故事。

香菇博物馆正在修缮中，浓烈刺鼻的油漆味未能挡住我探寻的脚步。每到陌生的地方，我都喜欢去博物馆。一个地方的历史脉络、精神根源、精华荟萃，都可在博物馆里寻到蛛丝马迹，而博物馆又往往是幽静冷清的，有时，甚至空旷得像历史的荒原。这年头，“向前看”的多了，有兴趣“回头”的，寥若晨星。但比起摩肩接踵的通衢闹市，只有自己足音回响的博物馆更让人心宁神静。香菇博物馆没有访客，只有一位工人在收拾庭院。我溯香菇之源寻去，原来人工栽培香菇的“砍花法”，并不是妙手偶得，是一介山民吴三公常年在深山密林狩猎，采集野生菌蕈，天长日久，他发现，伐倒的阔叶木表皮被砍伤后，伤口处常长出香菇，这才有后来的人为的“砍花法”。香菇交易市场上堆积如山的香菇，竟是一处处伤口中盛开的花朵，我仿佛听到，菇民抡斧砍伐的嘭嘭声中，夹杂着无数林木痛苦的呻吟与惨叫。原来，受伤也可成为另一种新生，而新生却造成更多的创伤。我不知该为新生欢呼，还是为斧伐痛惜。惴惴不安中，“惊蕈术”像个传奇，让我不禁“含泪微笑”。展厅栩栩如生地再现：吴三公发现一些树木虽经砍花却多年不出菇，不知何故，一气之下以斧猛敲。这一敲，惊动了沉睡的菌丝，数日后，菇出如涌，这便是后世菇民不传之秘“惊蕈术”。

“快打谷，快劈山，多办柴米去菇山。去菇山，有银担，明年三月转回乡。半担银两买田山，半担银两买布衫。若要良田千百畈，多做馍糍去菇山。”得了不传之秘的菇民，每年中秋后，树叶飘零时，纷纷携妻将子，唱着菇歌，踏进深山老林。他们风餐露宿，起早摸黑，培育出芳香四溢的香菇。“香溢菇棚笑语轻，山珍撷就满筐盈”，这记录菇民丰收笑语的诗，却掩不去我心头的隐痛。受伤不可怕，甚至可挣扎着活出精彩来，但是，这精彩怎可成为再次受伤、广泛受伤的理由呢？我喜爱的香菇，饱含着这样的创伤，我还能若无其事地享用吗？

带着疑惑，我走入了菇棚。菇棚建在与县城仅一路之隔的山坡上，黑色的棚布围成一间长方形的简易屋了。掀开门帘，一层一层排列整齐的椴木段，还有一朵朵或硕大无朋，或细芽尖尖的香菇，就映入眼帘。枯木逢春，大概就是这样的惊奇吧。穿行在一行行的菇架前，仿佛徜徉花市中，花团锦簇，香气袭人，发现一枚比巴掌还大的，惊呼还未出口，眼睛就被一面锅盖大的“小伞”点亮，看到一朵春花般怒放的，一股浓烈的菇香又提醒你这只是香菇。花棚蜂飞蝶舞，菇棚却寂然无声，我为香菇叫屈呢，却又马上为香菇庆幸，独自美着香着有啥不好。并不是所有的美、所有的香，都要有人追捧，一追捧，不定出什么事呢。

菇棚的主人是四十岁开外的夫妻，菇棚边搭着两间低矮的小屋，屋前一小块空地，妻子正为新采的菇分类，丈夫则忙着把分好的菇搬到竹匾上晾晒。我蹲在一边与妻子搭话：收成这么好，收入不错吧？她淡淡一笑，也就混口饭吃，大棚的菇产量不错，也不用进山林受苦，可是味道比不上山林里的，价格差许多哩。丈夫接话说：想吃苦受累，还没机会了，森林保护，也是应该的，味再香，价再高，砍花一片树林，你不心疼！妻子瞄他一眼，笑道：当初谁不乐意来着，说菇不种山林难不成种床底下，在这里种菇发过多少牢骚，这会儿想明白了？那丈夫呵呵傻笑，并不搭话，俯身扛起一筐又大又厚的香菇走开去。

妻子叹了一声说：这城里人嘴咋这么刁呢，瞧瞧咱这菇，多好啊，味是淡点，可还是好菇啊，咋就嫌弃了呢。

我心里也跟着叹了一声，是哩，不然怎会有那么多珍稀野生动物都葬身人腹。口腹之欲，滋生多少杀戮啊。

我对她说：不会的，慢慢地，选择你这香菇的人会越来越多。

我相信，我是其中之一。

森林公园

从香菇博物馆出来，朋友说，上山吧，给你的肺叶洗洗澡。于是一行三人，便往山上去。

庆元的国家森林公园拥有万亩天然阔叶次生林，园内气候温和，四季分明，林木繁茂，溪谷瀑潭众多，奇峰绝壁随处可见，植物物种达上千种，其中百山祖冷杉是世界最濒危的十二种植物之一，为庆元所独有。朋友言及此，脸上浮现自豪神色。

冷空气来过几回了，却没把冬残透。树梢上的叶子还蓊蓊郁郁，树根底下却有厚厚的一层黄叶。石板路上，圆形星形手掌状的落叶横亘着，自在悠然。有些树叶刚刚飘落在路中间，还沾着风的痕迹，像玩耍归来的孩子，被母亲强拉到床上，却还手舞足蹈，不肯安静睡去。

从山脚往上走，才没走几步，我就气喘如牛了，恨不得多长个肺叶来吸纳氧气，好缓解肺叶的疼痛。可越往上走，疼痛却越轻，到最后，竟连呼吸也顺畅了，脚步也不再滞重。正奇怪中，朋友说，这才是森林氧吧，越往山深处走，负离子越多，要不怎么叫给肺叶洗澡呢。

这国家森林公园，果然不是浪得虚名。

一路行来，林幽风静，却不单调。长尾的鸟像穿燕尾服的绅士，在近旁的树梢跳上跳下，不时唱上几嗓子，为自己的舞蹈伴奏；灰衣的松鼠突然窜出来，亮个相，摆个“普士”，又疾速没入林草茂密处；蜘蛛网编得精巧，繁枝杂叶间，到处是沾着晶亮露珠的蛛网，网上硕果累累，不知名的棕羽薄翅小飞虫，像挂在网上的铃铛，“啪啪”地拍翅挣扎，而蜘蛛则懒懒地躲在一旁，不动声色。走着走着，脚上的石板路，青苔渐渐密布，湿滑难行。正当留心脚下，无暇他顾，忽然一阵树叶“哗哗”声传来，像谁在林间急行，紧接着一声长啸，一道黑色的影子从路左边向右边掠过。是老虎吗？我吓得拔腿想逃，朋友笑道，不怕的，是黄牛。果然，远远“哞——”的一声，像在印证朋友的话一般。朋友说，以前是有虎的，1958年虎患成灾，打虎还有奖励呢。现在是猕猴闹心，山里的蟒蛇都被捉得所剩无几了，没了克星的猕猴繁殖过度，山民的竹笋被一群群猕猴啃得满目疮痍。猕猴是国家二级保护动物，不能杀，只能赶，山民只好整天守在竹林里，与鬼灵精怪的猕猴斗智斗勇。朋友还讲了个真实又温暖的故事：山民养的一头母猪，恋爱了，每天夜里，猪圈里都有亲密访客。这不速之客，是一头三百多斤重的野猪。不久，母猪生下一窝专爱吃竹叶子的小野猪，野猪爸爸每天一大早从林海深处跑来，领着小野猪们到山里觅食，傍晚，天色渐暗，再一只不落地带回猪圈。朋友笑着说：这算不算一个真实版的人与自然和谐案例？

谈笑间，忽见一位五十来岁的山民，步履匆匆从山上下来，怀里抱着一只山麂子。山麂眼睛晶亮，毛色滑润，乖巧地偎在他怀里。朋友上前问：卖不？那山民说：不卖的。脚步却不停歇。高价钱也不卖吗？朋友追着问。那人坚决地摇摇头，给再多钱也不买。他把山麂往怀里藏了藏，好像怕人抢了去。忽然，他停下脚步，迟疑地说：你们帮我一下行不？我的鞋带散了，抱着山麂没法系。我看了他一眼，急步上前，蹲下。他的胶鞋破了个洞，鞋带也旧了，还不是“原配”，我不敢用力打结，怕扯断了鞋带。那人说：你看，这山麂怀孕了，又受了重伤，不好好照顾必死无疑，只好带回家养着，等生下小山麂后，再放回山里。杀怀孕的动物，要遭报应的，城里人就是天不怕地不怕，啥都敢吃，啥事都敢做，唉！

他的一声长叹，我脸上莫名地燥热起来。当下，野味馆在都市里如雨后春笋，处处可见，寻野味成了都市人的时尚，成了攀比和炫耀的资本。

我帮他系好鞋带，直起身来，山麂的眼睛直溜溜地看着我。这双眼睛，眼底棕黄，瞳仁墨黑，澄澈美丽，流露出几多疼痛、几多哀怜、几多无助。我心下一动：若让这美丽的眼睛流泪，世间又怎会美好？

清晨果园

庆元县城松源镇被群山环抱着，无论从哪个方向走，三五分钟，就可以走进山里。

夜里开着窗睡，静静地躺着，一呼一吸，都是静谧的清香，连电视也不忍打开，怕声响惊扰了这宁静。一觉醒来，清脆的鸟鸣声声传来，一时间竟不知身在何处。拉开窗帘，远山在朦胧的雾岚里缥缈，空气像清泉一样寒凉而清冽。

清晨是一个地方最具灵性的时候。每到一处，我都喜欢在清晨出去走一走。从入住的酒店向东大约一百米，过马路，前面是一片竹林。这马路，像是分界岭，路的这边是县城，钢筋水泥坚硬冷漠；路的那边，翠竹农田羊肠小道，柔软温润，温情脉脉。

沿着小道走去，鞋面上沾染了露水、草屑和泥土。竹林旁，有一间土坯茅草房，房前挂着一张告示牌：“请勿在果园里擅自采摘”。这条红泥小路，原来是通向果园的。这时节，果园大概也无果了吧，草房门窗紧闭，看园人也不在了。

小路坑坑洼洼，两侧种了不少蔬菜，球菜长得壮实，蓬勃，恣意，将卷未卷的，一个个足有面盆大，叶片青里泛白，像涂上了一层薄霜。青菜尚未长开，瘦瘦弱弱，却青翠可人。蒜苗长得最齐整，筷子似的，直插在铺着稻草的田里，像一群袅袅娜娜的绿衣芭蕾舞娘。大棚里的蔬菜，如同养在深闺里的美人，高贵，却苍白，脆弱，没有血色，而这些“低贱”的菜蔬，却有一种风欺不怕、雪压不倒的凛冽美。不知为何，每次看到这些“粗糙”的美，心头就会涌起一种敬畏，一种想亲近的欢悦。诚然，美是生命最原始最本真的姿态，本真虽不精致，却也不矫情，才会让人本能地想靠近。

山坡上，十多棵桃树站成一排，没有一片叶。黝黑的枝干，像一根根坚硬的铁枝，节骨上却冒出点点晶亮的凝脂，似一朵朵玉质小花，有圆形的，有梅花形的。摘下一朵，在指间，黏黏的，弹性十足，忍不住捏来捏去把玩起来，脑海里姹紫嫣红地绽开了一树树粉红嫩白的桃花。只要心有春天，何处不花香满径？山坡下，一位农人在砍竹子搭棚，哐当哐当的声音把整个山谷都震醒了。

一个竹篱小园，把几垄向天椒围在里面，猩红的向天椒星星点点，点缀得满园春意。意外的是，园中间竟有两个柿子般的吊瓜匍匐在向天椒的枝头，一个黄得像橙子，一个绿中还带着白点点，像迷你型南瓜。搬了块石头垫脚，跨过竹篱，顾不上泥泞，一步步走上前，用手摸摸那黄果子，又细细端详那绿果子。这果子，是主人遗忘了，还是错过了时节？瓜果离开枝丫的刹那，会是疼痛的吧？分离的痛，撕裂的痛。这果子是怕了痛，才拼尽全力耐着冬寒不肯离枝，还是陪伴藤蔓一起见证霜雪，然后慢慢枯萎、腐败，化为泥土？我伸手想摘下来，犹豫再三，终下不了手，结束生命的权力还是交给大自然吧。

冉往前走，但见一间红砖石小屋，墙上覆满了爬山虎紫红色的藤，几只芦花鸡在屋后咯咯觅食。屋前，一条麻绳索一头系在屋檐下，一头牵着橘子树，绳上有三五根瓜藤攀爬而过，叶片如掌，三个橘黄色的吊瓜悬挂着。这瓜怎么也不采摘呢？是留下当种子吗？正犹疑间，小屋的木门吱呀推开，一位灰衣老农拿着鸡食招呼着鸡们，我上前打招呼，大爷，好地方啊。他抬起头，呵呵一笑，回头看着欢呼雀跃的鸡们，像是自言自语：好也不算好，就是脚踩在泥土上，心里踏实。我倚在屋前的树上，跟他聊起来，老人说，在农村住了几十年，五年前，住得好好的房子被征地拆迁，村里人被集中安置在县城住楼房。他一家住四楼，三室一厅，有抽水马桶和煤气空调，方便干净，可咱庄稼人享不了那清福啊，上不着天下不着地，脚上不沾泥，身侧没鸡鸭相伴，像关在大牢里，住了一年，整个人都变呆变傻了，还生了一场病。幸亏找到这份看守果园的活，你看，我这身体又硬朗起来了。老人呵呵地笑着。

红砖石屋前下山的小路通向橘子园，小路由一块块略有残缺的地砖铺成，地砖原有的红绿色已被泥土所覆盖，现代工艺制作的地砖和谐地融入山野。告别老人，踏着地砖下山去，山坡下，那农人搭的竹棚已具雏形，来年，这棚上会是怎样的瓜果飘香?

如果钢筋水泥林立的城市附近，都有这样一个幽静美丽的田园，像过滤器，过滤掉浮躁虚荣和疲惫，让每个人诗意地栖居，这世界该会减少多少纷争和事端。

离开时，我在心里暗暗祈祷，但愿他年再来时，一切还依旧。

如龙廊桥

廊桥又叫屋桥，因桥面建有廊屋而得名。

庆元多山壑，出行需造桥；江南多风雨，架桥多廊桥。庆元号称“中国廊桥第一乡”，村落阡陌间、深壑清幽处，廊桥的身影时时可见。我独自去月山村，因慕村中如龙桥之名。这座有“寿星”之称的廊桥，已有近五百年历史，是国保级文物。如龙桥是木拱廊桥，桥上有廊屋九间，远远望去，如一个个筑造精美的“喜鹊窝”。桥下清溪潺潺流动，廊外的木板布满苍苔，廊内的雕漆剥蚀殆尽，廊桥像夕阳下喃喃自语的老人，无声地诉说着岁月的沧桑。我到时，是周末的午后，桥上没有想象中的人声鼎沸，只有一位须发斑白的老人，坐在桥头阁楼里打盹。我的到来，惊扰了他的好梦，他却毫无愠色，缓缓起身，陪我走进廊桥，用僵硬的普通话将廊桥的构造、历史和传说，一一向我讲述。我听得很费劲，但他那娓娓亲切的语调，如同向朋友介绍自己的先辈家人，让我有说不出的熨帖。老人说，他的祖上参与了如龙廊桥的最早修建，整整造了四年，而他照看廊桥，担任义务讲解员也快四十年了。他脸上沟沟壑壑的皱褶，盛满骄傲的神色，让人肃然起敬。多少人对贫瘠的家园，弃之如敝履，甚至羞于提及，这位耄耋老人对家园发自内心的爱恋和骄傲，让我感动。

和老人并排坐在桥上，漫无边际地聊起天，冬日暖暖的阳光把廊外的风景镶上了一道金边，老人的话匣子打开了：过去，廊桥是村里最热闹的地方，村里人有事没事总喜欢往桥上跑，就连水牛耕田回来，也喜欢从桥上过。特别是夏夜，整个村子的人都到桥上纳凉，家长里短，插科打诨，嬉戏笑闹，那时，廊桥是活泼泼的，脆生生的。后来，村里的年轻男人出去打工，女人也跟着走了，村里来来去去的，不是老人，就是孩子。有的人赚了钱，在城里买房，接走了老人孩子，村子渐渐掏空了，虚弱了，空寂了，村庄的精血没有了，苍老的廊桥便更羸弱了。留在村里的人们也不喜欢廊桥了，他们的心都飞到外面去了，他们期盼着有朝一日也能离开廊桥。现在的廊桥，走过的多是参观者匆匆的脚步，廊桥已丧失了它原有的功能，像迟暮的老人，暮气沉沉，需要人照顾和陪伴。老人深深地叹了口气，说，他守桥四十几年，闲来无事留了点心，发现80年代时，人们走完整座桥平均要10分钟，90年代是8分钟，00年代是5分钟。人们的脚步越来越快，不是身体更健硕，步伐更快捷，而是他们的心忙了乱了，没有风景了。是啊，忙，是现代人最真实的生存状态，在崇拜速度的年代，人已沦为了工具。

快要离开廊桥时，见我不烧香，老人有些吃惊：姑娘，你不烧香吗？我摇摇头。老人说，你这样的人真是少见了。现在来廊桥的游客，没有不烧香的。他们一到，不是大呼小叫，四处拍照，就是烧香祷告，还有人拼命地用脚踩桥，看看有没有腐烂，他们不懂，桥也是生命，已是风烛残年啊。有时候，风大天燥，游客要烧香，我好言相劝，他们还生气，不烧香我来做什么，一座破桥有啥好看的。你看看，这是全木头造的桥啊，要是失火了，哪有得救！更可笑的是，他们烧香，祈祷的就是多赚钱、早升官。唉，小小的一座木桥，怎能承载起那么多官啊钱啊。我一时哑然。

在庆元看廊桥，我留有遗梦。

进士村

庆元大济村，是江南鼎鼎大名的“进士村”，我早有耳闻。一座不足三百人的小山村，仅在北宋年间，就出过二十六位进士。虽然连日劳顿，但这读书人的圣殿，却不能不去造访。

刚走到村口，便见一座古色古香的木拱廊屋桥，两头出口如两扇门朝外洞开，呈牌坊式结构，似在招呼远道而来的客人，热情，却不夸张。导游介绍说，大济村有一吴姓兄弟俩先后进士及第，他们衣锦还乡时，好不热闹，族人就在桥上建护坊以纪念，称“双门进士”。现存的双门桥是后人按原样几经重修的，沧海桑田，悠悠近千年，风采依旧。走进村里，小弄纵横，绿树参天，青砖墙高耸。古旧的石屋上，刻着模糊的字迹和雕花，一种古老而神秘的气息扑面而来。顿时，我有穿行在北宋街巷的恍惚。北宋是中国古代少有的重文王朝，崇尚文化的力量，整个帝国书生意气弥漫。“半部《论语》治天下”的典故，说的就是北宋开国宰相赵普喜读书的故事；在北宋，不少孩子的童年和少年，都像岳飞一样，通宵达旦地读书。在北宋，读书人是最幸福的，也是最荣光的，那是读书人的盛世。我似乎看到，大济村学堂里，一位须发飘飘的老先生，一手持线装的蒙学课本，一手背在身后，领着那些总角垂髫的学生，高声唱读千古流传的诗作，琅琅书声舒缓而悠长，在屋宇间久久地回荡。在大济村的宗祠，我见到留存久远的奖励读书制度：凡村中男丁，六岁入学即每年奖励六百文钱，到入大馆即每年奖励一千文钱。这是大济村一道最靓丽的文化奇观。越深入村子里，越发现大济村青山环抱，深僻幽阻、舟车不通，真是读书的风水宝地。古代的进士村、状元村多在交通闭塞、民风淳朴的乡村，如黄山的许村，广西的高山村。乡村，过去一直是尊师崇教的胜地。

我在农村长大。我读书那会儿，村人特别重视教育，在他们“耕读渔樵”的日常生活中，“读”一直占有重要的一席之地。农家的孩子改变命运，洗掉腿上的泥巴走出山村，吃上“商品粮”，唯一办法就是读书。孩子们也格外用功。那时，有一奇特的现象，就是越穷越读，越是穷困的地方、贫苦的家庭，读书的孩子越多。上世纪八十年代，走进乡村，红砖绿瓦的平房，掩映在参差不齐的树荫下，炊烟袅袅，鸡鸭们欢快地觅食，一条大黄狗围着主人，摇尾乞怜，孩子们趴在破旧的桌子上埋头做作业。清晨，菜园里、池塘边，到处是孩子们背书的身影；深夜，寂静的村庄里，总有几户人家的窗棂里映出灯光，那时煤油珍贵，只有孩子们温习功课才舍得点上，那微弱的灯光，是希望的光芒，照亮一个人、一个家，甚至一个村子的前路。七月里，村子热闹、喜庆，捷报频传。某某家的孩子考上大学的消息，会在村里迅速流传。村里人一见面就会说，知道吗，村东头老赵家的大儿子考上大学了，接着艳羡的啧啧声。我读初一时，上下学期期末考试都名列前茅。村里人到学校修缮校舍，光荣榜张贴在校大门口的砖墙上。第二天，村里就传开了，村东头老施家的闺女，是大学生的坯子。为此，我妈妈的头，在村里高高抬起很多年。直到后来，村里流行谈论谁谁家的孩子一年在外赚了几十万。

现在，一切似乎都变了。漏夜排队上星级幼儿园的是城里人，东奔西走忙着参加补习班的也是城里人。农村读书的氛围衰败了。村里很少再听到琅琅的书声了，虽多是老弱妇孺，但嚓嚓嚓的麻将声却不绝于耳。大济村也不能免俗。朋友叹息，现在，大济村也不崇尚读书了，早些年还出过几个大学生，可上大学的学费生活费太贵，一对乡村夫妇靠种地打工供孩子上大学已很艰难，好容易大学毕业了，找工作又难于上青天，读书不如打工，村里许多孩子读完九年义务教育，就走出大山闯荡社会了。我不禁黯然，中国的乡村，经济虽发展起来了，教育却没跟上。乡村正被城镇化，若干年后，我们只能在梦中依稀追寻儿时乡村的模样。

普陀，佛国的莲花

1

只是东海这篇长卷里的一个逗点，却因为观音菩萨的不肯去，而成海天佛国。只是林木葳蕤的一个小岛，却因为袅袅不绝的香烟，而绽成佛国一朵袅娜的莲花。

普陀与我居住的小岛，同在东海边。它们相距不远，用机帆船，一天便能抵达。普陀山与山西五台山、四川峨眉山、安徽九华山并称为中国佛教四大名山，它是观世音菩萨教化众生的道场，是唯一建在岛上的佛国。风口浪尖讨生活的海岛人，祈愿平安，首选就是普陀。

听爷爷说过普陀。那年，解放舟山的大军，征用了爷爷和他的白底船。在枪林弹雨中，爷爷谨记临行前奶奶的交代，心里一直默念着观世音菩萨，那些炮弹在船四周炸起一柱柱冲天的浪花，他的白底船踉跄如酒醉的汉子，东歪西倒，险象环生。爷爷驾的船，从容地穿行着，像练过凌波微步的大侠。解放军后来颁给了爷爷两张奖状，一张二等功，一张三等功，以表扬爷爷的勇敢和从容。但爷爷却说，啥勇敢，只是每次出征前，都向普陀遥遥一拜，佛总会佑护正义之师，再说，观音的地盘，哪容宵小们嚣张横行。

父亲也说过普陀，父亲的普陀更亲切清晰。舟山与我的家乡洞头，虽然相距不远，但分属两个渔场，一个叫舟山渔场，一个叫洞头渔场。

舟山渔场应该比洞头渔场物产更加丰富吧。因为，在我年少的记忆中，我的父兄们每到冬季，都要驾船北上，到沈家门捕鱼，直到第二年春末，才会返回，连过年都不能回家。

渔船春末返航，于海岛的家家户户，都是比春节还要盛大的节日。对亲人的牵挂和思念，对维系一家一年生计收获的期待，都让这次返航特别隆重。许多年过去，我依然清晰地记得那些事，在山岗上的望眼欲穿，在码头上的欢呼雀跃，渔船上搬出的一筐筐喷香的目鱼干，父亲从怀中掏出的麦芽糖，以及一张推过蜡的图纸。也是在那时，我“看”到了普陀。父亲带回来的这张普陀地图，墨绿色的岛，淡黄色的沙，天蓝色的海，那么和谐，又那么冲击我的视野。百步沙，千步沙，佛顶山，不肯去观音院，南海观音，那些爷爷曾经描述过的地方，父亲曾经用双脚丈量过的土地，那么直观地从我眼前清晰起来。

佛国普陀，也是信佛的母亲心中圣地。父亲每年北上舟山捕鱼，母亲都会向观音菩萨许愿，希望观音菩萨能佑护这些风口浪尖讨生活的人。母亲许的愿，就是有朝一日，能亲自去到普陀，一定以三步一叩之礼，感谢菩萨的慈悲。母亲的心愿，父亲是知道的，父亲也曾许诺过，让母亲搭他们的船去普陀。但，家里那些嗷嗷待食的牲口，那些不谙世事的孩子，让她一刻也离不开。一年一年的期盼，一次一次的落空，未等母亲空闲下来，父亲患病撒手西去了，母亲的心愿，父亲的承诺，被搁置了起来。一晃三十余年过去，儿女成家立业，母亲终于有机会去普陀了。每年三月，母亲都会放下琐事，背起香袋，去普陀，不顾舟车劳顿，从佛顶山下，三步一叩，走近她心中的观音。即便现在她已老迈耄耋，八十五岁的身体还算硬朗，腿脚却已僵硬，但礼佛的路上，她的步履依然轻盈。

2

从最初爷爷烙在我心上的普陀记忆，到现在，四十年过去了，终于，我也踏上了普陀。在宁波开了几天会，身心疲惫，人到中年的惶惑，上有老下有小的压力，季节性的失眠，漫漫长夜在黑暗中不知何去何从，突然心念一闪，普陀，便等不及天亮，匆匆起身，跟着车载导航，向普陀飞奔而去。

心无比澄澈。车过舟山跨海大桥，满带着海的气息的风，吹拂着我的长发，困扰多时的因失眠而起的头疼，仿佛被风驱散了。神清气爽。这久违的四个字，此刻，那么清晰那么熨帖地印在我的眉尖心上。

在沈家门码头，坐上去普陀的快艇，一阵急雨，劈头盖脸地倾泻下来，莲花洋上，仿佛千万朵层层叠叠的莲花开开谢谢，不一会儿，云开雨止，莲花洋上波平浪静，这雨来得太突兀了些，饶是我这样海岛上土生土长的人，也惊诧于这对流雨的神奇。忽听有人喊，快看，彩虹！一道七彩的虹，赫然飞架，一头搭在岛的绿树浓荫，另一头隐约在云间。这样的虹，已多年未见。这些年，徘徊在都市上空的雾霾，像一头在洞穴里修炼经年的妖兽，时不时吐出些毒烟，侵扰城市，试图拽住都市向前飞奔的脚步。不要说彩虹，就连明净的一角蓝天，都难得见到了。这样的虹，更像一个梦，绚烂了每个人心灵的天空。直到快艇靠岸上岛，彩虹才慢慢散去。

这普陀岛，分明是林幽风雅、梵声清越的世外桃源。

3

刚登上岛，便见林木葱郁，清凉幽静，风中，淡淡的香火味，仿佛一剂清凉药，让凡尘里驿动不安、疲倦不堪的心都宁静通透起来。“第一人间清净地”，果然名不虚传。不远处，一弯淡黄的月牙似的沙滩静卧在海边，飞奔过去，一脚踏在沙上，以为会深陷，却只浅浅地留下一个印痕，沙极细，细得沙滩像淀粉沉淀下来时的细滑。湛蓝的海水，在不远处追逐着，层层叠叠的浪花喧哗着，作势要扑将过来，却又温柔地轻拍一阵，就退了回去。走走停停，回头望一望自己走过的路，以为是一步一步规规矩矩往前走着，脚印必是笔直的两行，却发现，歪歪斜斜的，并不规整，像两道划错了的波浪线。有些讶异，却也不禁暗笑，为什么要走那么规整呢，人生的路，从来都不会平平顺顺，笔直康庄呀。前面后面的人，都脱了鞋袜，与细沙亲密接触了。也有人说，赤脚，是对菩萨的不恭敬哩。我边脱了鞋袜，边想，佛不会这般拘泥于小节吧。就像忍不住要脱下鞋袜一样，来普陀岛上，便忍不住要放下一些东西。

终于到了母亲三步一叩的上山路。佛顶山的台阶像是一架天梯，隐约在一片迷蒙中，山间的雾气被阳光编织成一片迷蒙的光晕，悄悄地勾住天梯。陡峭的山路，还留有稍前那一阵急雨的水渍。两旁的树木，还滴答着雨珠，太阳的金笔为树叶涂上金色的光泽。身着忏衣草鞋的香客，目不斜视，三步一跪，顶礼膜拜，长长的忏衣下摆被雨水浸湿了，颜色深了，重了，湿答答地粘在身上，仿佛沉重的过往，仿佛尘世的哀愁，缠绕于身。上山的路，是礼佛的路，更是抛却沉重的过往，靠近佛心的路，离佛愈近，心愈轻。远远地，见一香客高呼着观音菩萨名号，一路跪将上来，她身上棕色的忏衣，胸前都已湿透，额头上，一个鸡蛋大小的包，几乎要浸出血来，近了，才发现，是一位六十开外的老妇人，光着脚，抱着蒲团，走三步，放下蒲团，双膝一跪，呼一声佛号，叩一个响头。她身后，还有七八个人，年纪有大有小，有个女子，面目姣好，肤色白皙，眼眸眉尖，尽是灵心静气，仿佛观音。我忽然明白，年迈的母亲，她苍老的容颜上，是如何变得那么冲淡宁静的。

4

普济寺的香火无疑是旺的，千难万难地上来了，烧一炷香，理所当然。相较于那些三步一叩的人，便知道，烧炷香，是多么的轻描淡写。佛殿前，举香而拜的人比比皆是，拜法也各不相同，有高举过顶的，有深鞠下跪的，口中都念念有词。有所求，是不是每个礼佛的人都有，不好说，但有求必应，似乎高悬在每个佛寺大殿最醒目的位置。我擎香叩拜，竟觉得心间万千的愿望，一时间不知从何说起，只想起母亲的心愿，简简单单的平安二字，却包含诸多。家人平安，朋友平安，身体平安，心平安。人世间最根本又最重要的，莫过于平安。揣一颗平安的心，便能从容尘世的行走；凭一个平安的身，便无惧于生活的坎坷。

普济寺的罗汉都是有人供养的，供养者来自世界各地，美国，澳大利亚，意大利，这些现代化程度极高的地方，都出现在供养者的姓名前，供养费多少，无从得知，但相信不会少。普济寺门口的树木也都有人领养，稍稍一浏览，便见着许多熟悉的人名，寺门口的罗汉松上挂着“陈佩斯领养”的牌子，百年古樟的牌子上是“余秋雨、马兰领养”的字样，领养想来不会是免费的。普济寺的早课，也不是随便就能参加的，需在后殿花些钱登记，才可获得资格。钱虽不少，登记的人却不嫌贵，争先恐后地挤到案前，付钱领牌。礼佛有许多形式，这也算一种吧？菩萨以身饲虎，以臂养鹰，所宣扬的无非是一种善念一种付出，懂得付出，也算是离佛近了。

普济寺四周林荫蔽路，漫步在林间小道，便似进入一个绿的世界。空气清纯，深呼一口，唇齿间竟似有一缕淡淡的甜香。前后有隐隐约约的人影，瞬间又不见了踪迹，只闻人语响了。树木以古樟居多，百年以上处处可见。离路不边的山坡上，一株古樟的主干中间空出一个大大的洞，竟然用水泥将分裂处补上，而古樟似乎完全无视身上的伤口，枝枝叶叶长得兴味盎然，虬枝须张着遮蔽了天空，太阳光穿过叶隙，漏在地上，斑斑点点，复被众多的香客踩了去，人也变得影影绰绰起来。

在南海观音像前，悄然而立，抬头瞻仰，只见她慈眉善目，俯视芸芸众生，在蓝天白云的衬托下，观音铜像好像轻轻地移动着莲花步，款款地向我走来。观音是最接地气的菩萨，她那悲天悯人的气度，十足的女相，被人格化了的仪表，她那慈母般的名字——“大慈大悲救苦救难”，使海天佛国弥漫起温馨的人性精神；她那安然、怡静的目光，生动、秀丽的脸庞，让人如沐母性的光辉；她那微微眯起的双眸，半启的双唇，似一枚满含慈悲的微笑。在佛像前来来往往的众生中，有谁能窥透她的微笑，是苦难之后的平静，还是平静之后的再生。这微笑却浓郁了普陀，浓郁了人对于世界之爱。这让我想起普陀人，普陀经济发展在富裕的浙江并不显山露水。世风浮躁，但我一路上看到的普陀人，都是一副笑眯眯的样子。宽松、宁静、平和、和谐，仍然充盈着普陀这片净土。我似乎有所醒悟，爱是一切佛心。

5

离开南海观音时，与一位西藏喇嘛擦身而过，一时迷惑，观音道场，与藏传佛教，大小乘佛教之别，应该不是同宗的吧，喇嘛不是最讲究出身的吗？修行世善，一心念佛。也许观音的圣名，早引得千万里之外的佛教徒，满心向往了。也是，同为佛弟子，谁不想领略一下这佛国莲花的风采？观音的唇角，似乎绽开一抹微笑。我心里突然有些羞惭，佛才不像如我这般狭隘呢。后来，听舟山的朋友说，喇嘛来普陀，也是这两年才多起来的，说是佛的慈悲也好，是普陀的包容也罢，终归是普陀的进步吧。

普陀被称为佛国，佛像多是一个原因吧，在洛伽山上，形态各异的佛像，真是千佛千面。从千佛塔下，一路往下，林木间只剩下悠远的宁静。转角处，赫然见一尊巨大的卧观音。观音一向以庄重娴静示人，这观音竟是如此不同。微合的双眸，似已入梦，微微弯起的嘴角，如含着一枚淡淡的笑，右手随意地枕在头下，左手轻轻垂在腰上，袈裟轻拢，白色的衲衣下摆微微地露出淡蓝色的里衬，玉骨冰肌，圆润静雅，妩媚中透着几多端庄，平静中藏着几分神圣，极致完美，让人心纯净，不生丝豪妄念。人们噤声走过，不敢打扰菩萨的小憩。

从洛伽山回来，已暮色四合，夜宿普济寺的香客房。吃过斋饭，与一来自杭州的林姓女香客一起出来走走，行到山门前，但见一莲花池，林香客是这里的常客，对普陀可谓了如指掌。她告诉我，这莲花池原是佛家信在此放生之池塘，后植莲花，即称“莲花池”。这季节，莲还未开，莲叶却已一片片舒展开来，承接着点点晶莹的露珠。那露珠像豆大的珍珠，圆润，洁白，闪烁着梦一般的光泽，月夜里看，仿佛满天的星斗坠落池中。而此刻，我心亦如露珠莹透，一池的露珠，分明是我“放下”的千千结。

在普陀的过程，是一件一件放下的过程。放下惶惑，放下烦乱，放下肩头捎着的沉甸甸的欲望，放下心底里尘埃、挣扎和迷茫。是夜，我酣然入睡，那久治不愈的季节性失眠，在普陀不药而愈。

仙渡桃花会

阳春三月，我到仙渡会桃花。

曾几何时，仙渡桃花会，已成我生活中不可或缺的春事。那一年春天，生活遭遇突如其来的变故，受伤的心只想远远地走开，到陌生的地方，像受伤的兽独自舔舐伤口。就这样，没头没脑地来到仙渡，撞进这片桃源，惊艳的叹息还未出声，却已凝在唇边，花瓣纷纷如雨，落了我一头一身，仿佛无数凄楚的幽怨，细细密密地萦绕过来：为什么你不来，在我最美的时候？

这世间怎么了，凡美好的，都如此脆弱，不堪一击？

便是那时，在馥郁的忧伤里，许了仙渡桃花一个约定，心间是惺惺相惜的柔软、疼痛和几分不负卿的仗义。

今年春天，雨漫漶得太久太久，小扣柴扉久不开，阴雨的手，扣得人心都生了锈。原本，我是喜欢阴雨的，雨一阵雾一阵，春天不都是这样来的吗？可是，像有一双不知疲倦的手，不分昼夜地织一张铺天盖地的网，把春天网住了，探不出头来，让人担心这个春天会像不能破茧而出的蛹，胎死腹中。也许，春天不可能胎死腹中，可桃花呢？娇弱的桃花呀，如何经得起料峭春寒和无休无尽的风雨！我的心攥得紧紧的。

终于，阳光像剑客腰间的长剑，手起剑现，明晃晃地一闪，春这坛密制的女儿红就纷纷扬扬地香了，缤缤纷纷地醉了。云破月来花弄影，桃花在弄影了吧，我牵心挂怀的仙渡桃花。

收拾起风刀霜剑里喑哑了的红伞，抖去霜风苦雨里霉旧了的烟尘，披一袭长裙如新绿的柳枝，簪一枚珠钻如清越的鸟鸣，胭脂拿起又放下了，素着面，轻轻盈盈地出门去，像赴黄昏约的素心女子，我知道，在仙渡，有一盒人世间最本真最艳丽的胭脂，将晕染我不再青春的颊。

是哩，我要去仙渡，践一个约定，与桃花，与那青山绿水里娇艳的精灵。就要见到了，就要见到了，她是清减了，还是丰腴了？她的晶眸粉颊，会如我这般染上岁月的痕迹吗？

过了丽水，又进了莲都，桃花一团一团，在路旁，在山坡，在屋前，在溪畔，绰绰约约，帮我核对她的地址和密码。从她传递的消息，我知道，拐过一道弯，就是仙渡了；听她播报的音讯，我知道，那些粗粝的枝丫已饱蘸了春天的墨，初醒的大地这张古旧的宣纸上，将晕荡开一片怎样的云蒸霞蔚。

拾级于梅田古道，满山遍谷的桃花已敷上了艳艳的脂粉，粉墨登场了。“满树如骄烂漫红，万枝丹彩灼春融。”墨绿的松柏，在山尖围了一道疏朗的帷幕，层层的梯田搭就一个错落的舞台，紫云英不遗余力地铺一张厚厚绿毯，油菜花漫不经心地点几粒嫩黄遥相呼应。远处，一道粉霞自山顶垂落下来，一阵轻云自山底浮荡上去，在山腰，被一弯溪水的碧带，松松挽成云衫霞裳。身侧，疏影暗香折叠成重重水袖，新蕾俏蕊缝缀成灼灼华裳，微风过，粉瓣翩跹如蝶翅，阳光下，细蕊轻颤似玉指。几点鸟鸣啁啾在枝头，几多蜂蝶嗡嗡嘤嘤，醉语娇嗔。清风的鼓，溪涧的钹，紧一阵密一阵，呀，我的仙渡桃花竟以这一出“笑春风”迎我，迎我这俗世的相思。而那黄墙灰瓦的村庄，退居到一侧，像一群纯朴淡定的观众，浑若无事，偶尔伸出几道白色的炊烟，为盛大而缤纷的剧情鼓掌欢呼。村边一潭春水，也似乎只为映衬桃花，才绿得像翡翠。

只是，花开总有落时，人间四月芳菲尽，再艳的桃花也躲不过凋落的命运，落红纷纷，情何以堪？

迂回盘旋的小径上，一个荷锄的农人领着一群白山羊缓缓走来，对我的惊叹和伤感，只抱以淡淡一笑，说，花好看，总不长久，花落，正是结果的开始，等桃子成熟时，满枝满柯都挂着白里透红的桃，那才好看哩。那些山羊好像附和农人的话，含着青草的嘴，咩咩地叫了两声。他抬头看一眼桃花，唇边漾起一抹笑纹，他是想到累累硕果缀满枝的喜悦吧？

我的心也跟着欢喜了，从此后，我的仙渡桃花会将不再只为怜惜。

仙渡桃花，温婉在深深的山里，却时时用妩媚的手，剪至真的爱，勾动潜伏在心深深处的桃源梦，让人在还不曾离开时就开始相思，开始期待，期待来年三月的再相见。

鹿栏晴沙

听到鹿栏晴沙这个名时，有些不解，沙也分阴晴？莫非，浪也有圆缺？

在岱山的鹿栏山下，面对一大片辽阔的沙滩，仿佛面对着大海荡露的心扉，心底里关于阴晴圆缺的疑惑暂被搁置一旁，心也坦荡开阔了起来。

我居住的海岛上，也有沙滩，沙子极细柔，却踏步无痕，人称铁板沙。沙滩虽不大，但也足以容纳向海的心。赤了脚在沙上走，脚掌心被沙细细地研磨，慢慢地，心底里便似有一砚越来越浓的墨，只需细笔勾勒，便可成就一腔山水。走在沙与浪的边缘，总被那喁喁情语般的浪涛声迷醉，侧了耳去听，涉水的哗哗声，却像懵懂少年打扰了这对情侣的缠绵厮磨而乐不可支。

这些年到处走走，也去过许多海岛，在岛上，脚步总不知不觉地迈向沙滩。沙滩原是有某种魔力的。只是，许多闻名遐迩的岛，沙滩却并没有想象中的好。塞班岛的海水蓝得深不可测，仿佛多望一眼，就会不知不觉地走进去——此言并不夸张，据说每年去那里自杀的人不计其数。沙滩因人迹罕至，显得干净空旷，沙子松软，轻轻走过，就留下两行深深的脚印。但潮水涨得极快，一个浪头打过来，沙滩就被蚕食一大块，一不小心，人就会被浪卷走。浪涛声如猛兽低吼，让人心慌。巴厘岛的沙滩，原本是极好的，可人多得像插得密密麻麻的秧苗，转个身都能撞倒人，真个叫摩肩接踵。海上摩托车的轰鸣声震耳欲聋，一些寻刺激恶作剧的人还故意骑着摩托车向你冲来，等你惊慌失措，落荒而逃了，他才扬长而去。炙热的太阳也让人难以消受，不消几分钟，就能晒得你“黑白分明”。海南岛的沙滩以水清著称，游客络绎不绝，可沙粒太粗太硬，硌得脚生疼，穿上鞋子吧，沙又不断涌入鞋中，走几步就得脱下鞋来抖去鞋内的沙子，一段不长的沙滩就这么走走停停，好像一段美妙的文字被读得磕磕绊绊，美感尽失。

面对美如落地之虹的铁灰色的鹿栏晴沙，心底条件反射似的唤起在家乡的沙滩上才有的那“一腔山水”，一种皈依感自记忆中起身，缓缓走向四肢百骸，不禁想亲近它，在它的博大里呼吸。可脚下却有几多犹豫，这条江浙沿海最长的，有“万步铁板沙”美称的沙滩，会不会也名不副实？好怕沙粒的粗粝会硌疼心间这柔软美好的感觉。毕竟，这年头，有太多的美好被不堪的现实生生剪碎了，像浓浓雾霾之于灿烂星空，像滚滚废水之于清清溪流……

远处，有浪涛轻涌，浪花开开谢谢间，是花花绿绿的身影，一声声满带喜悦的呼声，仿佛把铁灰色的沙滩当作一块巨大的画板，纵横捭阖，荡气回肠，描抹着各自的欢喜。看似平坦的沙滩，却有一道道细细的折痕，那应该是海浪的留言吧。一层一层，远远看去，好似暮色中的梯田，映着隐隐天光，又似一行行平仄有致的诗句，娓娓诉说着海的深情。滩中一座小屿悄立在浪花间，似一只泥螺，听到母亲喊它回家吃饭，正缓缓归家。一切都那么静好。让人忍不住想走进去，像融进一幅画，成为一个淡淡的墨点。

赤脚走沙滩，仿佛是一种仪式，一种尊重。坚硬的鞋底，钉子似的鞋跟，对平坦如砥的沙滩是一种蹂躏，一种亵渎。脱了鞋子，经了一个冬春束缚的脚有些不见天日的惨白，与铁灰色的沙滩成了鲜明的对比，一个弱不禁风，一个坚韧结实。轻轻地踩在沙上，一种带着凉意的温润，一缕幽幽的情愫，自脚掌心徐徐升起，逼至眼眸间，竟有泪湿的感觉。脚在沙上，浅浅地留一枚枚扁长的印章，又慢慢地隐去，不见踪迹，曾经走过的路都像一则轻吟，悠悠消散在风中。沙上的折痕，近了看，竟是一条条波浪似的曲线，闲散的脚步受了诱惑似的，跟着曲曲折折仿佛通幽的小径，尽处是大海深邃的内心。几只沙蟹来来回回奔波着，像顽皮的孩子，大沙蟹则留守在洞口，像倚门而望的母亲，吐着唾沫，闲适地笑看孩子们游戏。玩沙滩排球的几个人大呼小叫的，有球没球，都在地上打几个滚儿。放风筝的人奔跑着，欢叫着，把一只斑斓的蝴蝶拉扯成雄鹰的高飞。喧闹的人声跌落在浪涛中，竟都化成宁静的喧响，仿佛天籁里本就该有这样的声部，声部里就该有这样尖叫似的四射激情。

天色渐渐暗下来，潮水也开始涨了。浪涛声像摇滚的前奏，咚咚咚哐，哗——，咚咚咚哐，哗——，净水泼街似的，一瓢一瓢，此起彼伏。海浪轻柔地舔着脚心，舌尖柔滑滋润，有一种爱恋似的深情，让人心荡神驰。白沫似的浪花，把沙滩镶了一道蕾丝似的花边。一对情侣在花边上端画了两个交叉的心形，写上“心心相印”字样，让我为坐在“心”里的背靠背的他们按下相机快门，幸福的笑容定格在此刻，定格在他们生命最华美的时候，可他们嘻嘻哈哈走开的下一刻，海浪轻轻一推，两颗相交的心，和那“心心相印”，就消失无踪了。画在沙滩上的爱，本就少了根基，但愿他们的爱是长长久久刻在心底里的。沙滩总有这样的魔力，轻描淡写的，就抹去一切痕迹，甜蜜的，或惆怅的，欢乐的，或悲伤的。或者，唯其如此强大的修复能力，才能长长久久美好如初。你带走欢乐，留下的伤痕，沙滩自会收拾。或许，沙滩原本就是大海赐予陆地的小情小调，浊浪排空、惊涛拍岸的跌宕之外，总要有舒缓如长调短歌的沙滩来平衡，来调和，世界才张弛有致，冲淡宁和。

如果说沙滩是大海的一段慢声细语，那么鹿栏晴沙就是慰藉心灵的温柔情话。

一轮红月亮自海平线缓缓升起，像一个精灵，君临人间，海面荡漾起一道红色的光带，粼粼的波光像是一条飞舞的水袖。渐渐地，月亮褪去红晕，像揭去红盖头的新娘，露出莹亮的脸庞，月华如水，纤云弄巧，微风送来一阵阵潮湿的海的气息。那只晚归的泥螺，背了一层淡淡的光晕，在海浪中载浮载沉，远山以折带皴的手法，将自己皴成一道淡远的层次，海面晕成一片辽阔的宣纸，任由月华即兴涂沫，沙滩则与海浪联手，簇一堆晚潮的雪，拥一怀浪花的白，还不忘来一段抒情小调作为背景音乐。

是夜，与友在海边小店浅酌，渔家自酿的烈酒，原是渔民下海长力气挡风寒的，涩且呛，让人难以消受。友伸出手，煞有介事地剪一段月光，揭开酒壶的盖子，放入，轻摇，说，来，我们也温一壶月光酒。我笑。再举杯。那些涩而呛的酒，呛出几声咳嗽，一腔暖流后，竟有几丝温润的回味。夜来，月光在床上铺一张银锦，被月光簇拥入梦，梦里看到一片桂树，竟认作珊瑚的家园。窗外，涛声的节奏时急时缓，感觉自己蓝色的血管里，正澎湃着奔腾不息的热恋。

与友相约，要早起看日出，可友酒醉沉眠，待不理她独自出发，便已迟了。圆日已从海上探出半个头，像出水的芙蓉，清新，清雅，又清丽秀美，红红的脸庞像邻家羞涩的少女，锋芒虽敛，却洋溢着青春和热烈。此刻，与海水一夜厮磨的太阳，像温柔的情人，和微微的晨风、轻轻的涛声、细细的浪花、寂寂的沙滩，辗转成心间低低的回响。不一会儿，太阳忽地跃出海平线，顿时万道霞光把万顷碧波染成万丈金光，仿佛误入隐藏黄金的宝库，晃得几乎睁不开眼。环顾沙滩，沙色如金子，平缓地铺展着，那么纯净，没有一丝印痕。好一个黄金滩。这一刻，我默念她的名字，鹿栏晴沙，鹿栏晴沙，感觉这沙，就是晴的，是暖的，是阳光的，是热烈而深情的。

在鹿栏晴沙，与沙滩一同做梦或醒来，像从不曾受过伤害一样，像生命最初般的纯净坦荡。

夜宿神龙川

雨，疏一阵密一阵。许多天了，春天持续开启阴雨模式，以雨声唤醒万物，以雨露润泽苍生。花草树木虫鸟，各自展开一段新的生命旅程。久居斗室的人，对春天的回应，便是到山野里走一走，访一访，听听虫鸣鸟语，看看花红柳绿，嗅嗅草木清香，仿佛这样，春天才会完整。在海岛，春天总不那么明显，于是，远去临安，便是要寻获一个完整而清晰的春天。这个寻获的过程，于平淡的生涯也是一样，成长老去，风过霜过，得了失了，或悲或欣，到最终，无非是成为越来越清晰的自己。

从东海边北上，一路上，春意越来越浓，浅绿映深绿，深红压浅红，大自然的调色盘子盛下了世间所有的颜色。在四月，再寡淡的生命，都会有一段不自知的繁华吧，或许，它只是简单存在，只是不经意呈现，却已极美，不然，怎么称得上人间四月天呢。

到了临安，过了闹市，向天目山腹地神龙川去。雨渐渐疏了，四野空阔，绿波荡漾。车在山中盘旋，行行复行行，便听溪流喧哗如弦歌，如龙吟，如浅唱。穿过绿树丛林，只见一溪如带，碧绿莹透，在山间蜿蜒。沿溪而上，时时被那清澈，那恣意，那无拘无束，那种奔走的欢畅和欣悦，莫名地感动。或许，潜藏在生命中的某个角落，曾有一段记忆与之重叠，又或许，心深处有一个隐隐约约的向往，向往临溪而居，与溪相伴。

水声越来越响，待要细看，车在一处门楼前停下。神龙川到了。

此时，已近黄昏，纠缠多日的雨竟然停了。神龙川在山谷中，四面青山，云雾轻绕，空中有一缕阳光，似要自云端跌落，却又被浓云兜住。雨后，树叶都泛着光泽，空气中尽是清新的气息，忍不住张口畅快地呼吸，肺叶似被涤荡了一般，通透了许多。水声喧响处，就在眼前。不过一两米的落差，不过两三丈的瀑宽，却制造出如此的轰鸣，好似积聚了许久的忧闷，正在宣泄。溪叫卧龙溪，龙潜于山中，自有不一般的气势。写在山石上的“神龙川”三个淋漓大字，带了几分酣畅，几分爽快，几分奔放。一路行去，有轩含笑，有亭辛夷，有桥远志、合欢，皆是中药名，再一看，还有神农庙、百草园，心里不禁有几分欢喜。或许是曾经学过医学的缘故，对既接地气，又带了几分神秘的中草药有一份特别的感情。平日里，在乡野走一走，随处可遇见几味中草药，有时分明是极熟悉的，却不知道它姓甚名谁，待有一日突然发现它原来大名鼎鼎，那份惊喜，那份懊恼，真是相见恨晚。突然好期待，我将会在神龙川遇见多少的“相见恨晚”。

夜宿天香阁。阁内有牡丹园，不大，但正是牡丹的好时候，春色满园。花枝不高，许多红红白白的花蕾将放未放，好像一道将要揭开谜底的谜语，让人无比期待。几片竹篱在院子里隔出几个空间，摆了几张木头做的茶桌茶凳，篱上有花篮，有瓦片做了装饰，显得古朴自然。夏日的晚上，月光如水，树影婆娑，三五好友，听松风闻溪语，品茶谈天，必别有一番情味。大厅里也有开放式茶室。博古架，瓷瓶，书籍，枯枝，铜钱草，造型别致的灯饰，昏黄的灯光，处处营造出一种古雅又细致的慢生活。住的房间叫司棋，与另外的三个房间合成“琴棋书画”。房内的装饰，也极为雅致。藤制的茶桌，鼓样的茶凳，冰裂茶盏，闲坐着，煮了盏来喝，芽叶肥厚，节间细长，只稍稍一泡，便茶香氤氲，入口，微苦而后清甜，饶是我这种俗物，也知这是闻名遐迩的天目青顶，明知道喝茶会影响睡眠，却还是一盏又一盏，停不下来。春夜微凉，夜雨潇潇，窗外牡丹在幽暗的灯光下含苞待放，海棠花枝烂漫，一只褐色小虫在灯下飞来扑去，而那溪声就在屋外，推开窗，哗哗水声，听得真切。溪从山间来，溪声里带着一缕山中的烟岚，一段山间的故事。听着喝着，神思就远了，心也静了。枕着溪声，枕着茶香，倦意渐起，红尘俗事都化成一缕叹息，随溪流去，随烟散去。许多事都是这样子，不一定留得住，不一定忘得了，奋争过，挣扎过，不一定有结果，但一切还在继续，日月山川也与从前一样，但，我们经过，便是好的了。

一夜无梦。晨起去看风景。山间特有的浓雾，如潮如涌，如蒸如沸，如丝如缕，远山近树都影影绰绰，如在仙境中。人在山中，遇上雾，总会有蓦然成仙的违和感。在雾中穿行，脚步是轻盈的，湿润的雾珠落在眉尖，便似有一朵心花，将噗嗤盛开。沿溪流而上，林间有鸟声清脆婉转，一唱一和，似情语喁喁，似娇嗔质问，让人莞尔，驻足循声寻去，可惜雾太浓，只隐约见那树梢，有长长的尾羽在上下抖动。越往上走，溪流越是清澈，疏疏缓缓在石隙蜿蜒，有时积一个清亮莹绿的潭，有时翻一道小小的崖，一条溪流竟长句短句，平平仄仄，风情万种起来。溪流声也清越了许多。没有之前那气势磅礴的轰鸣，潺潺的，哗哗的，更有小桥流水的江南气韵，有时干脆不声不响，只泛几朵小小的涟漪，只待人走近，细听她羞涩的表达。

不远处，有人生火煮饭，一丛白烟斜斜地往山上爬。走近了，是个管理滑道的中年男子，正拿一把弯刀在剥春笋。炉灶是用石块随手砌的。小时候去春游，捡几块石头，寻一个背风的角落，左右一搁，铝锅一放，下面添些柴火，呼呼地就煮起饭来，饭香未起，口水早流了一地。这些年四处走，游山玩水，山珍海味，经历过不少，却再没有流口水的时候。不曾想会在这里有此奇遇，不禁手痒，去灶下塞了几根木头，原本烧得旺旺的火竟熄了下去，白烟又腾腾而起，想是那柴火太湿了。怕主人怪罪，怯怯地望向他，只见他憨憨地笑，黝黑的脸庞，牙齿雪白，笑容像溪水一样清澈。

走着走着，雾渐渐散了，隐隐的，有太阳的光照在远处的山麓。天露出蓝蓝的一角。久阴偶晴，又在春意葱郁的山间，难免会惊喜，但这些天被路过的阳光欺骗过太多回，也不敢太相信。无妨，趁着这好时光，好好享受这春色这清新，便好。

库村闲步

去泰顺库村的路，何止十八道弯。弯弯绕绕中，雾起了，雨落了，库村在一派迷蒙的烟雨中等我。

冬天的村庄，是简净的。没有绿树的掩映，没有繁华的点缀，村庄清冷而肃然。如果是晴天，天呈现出明艳的蓝，以独特的鹅卵石地面和山墙构成的库村，当会活泼一些。但今天，我将在雨中，完成对库村的踏访。

雨疏疏落着，进村的路有些湿滑。那石头铺就的小道，极富诗意。每一块石头都有各自的形态、色泽和花纹，它们必是产自不同的山岭，可是，它们又是因着何种机缘走到一起来的？它们的落点也随意，仿佛一群随性的人散漫地呆着，怎么舒服就怎么来。它们知道，大自然和时间会来编排它们。空出的地方，细草用绿色的茎叶填写了，棱角太锐利的，时间把它交给脚印来打磨。于是，它们排列出来的诗行或平或仄，或长或短，都是时间和自然的手笔。沿着这一条随性而诗意的小道进村，我不知道，千年古村库村将交给我怎样的深情和奥秘。

随意推开一扇木门，门环是黄铜的，葵花状，铜锈斑斑，锁也旧，挡不住任何想强行进入的人，但，木心说，你锁了，人家就懂了。这锁应该叫君子锁吧。

门内是一个大大的院落，一人多高的围墙，都是石头所砌。说“砌”，其实并不准确，因为石隙间没有任何黏合物，只是一块一块石头堆垒而成。因为石头都是不规则的，所以，堆垒这样的石墙特别不容易。曾经看到一个师傅筑墙，看他在一堆石头中千挑万选。挑了一块，放上去，缝隙太大，又换一块，再放上去，角度不对，又换一块，来来去去，足有半个小时，才选中一块。这看似没有规则的石墙，细看来，都有自己的秩序。石头也是各有特点，各有棱角，但岁月的风霜给石墙搽抹了一层厚厚的苍苔，春去秋来，苍苔老去一层又新生一层，灰白的，苍黄的，暗绿的，交错着，重叠着，构筑成一幅风雨沧桑图。

院落里，左右各有一棵树，一棵寻常，反而一时记不起模样，另一棵极其怪异，叶子都落了，树干上尽是一片片长方形的鳞片，淡褐色的，像木柴，轻轻一扳，鳞片就掉落下来，放到鼻尖轻嗅，淡淡的草药的香。一行人都围过来观赏。这些人中，有饱读诗书满腹经纶的前辈，有足迹遍及大江南北世界各地的高人，却都称奇妙，都说不曾见过。找了村长来问，他说，春来发芽长叶，夏时开花，秋到结果，跟其他树没什么区别，没注意它是什么树。有人用手机拍了照片，到网上百度，答案便有了。鬼箭羽。多像武侠小说里的一位绝顶高手或一种绝世武器。百度说，这是一味降血糖的中药。百度还说，鬼箭羽，即卫矛，枝翅奇特，秋叶红艳耀目，果裂亦红，甚为美观，堪称观赏佳木。落叶后，枝翅如箭羽。正值隆冬，树叶凋零，果实也不知所终，枝翅才夺人眼球，我才有缘得识这鬼箭羽。人世间的机缘，从来都是有得有失，无须刻意，该来的，就会在不经意中骤然呈现。

有溪流穿村而过，两侧是石头垒成的溪岸，有的是房子的墙基，有的是石桥的底座。临溪的石隙间长着几簇枝叶葳蕤的草，椭圆形的叶子，正面墨绿的，背面紫红的，村长说，这是补血草，农家女子生孩子后，用它来补血。我生活的海岛上，渔家产妇坐月子，家人就会到海边滩涂上挖血蚶，洗净，用开水稍稍一烫，掰开蚶壳，蚶血正鲜红，产妇吃了，最能补血。就地取材，向来是农家人的智慧，不管是山里，还是海边，大自然总会有它慷慨的馈赠。只是，在我家乡，借着发展之名的建设，已将滩涂损毁殆尽，血蚶成了稀有之物而昂贵无比，渔乡人哪还吃得起。或许，如若不是古村保护，这补血草也已遭遇同样的命运。任是千年根基，也挡不住快速而野蛮的城镇化的铁蹄。

这样想着，便多看几眼面前的老屋旧墙，说不定哪一天，它们也会消失无踪了。怅惘中，又拐入一户旧院的庭前。黑瓦木墙，在烟雨中显得昏暗。飞檐翘角下，悬挂着木制的鱼、桃、花等形状的东西，村长说，这叫悬鱼，鱼同余，暗喻年年有余；有鱼必有水，水克火，木房子最怕着火，于是悬鱼也有保佑宅院平安之喻。这悬鱼，我也是第一次听说，惊诧这古屋先人的智慧。翻开库村的历史，便知这智慧的源自。唐元和七年，进士包全，爱恋上泰顺的山水，起了归园心，从会稽山迁居到库村。八十多年后，谏议大夫吴畦也隐居于此。两位进士的相继归隐，开启泰顺耕读文化先河，库村的后裔人才辈出，仅在两宋时期就有19位高中文武进士。因此，这悬鱼的存在，一点也不突兀。

清阴井在村口。井口用四块一米来长的条石砌成正方形。挡土墙的下方阴刻着“清阴井”，字迹沉稳有力。井水清澈见底，以为水浅，拿了竹竿来试，竟探不到底。突然起了玩心，想一探究竟，于是找了足有三米长的竹竿来，俯下身，使劲下压，终于碰到井底的石块，一看竹竿吃水处，足有三米多深。或许库村就如这清阴井，看似浅显，却有深不见底的文化底蕴。井前的一棵古柏，不粗壮，也不很繁茂，但也有千年历史。在库村，随便捡起一块石头，它的身上，说不定就有千年前的人们的手泽。

世英门前，库村人包登峰揽住老诗人叶坪先生留影。他是泰顺本土作家，包氏后人。我们到库村时，他早已等在村口，一路走来，他一路介绍，激情澎湃。他曾经远游多年，最近返乡定居，他说，他要住在库村，数石头，跟上包全公的足迹。多好，库村有了懂它的人，而包登峰也有了懂他包容他滋养他的地方，这个地方，是他的故土。他是有幸的，因为这世间，有很多很多人，再找不到自己的故乡。库村也是有幸的，它的田园情怀，它的耕读文化，因有了传承人，而得以继续泽被后世。

泰顺雾语

那日，我住在泰顺大峡谷温泉酒店。雾气升腾，遍山满谷如蒸似沸。

泰顺朋友解释说，泰顺只有雾没有霾。我笑了。其实，不用他解释，我也能分辨出。雾的姿态是轻盈的，动荡的，如一头灵巧的小兽，活泼，娇憨，有远离了俗世拘泥的大自在。雾的味道是清甜的，一呼一吸，唇齿间便盈满了清凉和爽美。你在世间所有的兵荒马乱，所有的欲罢不能，所有的纠结折腾，所有的一团乱麻一地鸡毛，都会寂灭在这若无物若有物的轻盈中。而霾呢，是滞重的，艰涩的，是蒙在世界眼中的云翳，你伸出手去，想触摸一下，可是，你感觉身侧是一堵墙，隔绝了你与另一个世界的通道，那个世界里的简单、透明，还有蔚蓝，都成了难以企及的奢望。

我住6号别墅二楼，房间的阳台正对浙东第一大峡谷。泰顺朋友说，晴日里，云飘雾绕，大峡谷那个美，啧啧。此刻，浓雾深罩，大峡谷的美无缘得识。我却一点也不遗憾。我们从霾的世界里逃离，接住我们的，是轻悄如梦的雾。多么美好。我想起年少时常做的梦：在一条蜿蜒小道上行走，突然被谁推了一把，一声惊呼还没出口，却发现跌进一堆雪白柔软的棉花里，跌下，弹起，弹起，跌下，几个起落，笑声便脱口而出。梦醒了，满心里都是柔美，都是新奇。此刻，我心里也有笑声乘着雾的翅膀，绕梁不绝。

我站在阳台上舒身展臂，雾如丝如缕，翩飞着，穿梭着，像一群顽皮的孩子东奔西突，随意而散漫。我贪婪地呼吸着甜丝丝的空气，恨不得掏出心肺，里里外外濯洗一番。一只不知名的鸟在房前树梢跳跃，长长的尾羽上下抖动，仿若少女新洗了长发，湿湿的，带了醉人的发香。突然，她轻唱了几声，待我细听，她却嗖地一下从眼前掠过，消失在迷雾之中。不远处，有人在氡泉池水里嬉戏，声音从雾中传来，带着欢悦，带着暖意，带着春声。那声音，经了雾的过滤，经了雾的湿润，分外干净清越，掐得出水来似的。我有些迷糊，一时间竟惶惑起来，今夕何夕，醒时梦里？明明是隆冬时节，怎么周遭的一切，却都带了春意？是因为雾吗？是的吧，我生活着的海岛，只在春天时，才会起雾，雾来了，春便来了。我的闻惯咸腥海风的鼻子，哪经得起这清甜如佳人味道的撩拨！人醉了似的，迷迷瞪瞪，这就是传说中的醉氧吗？如果是，我想这醉，该是世间最美好、最舒心、最惬意的醉吧！

我被雾轻拥着，被一种朦朦胧胧的情愫裹挟着，跌跌撞撞地去往一个久远的时光里。这朦胧的情愫是素净的，落在此刻已风雨沧桑了的心怀里，那年少素色的时光都伸手可及了，那时的梦想，那时的天真无邪，都遗落在何方了？如今借了一场雾，而被唤醒，被拾起。雾是大自然赐予我们的时光机？思绪在雾海里起起落落，心便激荡了开来。我们在霾里浸染太久了，久得快忘了雾的味道，而泰顺的甜丝丝的雾，带着我们优雅地停下，悠然地回到从前。人走着走着，难免会在千声万色中走丢了自己，那么，来泰顺吧，让泰顺丝丝缕缕的雾，一条条若有若无的弧线，一路牵着你，找回自己。

那夜，我沉沉睡去，一宿无梦，足足九小时，清晨醒来后，神清气爽，如同新生。这是我成年后再没有过的事。我的睡眠总被分割成一小块一小块，汽车加大油门的声音，钥匙插进锁孔的声音，邻家关门的声音，风吹过树梢的声音，甚至一只小小蚊虫的声音，都会成为锋利的刀刃，切断一个做得正好的梦。那夜，我的肉身在温暖的床上，灵魂却去到一个不可知的世界。我就像在尘世消失了似的，消失了九小时，那个不可知的世界，收容了我九小时。是雾像巧手的织娘，一针一线，缝缀起一张细密的网，网住梦，网住一颗疲累的灵魂。我不知道，那夜会有多少人如我这般，被雾醉了，被雾收容了，被雾修补了，然后在晨起时，发现自己宛若恢复了弹性的弹簧。镜子里，那每日见惯的容颜，因不经意弯起的嘴角，而显得稚气、鲜亮，显得不同。

唉，这泰顺的雾。

芹川的欢喜

村庄有了溪流，便似凡胎肉体有了骨血精气，水墨文字有了清逸之气。何况，是这么一条山溪。六七米宽的溪床，清澈鲜活的水，活泼泼的，哗啦啦的，妩媚了古村沧桑的容颜；三十几座桥，石拱、独木、木板，水泥，如一行行诗句，让村庄有了平仄有了韵律，更有了人间烟火的温暖和生气。

村子跟人一样，是有命运的。在游览了狮城博物馆后，对水底那千年古城的唏嘘，让人对命运的无影手，有些难以言表的无奈和惋惜。

生在秀美的淳安，芹川村是有福的。风山山麓的护佑，清澈丰沛的芹溪的滋养，芹川村在八百年的风雨中，积攒了世人艳羡的家私。三百余座建于明清的古民居，雕梁画栋上，处处流露着低调的奢华和贵气的温婉。斑驳的粉墙上，岁月的风霜，以苍劲却不失柔和的笔力，镌刻下一份厚重得让人心疼的沧桑。青石路伴溪蜿蜒，把芹川人的生活轨迹画得缓慢而悠然。家家户户门前的水埠头，青石条平滑如镜，多少衣物在它们身上涤去污迹，带着清溪和阳光的香味，重又伴随人们走进平常而温暖的日子去。蓝衣的老妪在洗衣，红衣的少妇在洗茶壶，清溪在她们的手中流出优美的生活秩序，和平实温润的生活品质。这就是芹川的节奏吧，平淡却幸福的节奏。

推开一扇平常的木门。门上的铁环，锈迹画了一个关于风雨关于岁月的印象画，轻叩，叩声浑重而沉闷，就像一个久不开嗓的伶人，喑哑了明艳的声音。以为门内也该是断垣残壁，青苔湿藓，迎面却是一个朱红回廊，虽然朱红中泛起了白霜，虽然回廊的扶手已有些残破，廊下却有一方鱼塘，红鲤鱼的活跃和黑草鱼的沉静，犹如经了岁月的老人和妙龄少女，在同一片苍穹下，尽享岁月的安好和静美。

荞麦酒、高粱酒、米酒，是足不出户的大家闺秀，美好的品质和独特的气韵，随山溪芬芳了人们的鼻翼，在小小的巷弄里，在一个井然有序的小院落里，找到了那一排酒缸，端庄着作为酒的骄傲和优雅。酿酒的工坊在另一扇门后，顺着主人手指推了门去，却是做麻酥饼的。芝麻香和米香混合成一股难以抵挡也不想抵挡的诱惑，半推半就似的，就让自己迷醉在那一种童年味道和外婆味道的香里。舌尖上的记忆，从来都比任何感官来得深情来得细腻，而且，从来没有人能够忘却那些留在舌尖上的温暖和爱，哪怕痛苦和辛酸，也会幻化为一丝丝甜蜜的回想。

遍布着鹅卵石的溪滩上，成群结队的石斑鱼在水中来回穿梭，淡淡的身影空透、清寂，透着一种不动声色的禅意，那么悠然，那么自在，又那么安逸，直把人眼睛都看直了。一群人受了引诱似的，纷纷脱鞋下水，与鱼玩成一片，鱼儿竟也不慌张，在脚前脚后嬉戏。不时听到一声惊呼，一片怪笑，原来是被鱼啄了脚心。那种感觉轻轻的、痒痒的、麻麻的，像婴儿的呼吸，像少女的初吻，是难以言表的美好。好惊诧这鱼的不惊不惧。问了，才知，原来这种石斑鱼非常独特，它们对水质要求极高，这些年，芹溪这一方风水宝地是它们最后的家园了。芹川人最厚道，不吃石斑鱼，不伤害石斑鱼是他们约定俗成的村规。他们愿意与石斑鱼共享这清溪这山风。芹溪的石斑鱼何其有福!

村口的那棵老樟树，也是带着前世记忆的。八百年的风霜雨雪，每一次疼痛都催生一种顿悟，关于人生，关于命运，关于旦夕祸福，那伤痕累累的枝干，那遒劲的枝节，那叶叶心心，都有直白详尽的记录。山溪的每一次呢喃，村中的每一次锣鼓喧天，每一颗眼泪，每一缕欢笑，于老樟树都是一回清浅的生之欢喜。

在芹川，生命也是一场随着清流奔涌的欢喜，一朵浪花的开落，一片落叶的跌宕，都因了水的清澈而有无穷的美意和脱俗的静好。

读苍坡

读永嘉苍坡村，是要先翻开楠溪江这面清粼粼的扉页的。眼睛染了清粼的颜色，眼眸晶亮了，眉间布满清新，甚至肌肤上都能掐出一滴盈盈的水意来，伫立于苍坡古村的身影，徘徊在深秋黄昏的心魂，便仿若置身晨露清流、新桐初引里。

苍坡老了，比活了八百多岁的彭祖还老，寨墙、车门、路道、住宅、亭榭、祠庙、水池以及古柏，都是宋朝时的平仄，所以，一不小心，你会在一面不起眼的墙边，一池波澜不惊的水上，一株老得有些意兴阑珊的古柏旁，读到一阕念奴娇，捡到一朵蝶恋花，或是一道如梦令。

苍坡虽老，可耕读文化的意象却不老。苍坡的耕读文化是写在天地间的。以天为盖以地为纸，苍坡的书斋山高水远。山似笔架，那就修一条笔直的街道为笔，街侧凿一双池塘为砚，砚池边笔街旁置大条石为墨，“笔、墨、纸、砚”齐了，便要做些文章，村子的房屋、亭榭、祠堂，还有树木，花草，还有人，和猫狗牛羊，都是写在纸上的文字，绘在纸上的画卷了。苍坡再多情，也不用担心“遍青山找不到天样纸”来倾诉来传情。

这创意真让人倾倒啊。那是一个黄昏吧，那个叫李时日的国师（或许还是风水师），背着手在村子里低头踱步，苦思冥想。设计一个村子，如同治理国家，关乎一个村子一群人的命运呢，不能不慎重。他不经意抬头，火球一样的夕阳让他眼花缭乱，他定睛一看，夕阳竟把村西的三座山峰刻成一个图腾，似笔架又似火山。他顿如醍醐灌顶，才思泉涌。阴阳五行生克，耕读传家愿景，天地人和统一，“耕种为本、读书进士”的构想在他心中落根发芽，长出文房四宝这最具象征意义、最风雅的大树。一定有人拍案叫绝吧，如拿去参评，捧个“普利兹克奖”应没问题。现如今的设计师，只知道怎么采光，怎么使利用率最大化，怎么能多赚钱，最多就求个标新立异，吸引眼球，至于文化，顾不上啦。

所以，苍坡是要细读的。用脚步丈量鹅卵石街道，你能体会李氏先祖李岑为逃避战乱由福建长溪迁居永嘉灵山那段漫漫长路的艰辛和凄惶；用掌心叩问古木苍柏，枝枝叶叶会告诉你，仁济庙前这两棵三人合抱粗的柏树和“凡拴牛于柏者，杀牛不赦”禁约的故事；用目光梭巡水色山光，村中的石桥便向你悄悄耳语：苍坡古村除了笔墨纸砚，还藏有一条“神龙”。村子入口处这圆形的水池，就是龙珠。龙珠后的台阶、寨门和石桥分别是龙齿、龙头和龙身。穿过作为龙头的寨门，一座突起的石桥便是龙身。这石桥只有进士才有资格走，平日里百姓都自觉地走桥两边的平路。这种朴素的自觉，是对文化的敬畏。当下，有谁还懂得敬字惜纸，拿文化当回事？

苍坡最厚重的一页，当数叶适。这个永嘉学派的创始者，八百年前，随同父母迁居苍坡，师从十世祖李伯钧学习，以师子李源为友。后与吉州教授李源在苍坡修学，使苍坡成为南宋永嘉学术交流的一个文化支点。在耕读传家的苍坡，叶适萌发了“功利之学”，反对当时的“主旋律”——性理空谈，他的学问、胆量、气度，让今人汗颜。如今在义学祠，仍能近距离地亲近叶适，触摸他的智慧与成就，苍坡这册书，便更具象，更富岁月的质感。

苍坡是有密码的，那密码就在文房四宝中的墨条上。如果村人问墨条有多少孔，摇头的一定是异乡客，而说出有五十一个半孔的，就是本族人了。

读苍坡，如同在岁月的衣襟上绘一朵水墨莲花，任寒暑更替，世事沧桑，她自浑然天地，物我两忘，读着读着，你便发现，时光并不老，自有松间明月，替苍坡漫数流光。

老旧的林坑

林坑的好，就好在老里，旧里。因为老，因为旧，林坑保住了一片清山净水蓝天白云。

那些天，大半个江南都被雾霾攻陷。看不到两米之外的爱人，白天却深陷在黑暗里，只能用利剑寒光似的车灯，为自己杀开一条出行的路。躲日头，可移步树荫下，躲风头，可借一堵矮墙藏身，可你躲不开雾霾，因为它无处不在，因为你不能选择性地呼吸，你也不能不呼吸。

无奈又无助中，借了一个由头，躲到了楠溪江畔群山深处的永嘉林坑。这时，才发现大口又放心畅快地呼吸，是那么幸福，每一口呼吸里还豪奢地夹杂了一缕缕浓浓稠稠的清香，像饥饿了许久的人，突然被请到盛宴上。

林坑很老。Y字形的溪流两侧，随意散置着一些木质的楼房。一条古老的石桥连接左右。村子是黑灰色的，身后是绿意婆娑的竹影和湛蓝高远的天空，几缕柔曼飘逸的白云，低低地变幻着造型。被雾霾浑浊了的眼，让这一幅巨大的国画粉彩，撩起一串愕然。

溪流很瘦，却潺潺不息地流动，流出许多哗哗的声响，足以击破重重雾霾的清越，让心如濯清溪。溪边，几张花被单晾晒在错落浑圆的溪石上。这影像追溯向久远的记忆轻轻地重叠上去，那些溪边追逐的时光，那些与蜻蜓齐飞的年少，都回来安慰这颗走失了童真的负载沉重的心。万千烟逝后，林坑不经意地把一份情之归依搁在你的眉间心上。

木屋很旧，被时光慢条斯理地漆成黑灰色，好像岩石披了苔衣，容颜里尽是安详，棉朵样的体温隐约在柔和的木纹里。二百年的风霜雨雪，木窗一格一格收藏，一开一合，一天过去，一开一合，一年过去，岁月在开合间，把欸乃声渐渐唱响。窗棂不镂花，不雕鸟，因为鸟声和花香曾混在光阴里，一圈一圈绕进树的年轮里，低头细看，一只只花鸟虫鱼还鲜活在木墙上或窗子上。

林坑的树很幽默。远远地看，树梢疏疏落落着几枚橙红的影子。树枝在蓝色天幕上简约地画了几笔，洇上几块橙红，多好的写意啊。一定是枝头太高而让人够不着的柿子。村里人家的门前，柿子一箩箩在晒呢，橙红的身子被阳光浴成褐色了。走近了，把镜头的焦距拉近，那些不假思索的柿子，全变成了一片片叶子，叶子上还有斑斑的花纹。被幽了一默的人，心更敞亮了。

比树更幽默的，是林坑的留客方式。那年，凤凰卫视寻找远去的家园，一路找到林坑，赵群力的小蜜蜂在林坑兜兜转转，岁月深处保存完好的家园真的不多了，赵群力的镜头一行行读去，两百年的老房子把沧桑细诉成一部风雅颂，镜头欣喜于这样的遇见，林坑也难得一遇知音，便在小蜜蜂回眸告别时，用一根细细的电线，悄悄地把他们永远地留在林坑。

养在深闺的林坑，便出名了。她的青山绿水，蓝天白云，成了无数人的永远的家园。她的暖老温贫，让许多欲念熬红的眼睛，终于沉睡入清溪的梦里。

美哉，下姜

早就听说淳安枫树岭镇下姜村，是个与山水互动、与田园互动的景点式村庄，是浙江四任省委书记联系点。

今天一早，采风团一行冒雨从千岛湖县城出发，一路上，车在泥泞的公路上颠簸了一个多小时，黄浊的积水不时扑上车窗，模糊了我们的视线，一时间，窗外的青山绿水，云烟雾霭，都破碎成一片浑浊的苍茫。不难想象，十余年前的下姜，是如何的贫穷落后，那一句“土墙房，烧木炭，一年只有半年粮，有女莫嫁下姜郎”想来也是所言非虚。

终于，车在一块大鹰展翅似的墨色大石前停下，“下姜村”三个红色大字在墨石上，拙朴而大气，用现在流行的话说，“极接地气”。在村口小小的观景台上眺望，群山像一个气球被吹开似的，吹出一块盆地，村庄便在群山的护佑下，如同母亲怀抱中的婴儿，尽享着遮风挡雨的安宁和清逸。远山如黛，白雾轻笼，仿佛粘贴在空中的一道微痕，空灵如世外仙境；村庄笼罩在一片迷蒙中，白墙黑瓦，绿树红桥，温婉的徽派气质，如同披着一层薄纱，隐约着一股不似人间的仙气；穿村而过的凤林港溪流，如一条碧绿玉带，将村庄绕成太极的图案，或许，这个始建于宋末元初的村庄，早在岁月的风雨里悟出天地的玄妙，才会如此优雅而坦然，如此从容地走在蝶变的康庄大道。

村支书指着对岸一片整齐而洁净的房舍，让我们猜那是做什么的。人到中年的村支书，瘦削而黝黑的脸上，露出几分俏皮和得意，让人在讶异中又有几分莫名的欢喜，虽然屡猜不中，却一点也不烦他故弄玄虚，好像都愿意成全他的这份孩子气。他竟然也不挑明，只说，随我进村，一会儿你们就会知道。

青石板和鹅卵石垒成的村道，引领我们深入村庄的肺腑。“思源亭”前，我们停下脚步。亭子简简单单，墙上挂着习近平总书记给下姜村的回信，语气平和亲切，如唠家常，字里行间满含亲民的质朴和对基层人民的深情。建“思源亭”，不难知下姜村民们饮水思源之心。一个懂得感恩的村庄，必是懂得自省和奋进的。一路行去，村民纷纷出来打招呼，好像儿时，无论邻居哪家来了客人，无论认识不认识，都会出来热乎乎地喊一声：“来了！”这些衣着朴素的人，这些脸上凝结着阳光和泥土芳菲的人，有年过半百的，有耄耋之年的，脸上却都有一份隐隐的羞涩，唯恐招待不周的惶惑，像极了我家乡的那些淳朴的亲人。

雨忽然大了起来，一行人在“宁静轩”小立，凤林港溪流潺潺而流，数米宽的溪面，不时有浪花翻腾，一群麻衣的鸭凫游着，戏水，觅食，有如一群雨中嬉闹着的孩子，清清溪水就是它们的乐园。一道紫红的廊桥轻巧地跨越着，如一道虹连接着此岸和彼岸。桥栏上，几位老人坐唠家常，看我们来，纷纷让出位置给我们坐，我们推辞着，他们一直让着，最后，大家都站着搭起话来。虽然彼此听不懂对方的话，但笑容把彼此的真诚准确无误地传递了。

溪边，一片白色的海洋吸引了我们的视线。村支书面对我们的询问，再顾不上故弄玄虚，忙不迭地说：这就是我们的葡萄大观园，有220亩呢，园里所有的葡萄都是农科院自主选育或者从国外引进的优良品种，有日本的红巴拉地、金手指优株、醉金香、美国的火焰无核……

不知是村支书热乎乎的语气感染了我们，还是这些闻所未闻的美丽的名字打动了我们，一行人不顾雨急路滑，纷纷走向“佳丽云集”的“大观园”。

四百米的长廊上，油绿的葡萄藤正欣然地向上攀延，不久之后，如盖的绿意和婆娑的凉风便会在夏日里，打造一条清凉而诗意的长廊，消弭身心的疲惫和炎热制造的浮躁。正当我们沉浸在一片绿影哗然的想象中，村支书那清越却不失磁性的声音又传来：“今年种了360株早甜和醉金香葡萄苗，过些日子，就有得吃了。到时候，你们一定要再来哈！”原来，“大观园”的葡萄成熟期，从6月持续到11月，我们只是来早了一步，不过，站在这些生机勃勃，长得不管不顾的葡萄藤下，想象那瓜果累累，四季飘香，游人如织的下姜村，心间还是喜悦的。

一片惊叹声中，村支书重提之前的谜语。原来，那一片房舍是村里兴建的生猪养殖场。养猪曾是下姜村村民的“生财之道”，家家户户都养几头猪，好在年节换几个钱以备生活之需，但污染严重，春天污水横流，夏天蚊蝇丛生，臭不可闻，最主要的是污染了千岛湖水源。村里便盖了这一排房舍作为集体养猪场，猪粪变废为宝，收集到沼气池，沼气输送给周围村民作燃料，沼渣、沼液用于农作物种植，非常生态环保，这“大观园”里的“佳丽”之所以“千娇百媚”，便是那沼渣沼液之功。

不知怎么的，那句俗而又俗的话“好心有好报”，在心底翻来滚去。下姜村民的善心和智慧，不仅保护了千岛湖这个大水缸，自己也得益良多。或许，你会说，下姜之福，与几任省委书记联系有关，但是，能成为书记的联系点，也绝非偶然，或许，那流传数百年的家训会告诉我们一些什么。“敬祖宗，孝父母，友兄弟，教子孙，睦家族，和邻里，慎交友，择婚姻，扶节操，恤孤弱，禁溺女，宜禁之，勤生理，戒赌博，急赋税，杜奢华。”下姜今日之美，只是数百年传承文化基因和秉性，在此刻散发出的芬芳。

在一丛矢车菊前，想起台湾画家蒋勋在一幅画上题写的文字：“到每一朵花前驻足，认一认前生。”此刻，我驻足下姜，也来认一认美和善的前世今生。

里秧田村的清晨

一夜雨声吵吵嚷嚷，梦都湿润了。

几声婉转的鸟鸣，如金珠玉粒，噼里啪啦敲开梦的窗子。睡意蒙眬中，雨声还在哗哗，伸手推窗，天空只开启一角微明，窗外的山乡还洇在一片深浅有致的水墨里，坡上，一丛紫色的杜鹃，明媚了我的眼眸。

一直都喜欢清晨。不管是都市还是乡村，清晨都像带着乳香的婴儿，一股本真的纯净和鲜活，让人放下心防，本能地想靠近。

雨中的浙北山乡清晨，必另有一番风情。惦记着山乡的清晨，匆匆披衣而起。

雨声还在。但，雨在哪儿?

路面分明是干的。听了一夜的雨声，莫非，只是我的错觉?可哗哗的声音就在耳边，是急急的雨点打在檐上，雨花飞溅的声音呀。

没有雨。

循声而去，便到溪边。清澈见底的溪水，潺潺流动的溪水，在不远处，制造了一场跌宕起伏的雨声事件。才走不远，便见急流乱石，合奏出一曲看似随意却激情四射的摇滚，清澈的水流绽开一捧捧雪白的霜花，左一捧才刚黯然凋落，右一团已浓情绽放，前一束悄然吐蕊，后一丛又隆重盛开。一条溪水，行走在这开开落落间，一会儿繁华绚烂，一会儿又从容淡定，一会儿激情欢悦，一会儿又平和宁静。

原来听了一夜的“雨声”，始作俑者，竟是它。

蓦然想起，昨晚入住的农家乐，便叫“听泉人家”。不禁莞尔。人家明明白白告诉你了呀。不过，世间哪一个波澜壮阔的故事，少得了美丽的错误?《红楼梦》缘起女娲误留下一块补天石，《水浒传》是误开了关禁恶魔之门引发的。这也算美丽错误的一种?这样一折错误，会让开化之行平添几多戏剧效果吧?

村庄静谧。白墙黛瓦的房子，随意散落着。看似凌乱，其实也有秩序。依山而建，临水而居，稻田近在咫尺，绿树参差点缀其中，一条路伴溪而行，一头连着村外的繁华，一头伸向绿意盎然的深山。这样的村庄，得天时地利之便，必是丰饶的。

几缕炊烟袅袅而起，与山上树木间萦绕着的白雾相映成趣。再没有比炊烟更富乡野气息、更具回忆意味的了。人类渐行渐失的物件中，炊烟是其中的一种吧。炊烟的消失，不仅仅是一种生活方式的消失，更是一个时代的远去。于许多人而言，那是永不回头的岁月，和岁月里相亲相爱的人的永不回头。

几只鸡在村边闲庭信步，时不时打个鸣，喔喔的叫声，像练声似的，透着散淡随意漫不经心，没有叫醒谁的意思，也没有雄鸡一唱天下白的重责大任。那些融入人们生命中的精确到毫秒的计时物件，让公鸡的打鸣变成一种噪音。一条十分帅气的狗跑过来，目不斜视，专注着远方，他是要奔赴一个约会吗？远处有他的爱人，还是美食等着他？也或许，他只是如我这般，享受着清晨的宁静和鲜活吧。一位中年村妇在田里摘芥菜。手起叶落，两片阔大的叶片，就在她的手中了。她走到溪边清洗菜叶，那叶片仿佛敷了一层油，那绿，会染绿手指吗？早餐的桌上，这一丛绿，会春天了一家人的心情吧？

穿过一条木桥，走到溪的对岸，拾级而下，溪水都在脚边。以溪石为碇，到溪中间，在一片浑圆的乱石中坐下来。此时，我与一条溪的距离，便像与一首诗的距离，很近很近，近得满心满怀都是诗意。身体变得轻盈，随片片杜鹃花瓣，在溪中漂漂荡荡，打几个旋，泛几朵浪花，与溪石亲吻，相拥，又毫不栈恋地离开。一条溪的哲学，其实就是一部人生的哲学。水的柔韧，瀑的跌宕，溪的平静，莫不诠释荣与衰的因果传奇。不求险峻，不求秀美，只优雅从容地活出生命的本色。这是溪的宣言。有多少人，能如溪水这般通透？

掬饮一捧溪水，爽冽中的清甜，让味蕾苏醒。一起苏醒的，还有那在尘世仰俯中缰硬了的神经。顺手洗了把脸，年华老去的容颜，敷了清溪的水润，仿佛柔嫩了些许。

一个村庄，一片田野，更是一幅画。清晨，山深处的里秧田村恍若世外桃源，是一则如梦令，清越，悠远，让人只愿生命如溪般静好、醇美。

邂逅石头村

邂逅之美，美在不期而遇的心动。曲折幽微，像幽暗的天幕上，一颗星穿云而来，眼前豁然的一亮。又比如那一天，在浙西景宁，与石头村的美丽邂逅。

春天，去看山。山是绿的海洋，花的世界。偶然的一场雨，像找不到归路的忧伤，四处奔突。走累了，看疲了，站定，想找块石头来倚，却发现，春花是不倚石开的，不像瘦梅，不像雏菊，要向岩石借几分刚劲，来度一季的霜风寒雪。春花泼辣辣地开了，不管不顾，明媚又妖娆，山石就悄悄地退后，让青草苍苔在身上胡乱披一件绿色的外衣。

明明是山的支撑，却心甘情愿地被掩蔽，被忽略。山石，深具母亲的品格了。

然后，就看到了那小村，名叫深垟的石头村。

村子不大，在通往大漈景区的路上。盘山的路，是通幽的曲径。曲径上，是春天设的一道道惊奇，一波未止一波又起，让贪得无厌的眼也感到审美的疲惫，便闭了眼，一心神往大漈村那棵数人合抱的树中之王。车子在村头的林子边停下，以为到大漈了，却被告知，不是，是吃午饭的地方。林子只有二三十棵杉树，却取了个有趣的名，叫“好汉林”。兴致顿时减了大半，这年头，太多这种虚张声势了。

可一踏进村子，心便踏实了。一座小小的石拱桥横卧在村前的溪流上，一棵不知名的树傍着石桥，把身子探向对岸。桥上，两三只麻雀悠闲地踱步，桥下，几只水鸭抖动着白色翅膀，嘎嘎嘎地追逐嬉戏。

所有的房屋都为石头所筑，低矮，谦卑，又古意盎然。围墙、门楣、路面，也都是圆圆的山石有序地排列，围墙的石缝间看不到黏合的泥，仿佛完全借助石头与石头之间的力量，相互支撑，又相互牵制。那些石头已不嶙峋，岁月风雨的磨砺，让她失去了棱角，变得柔和温婉。这世间有太多仗势的强硬，太多虚张声势的不可一世，这没有了棱角的石头，让人心生熨帖。

从村子里唯一一条穿村而过的小径走过，路上，许多写生的学生正用简单的笔势，试图把这些石头搬到白纸片上，笔调轻飘虚浮，这岁月里的沧桑，哪是他们这些糖水里泡大的未经世事的孩子所能描绘得出来的。他们的晶眸粉颊，像一朵朵开得正好的花，在这一堵堵被岁月水洼泡沤出酱色容颜的石墙旁，成了色调对比强烈的图画。

站在一堵矮墙旁，前面是另一人家的屋顶，深灰色的瓦片鳞次栉比，被雨水冲刷得干干净净，看不到一片残叶，也看不到一丝烟尘，压瓦片的米色石头随意摆放着，像湖面上漂荡着的小舟悠然自在。伸手取了一块来，拿它当弹拨乐器的手指，在矮墙的石头上轻轻敲打，竟变幻出不同的音阶来，有如空山的鸟语，一粒粒音符透着清气，有似潺潺的溪涧，绵长的余音微波般轻漾。有音巍巍如高山，有声脆脆如婴啼，可惜我不是乐手，不然，这矮墙该是何等别致的乐器。古来圣贤皆寂寞，这一堵矮墙，只能自己是自己的知音。

俯耳贴在矮墙上，凝神倾听。都说从礁石上能听到大海的涛声，那么，这些山石里，该有来自山间的松声鸟语吧？正想着，眼前出现一个荷花池，池的四周是石头所砌，方方正正，正与荷清正不阿的本意相仿。这时节，不是荷花的好时候，池子里只有枯荷的残枝，用大写意的手法，在布满污泥的水中，写满一池狂草。同行的文友叹几声遗憾，为看不到荷花的鲜妍。我却觉得，再没有比这一池残荷更匹配村子的气质了。

步入一户人家的后院，为讨一碗水喝。她家的水缸，竟是一截掏空了的树干，树身的纹路都还清晰，却已有岁月的斑痕，难道这树不怕水浸，问年迈的女主人。女主人笑着，脸似一朵绽放的菊花，缺了牙的嘴唇颤抖着，咿咿呀呀，不知是听不懂我的话，还是我听不懂她的话。得不到答案又有何妨，这山里，什么样的惊喜不可能存在？那长满球结的松枝，顺手就做成了造型别致的板凳，那笔直的竹竿，摇身就变成了从山上运水的水管。乡间的灵气和智慧，原是我们这些被都市烟尘浸染的人所无法抵达的。

在村边的石礅小坐，村前的溪水潺潺而过，一树桃花开得正艳，村子安安静静，一株数百年的古槭树下，一道木质的大门上面挂着一个牌子，深垟摄影美术基地。这年头有太多借发展之名的占有和掠夺，这个美丽安详的石头村，有了这个基地之名，总可一挡城镇化的铁蹄吧。我的心更安然了。虽然，从此后，山高路远，我也许再没有机会走到这里。

这就是邂逅。在天地洪荒的岁月一路行去，会与无数的人和事相遇，却只有这一刻，不早一步，也不晚一时，不经意相遇了，怦然心动，却留一段美丽的印记，存封进心深处最隐秘的地方，成为漫长岁月里独自品味的美酒。

清溪濯过的村庄

这些天，一听说去参观村庄，心里就没来由地不舒服。我知道为什么。是害怕看过千城一面的城市后，又看到千村一面的村庄。

走进龙游县大街乡贺田村时，是午后，春日的阳光是一把金色的刷子，把村庄漆上一层亮色。最亮的，莫过于村口的那一群敲锣打鼓的稻草人。

就是这一群憨态可掬的稻草人，让我的心从昏昏欲睡中差点笑出声来。

这个叫贺田的村庄，有点意思。

往村里走。村庄没有统一模式的房子，都还处于“原生态”。有高大上的新房，也有低矮破旧的平房，但都很整洁。院落里，截成一段段的柴火，码成一个整齐的方垛，木质的清香弥散在院子里。

院子里极少养花的，花都开在路边，茑萝在石墙上开一蓬红玛瑙；金盏仰着脸笑，金黄的蕊，笑出点点银色的泪花；紫云英探头探脑，紫色的羞涩，分外惹人怜爱；哪里都有繁缕（俗称鹅肠菜）的欣喜，墙隙，田间，路旁，她像一个鬼灵精怪的孩子，在村庄里东晃西荡，不起眼的白色小花，倒成了不能忽略的风景。村庄里有了这些小精灵，便像一艘花船，春天着，芳香着。

水泥硬化过的村道，看不到一点垃圾，连村间小道也看不到一点鸡屎狗粪。鸡都去哪了？迎面一个村民用锄头挑着一筐的草，冲着我们憨憨地笑着：都圈养了。跟着他走几步，看他把草倒入鸡圈里，几十只鸡扑着翅膀，咯咯地抢草吃。也有不用圈养的。一只母鸡带着一群刚孵出不久的小鸡，在院子里兜兜转转，看到人来，小鸡都躲到母鸡的背后，瞪着小眼盯人看。儿女是最好的圈。这一点，鸡和人是一样的。

村支书劳光荣说起狗的事。四年前，一个村民被自己家里的狗咬伤了，送到医院，花了几万块钱，还是走了。那时，村庄整治才刚刚开始。村里112只狗，狗屎拉得到处都是，是村容整治的一大障碍。村支书便借此机会，让大家把狗都处理了。这事比啥都难。垃圾分类，定时定点投放，鸡圈养，猪舍污物处理，虽难，但只要坚持着，监督着，村民都能接受。这狗，是家庭的一分子，有感情了，哪舍得。便有一贺姓老人，七十多岁，儿女都进城了，就他与狗相依为命。要他杀狗，先杀他吧。要不，把狗养在三楼上，不让它出去总行吧。

后来呢？我有些迫不及待想知道。

村支书叹了口气。不能开这个口子呀，不然这事就做不下去。村里的事，最要紧的是公平，不能徇私。后来，村支书找他谈。

“老劳怎么死的，知道不？”

老贺看他一眼，说，这还用问，自己家的狗咬的呗。

那你把狗关在楼上养，万一哪天也被狗咬了，出了事，你家儿子会不会找我算账，说，村里所有的狗都处理了，为啥单单不处理你家的狗，我怎么担得起这个责任。

老贺无言以对。

村支书又说：老贺啊，我们都是土里埋半截的人了，还有什么看不开的，村里做这个决定，也是为了咱们村好，你看，我们村穷，穷人穿破衣裳不要紧，但得洗洗干净，才不会让人瞧不起，你说是不是？

老贺点点头。村支书拍拍他的肩膀，说，老贺，我知道你下不了手，让我来吧。

老贺缓缓起身，去把关在厨房里的狗牵出来。可半天还没出来。村支书推开厨房的门，见老贺正抱着狗流泪。

村支书说到这里，停了下来。

后来呢？我问。

村支书说：我让老贺把它送给另一个村的外甥女家了，老贺三不五时去看看。

凡事都有代价。这是没有办法的事。

我相信就村庄整治这事，一定还有更多精彩的故事。村支书说，可不是，我这辈子，老娘死了哭过一回，老婆死了哭过一回，可村庄整治时，偷偷哭了无数回，委屈啊，村民骂得多难听的都有，我这把年纪了，图什么哟。

图什么呢？图的就是这份清溪濯过的洁净。

唯有洁净才对得住村前日夜流淌的一道清溪，和村边那片绿影婆娑的竹林。

如今，这个以洁净闻名于世的村庄，收获着洁净带来的硕果。“浙江省绿化示范村”“浙江省卫生村”“浙江省民主法治村”“衢州市文明村”“国家级生态村”，一项项桂冠的背后，是村民素质提高了，生活品质改善了，身体健康了，邻里和睦了，村支书的目标也实现了：引来游客，发展经济。村旅游服务中心成立后，常常客满，就今年前三个月，就接待了一百多拨客人。游客就是冲着村里的洁净来的。

原来洁净就是生产力。

如果村村都如贺田，人人心中都存洁净，还怕治不了一条江，乃至一个国！

去仙居看油菜花

油菜花看过不少，唯独仙居双庙上王村的油菜花，看过，便再无法忘怀。

春天，无论在什么地方看油菜花，都是好的。论规模论名气，江西婺源、云南罗平和江苏兴化，当名列前茅。婺源的油菜花呈梯田状，从山顶铺展到山谷。站在山顶望去，山谷内，油菜花浪似的层叠着，漫无边际，间或点落着几个小村落，黑瓦白墙的徽派民居，为这片金色的诗文断句；云南罗平80万亩油菜花种植园，金灿灿的，像金色的海洋，山峰、村舍、道路、溪流，像一叶叶小舟漂荡其中，阳光的铧犁过，海面翻起黄金的光泽，飞溅出一串串生命的喜悦；江苏兴化的油菜花开时，辽阔的湖面上，流金似的油菜花，将长、方、扁、圆的垛田，化为无数座金色的湖中岛。但这些声势浩大、闻名遐迩的油菜花，满目除了金黄，还是金黄，美而美矣，看一眼，再看一眼，便有些审美疲惫。仙居的油菜花，独独与它们不同。

仙居的油菜花，连绵金黄中，给你的却是不一样的感受。这种感受，只有去过的人才能体会。所谓天机贵在心照。如果勉力形容，或许可用“童趣”二字来表述一二。

仙居，我曾无数次“路过”。儿子在杭州读中学，六年中，我每两周从温州到杭州看他一次。车在高速公路上走，人在车里昏昏欲睡，车窗外的山山水水，村庄田园，掠过又掠过，在脑海里形不成一个确切的概念。只有一处不同，便是仙居。奇峰环列，山崖陡峻，峭拔瘦险，鬼斧神工。这些典型的流纹岩地貌的山峰，便是仙居的脸谱，让人一眼便认了出来。每次见到，我精神一振：噢，到仙居了，走一半路了。

第一次去仙居，是今年春天，受仙居朋友之邀，到双庙上王村看油菜花。正是阳春三月，阴雨了很久的天终于放晴，料峭春寒渐渐远去，风熏熏的，带着几分醉人的暖。脚步便像蜂蝶的触角，不由自主地，翩翩然伸向那一片灿若黄金的花海。

一个树干与茅草搭成的简易门坊，为仙居8万亩油菜花定了基调。门坊匾额上“田园童趣”四个字，写得拙朴可爱；树干旧了，披着灰褐色的包衣；茅草经了风历了雨，早没有了一丝绿的生意，灰扑扑的，像老人头上的瓜皮帽。而这旧，这灰，却有说不出的深情和韵味，仿佛石待破，天待惊，仿佛悄悄地告诉你，门坊后，有无数的惊喜等着你。

沿着一条绿草铺就的田间小道行去，油菜花三三两两，黄花翠茎，次第绽开，风过，仿佛迎宾的女郎卖弄舞姿。这些油菜，经过严寒的肆虐，经过霜雪的欺压，却在春风拂动的第一时间，悠悠然地挺直了身，张开了叶，然后吐出一串一串金黄，金子般地摇曳着生命的脆响。油菜花是最属于田野的。哪怕正含玉露金，哪怕正绽开怒放，一旦离了田野，便耷蔫了，像一声脆生生的笑突然戛然而止。所以，不会有人折一束油菜花插瓶子里，装点案几、窗台，也不会掐一枝插在鬓间，摇曳生姿。她是写在田野里的春天的草稿，泼辣辣的，怯生生的，娇嫩嫩的，像正当妙龄的村姑。

远远地，就看到了那一片金黄。灿如烟海的金黄，仿佛所有的阳光都被汇聚凝固成一望无际的绸缎。要裁成龙袍的绸缎啊，在风里，抖动着金色的波浪。油菜花的黄，黄得自信，黄得热烈，黄得不管不顾，似胸有韬略的平民，粗衣布衫难掩其内在灼灼光华。从金黄到金黄，油菜花，她的滟潋心思，不以如此明亮的颜色不足以表达，她的骄傲姿势，也必须辅以金子的铿锵。是哩，在最好时光里，有什么理由不活出最纯最美的自己。

最打动人心扉的是那些稻草人，花海里三五成群的生动的稻草人。踩高跷、打陀螺、滚铁环的一群，正你争我赶，那些娇憨的呼声，自泛着金光的稻草里裂帛而出；飞天的仙女在花间舞蹈，水袖衣袂间，盈满花的香，花的醉，花的激情；摇着拨浪鼓的货郎肩挑着多少妇人孩童的心爱，咚咚咚咚的鼓声，洒落下一串串期盼，和着花香，酿一坛醇香的蜜；抬轿子迎新娘的队伍，唢呐声声，喜气盈盈；还有舞龙的队伍，过海的八仙，取经的唐僧师徒，都在花海里各显神通；那一侧，民乐队的锣钹腰鼓震天响，这一边，身穿彩衣的稻草人侧身而做的是哪一节广播体操？不时有人忍不住也展肢伸臂，悄然而立，做一回俏皮拙朴的稻草人；或驻足屏息，听一听花间田间的稻草人讲述一段乡间旧事；或举着风筝奔跑在油菜花熏醉的风里，拾一兜童年的欢声笑语；或席地而坐，看一段民俗歌舞实景演出，听一曲乡土味浓郁民歌乡谣。

花间，许多人忙着拍照，嬉戏，也有许多人默默伫立在稻草人下，脸上由欢喜而沉静而寂寞。是这些稻草人勾回了他们渐行渐远的童年时光，和记忆深处的前尘往事？这寂寞，必是艳凉的。循着记忆走回的旧时光，都会泛着温暖而深情的色泽。这色泽里的温度，足可抵挡一阵人世的炎凉与无奈。都市的烟尘，总是湮没掉我们赖以循迹的脉络，让疲惫的身心找不到回头的路。而今，依着默然无声的稻草人，在春天，在恣意盛开的花间，终于与那个岁月深处的自己把手言欢。

不禁为稻草人的创意喝彩。是怎样的奇思妙想，才成就这一段油菜花的童话？仙居的友人说，为增加油菜花的田间动感，仙居县每年都会开展“动漫仙居”稻草人创意制作大赛，学校的老师和学生，民间的能工巧匠，心灵手巧的家庭主妇，都来参加。

友人领着我，去到一户农家小坐。院子里，几架未完成的稻草人龇牙咧嘴，张牙舞爪，像嚷嚷着要出去玩的孩子。一个年轻的妇人端了茶来招呼。她的袖笼里，衣襟上，发际间，都沾着稻草的碎屑。她的肌肤是麦色的，脸颊和鼻翼有点点俏皮的雀斑，眼睛明亮又澄澈。她有些羞怯地笑，并不多言语，友人问一句，她答一句，用的是仙居方言。隐约听到，这一递一递的话里，频频提到稻草人。友人翻译给我听。她家种了十几亩油菜，县里让大家在油菜地里插稻草人，做得好的，有奖励。去年，她做的稻草人，得了创意奖。刚才我们看到的唐僧师徒四个稻草人，就是她的手笔。种油菜好，花开时好看，能引来游客，增加收入，这几年油菜籽的价格也好，一年下来，能赚七八万元。

看着她恬静的笑靥，我心里仿佛也有了一处宁静的花田，谁说不能拿酒瓶盛装月白，拿油彩捕捉风清？岁月的吉光片羽，总是在不经意的瞬间降临。如此刻，在仙居，在油菜花的金黄里，倚着稻草人做个甜美的田园梦，循着稻草人的手指，寻一脉红尘中的温暖和深情，伴我们穿过茫茫岁月。

云和记

云知道

中午十二点，云不知突然从哪里冒出来，明净的天空渐渐酝酿出一种阴郁的情绪。没多久，雨就滴落下来。噼噼啪啪，大珠小珠落玉盘似的，不吐不快，酣畅淋漓。

心里却是欢喜的。仿佛去云和，就该是雨天，是春末。一点春将去的隐隐惆怅，一种梅雨季欲罢不能的潮湿心情，和一缕芒种前温润得连苔藓都要葳蕤起来的蓬勃气息，仿佛去见情人般，欢悦又羞怯。唉，谁让云和，是这么个柔软得让人心折的名字呢，云——和——，轻轻喊一声都像呼唤着心爱，轻盈得压得住所有婉约的词语，又谦和得如同低眉的女子，让心又酸又疼，又怜又爱。

恨不得即刻将自己折叠成一朵飘忽的云，与云和来一场抵死缠绵。

车在高速上走，云化成雨一路相随，绿意越来越深，春也越来越深，一呼一吸间，有些许甜丝丝的清气，氤氲在鼻翼间，仿佛一坛酿得刚刚好的酒，刚刚好让人薄醉。醉眼蒙昽中，路旁的林木间不断打出“山水家园，童话世界”的旗语，那些经典的卡通形象也鲜亮地告诉我们，云和了。

云知道，最具童话色彩的，莫过于变幻莫测的云和质朴天然的山水。

云知道，云和是兼具云和山水品质的。

于是我们知道，云和之旅，便是寻找童话之旅，便是与山水共清欢之旅。

云一旦成形，一切便未完待续。

浮云溪

唉，连一条溪都叫浮云。心底忍不住又折服又无奈地轻叹一声。有人笑：神马都是浮云。一行人相视而笑，眼前潺潺流动的溪流，仿佛顷刻间豁达开阔起来。

一座城，一个村庄，有水，就会有别样的韵致，就有特别的精气神。穿云和县城而过的浮云溪，像一条氤氲着充沛活力的血脉，有这样的血脉滋养着，云和怎能不滋润饱满，不明亮鲜活。是以虽然云和城不乏高楼大厦，不乏灯红酒绿，但她的脉动仍是接地气的，仍散发着泥土的气息，仍保留着来自山深处的密语。

夜间一直枕在梦境里的哗哗水声，终于在溪流转角的地方找到出处。坐下来，默默地听，这水声，像阔别已久的老友的絮叨，语速极快，忙不迭地要把心里的话全都诉说出来似的。时光总是会抹杀一些旧时光留下的痕迹，直到你遇到了那些你曾经熟悉的事物，一切回忆就会汹涌而至。曾经的年少时光，也是有溪声相伴的，如今生命最初的那条溪流已消失在林立的高楼里，曾经烙满年少足迹的小溪，短短几年，就沦为众人排放废弃物的臭水沟。这样想来，突生感慨，云和何其有福，云和人何其有幸。这幸这福，其实是有出处的。昨晚饭后，几个文友漫步到县政府大院。那是怎样的一个政府大院啊！这年头，村居的办公楼气派如白宫的，比比皆是了，而这个政府大院没有戒备森严的大门，所有办公楼都是上世纪八十年代以前建筑，很谦卑地隐身在绿树浓荫里。许多上了年纪的香樟，神气十足地占据着院子的重要位置，散发着隐隐的香气，几只娇憨的小狗在院子里追逐撒欢，行人来来去去自由穿梭，闲庭信步。一个地方政府，如此谦和如此低调，放眼全省，甚至全国，恐怕也是不多。而周遭的楼房，或修建成童话里常见的尖顶红瓦，或涂抹成五彩缤纷的梦幻色彩，鲜少有咄咄逼人又僵硬冰冷的高楼大厦，连公交站牌也都以卡通形式，让有些年头的旧街道顿时鲜活明亮了起来。这或许就是浮云溪为何如此清澈，云和山何以如此葱茏的缘由了。

雨疏疏地落着，溪边的景观带上，许多工人还在冒雨劳作。他们正在把“童话世界·山水家园”的构想，微缩在这溪流边。从上世纪七十年代起步的云和木制玩具业，经过几代人的辛勤创业，如今插上“中国木制玩具城”的翅膀，飞过万水千山，飞向世界。那些琳琅满目的益智玩具，让早已泯灭童心的我们，又兴致勃勃地重返了一回童年时光。每个走过浮云溪的人，都如同走在童话的世界里，每颗在都市烟尘里仓皇的心，都在浮云溪畔找到各自心中山水家园的归处。

走在九曲石桥上，看远处的跨溪大桥倒映在溪中如一道虹影，不禁想，晴朗的日子里，满天的云朵倒映在清澈平静的溪流里，那时，浮云溪该是名副其实了吧。

把手探进溪水里，冰凉是期待中的，哗哗的水声里，好像是谁在念着那诗：

枕着不是自己的自己听

听隐约在自己之外

而又分明在自己之内的

那六月的潮声

……

长　汀

雨后的长汀村，氤氲着如丝如缕的绵密幽静。云雾在山腰缭绕，山绿得恣意，云和湖静成一面水镜，空气是香的，泥土、草木混合的大地的体香，亲切而温暖，干净的村路，整洁的村容，让心酥酥软软地欣悦了起来。

中年以后，干净成了生活的必需品。对事物的评判，也以干净为第一要义。万物可以简陋，可以老旧，只要干净，就愿意亲近。甚至对美的审定，干净也持有一票否决权，再妖娆妩媚，再高雅端丽，如果给人不干净的感觉，便谈不上美。

自从生于斯长于斯的村庄被夷为平地，建成高楼林立的科技园区后，失去故乡庇护的心就时常仓皇无助。这些年走过许多村庄，心底暗自寻找故乡的踪迹，来栖落仓皇无定的心，但那些或繁华，或精致，或古旧，或彻底破败的村庄，总是与我无限疏离。

见到长汀村的第一眼，心中闪过一念：原来你在这里。喉间哽住似的，眼里便有些泪湿，仿佛久别重逢。

是的，这就是我寻寻觅觅许多年的故乡的模样。废弃的破船，种满了鲜花，旧旧的船木把花朵映衬得更加娇妍，而花朵的缤纷也让旧船木展露拙朴沧桑之美。不仅如此。在花船边呆立良久，脑海里闪现出年少时常见的一幕：花甲之年的老人，古铜色的脸上，皱纹纵横交错，怀中粉团似的孩子，晶眸粉颊，牙牙学语，清亮的嗓音，仿佛带露的花拆，一声声，把那古铜色的皱纹都折叠成盛开的花朵。

上了年纪的土坯房，完全没有颓败的迹象，既不拖泥带水，与脚下的土地有过多的牵扯，也不让春荣秋谢的植物烙上肤浅的印章，甚至苔藓的绿须都触不上它的衣襟，它只一身苍黄，与岁月厮磨，像孤傲的隐士，干净得让人想一探它的深情。

在村中闲步，忽被一座老宅吓了一跳。那老宅院，门楣上赫然写着“东海旧家”——东海，不就是我年少时的村庄前面的那片海吗？这地处丽水中心，在群山怀抱中不与外市接壤的云和，怎么会在这样一个小小村庄里，与东海发生了联系？或许，在船帮兴盛时，曾有东海边的人们，辗转到这里落了户，乡情难舍，乡思难解，便在这山峦重叠处兴建这一座满带相思的宅院？宅院早已破落，上百年的风雨把这两进五直的大宅，里里外外都浸了个透。墙角苍苔遍布，天井杂草丛生，精巧的门环锈迹斑斑，雕梁也破损了，花鸟鱼的线条虽已模糊，却仍可见曾经的精致优美，花窗上的喜鹊仍栩栩如生，可窗里曾经的红颜呢？怅怅然走着，屋内走出一个白发老妪，皱纹密布的脸上，是阳光赐予的颜色，眼里盛满切切的笑意迎向我们，边说着我们听不懂的方言，边端了凳子椅子到天井，让我们歇脚。一群人坐在天井里拍照谈笑，老太太倚在门边静静看着听着，想来，她也是听不懂我们的话的，但笑容却一直盛开在她的脸上，她是想起这宅院里繁华的旧时光吗？当年她能嫁进这高宅大院，该是何等的荣耀，或许那天喜庆而粗犷的唢呐声，也满含着东海渔家汉子的血性和骄傲吧。很难想象一座宅院是如何伴随着一个人的年华慢慢老去，或许在缓慢的时光里，一切变化都是无声的、不知不觉的，时光的锐利，总是在不经意的蓦然回首中。

地砖的出现，有些戏剧性。坐在天井里看天看地，地砖其实早在大家的视线里，只是，大家都把这蛋青色的方方正正的地砖当成水泥地。被当地文联主席一点拨，才知道这地砖非同小可，竟是故宫用的“金砖”。制作“金砖”的工艺早已失传，仅知道用的材料是黄泥中掺入红糖、糯米。在那物质十分贫瘠的年月，用金贵的红糖糯米制砖，算得上豪门了。也是，金砖铺地，本就是皇家的气势。不禁对这院落另眼相看起来：这“东海旧家”承载着怎样的一个辉煌的过往？又是何等盛兴的水运才成就这一段辉煌！

从“东海旧家”出来，阳光驱散了山间的雾霭，青翠的山峦倒映在平静如砥的云和湖里，山水一色，如一匹翠绿的绸缎铺展着，天空以白云的剪子，剪出一片空灵的蓝与白。天与地，山与水，一派无瑕洁净。通往竹林的小路，铺满了细小的落叶，耳畔响起《乡村路带我回家》：我的全部记忆都围绕着她，早晨她把我呼唤，我听到了她的声音，乡村路，带我回家，到我生长的地方……

长汀村，干干净净地栖息在这白云歇脚的山谷里，安安静静地勾起我的乡思，让我重回梦里依稀的家园。

小　顺

走在小顺村口的石子路上，我的手在衣兜抚摸着圆润冰滑的小顺石。前一天，我与它相遇，那时大雨倾盆，它在我躲雨的品闲斋的案头上。一缕绛红，飘在赭色的石面上，轻如烟云，灿如朝霞，灵动而飘逸。作为一块石头，它美得实在有些不可理喻。但，真让人心动啊。斋主说，是本地小顺村产的，如今，矿产少了，这些石头成珍稀之品了。

从那一刻起，我恨不得把修长的它，变成我的第六根手指，须臾不离。我的掌纹一遍遍印在它身上，它的冰滑一遍遍穿过我的指尖。这也是一种对话吗？

我揣着我的第六根手指来到小顺。于是，虽是第一次来，却有熟悉亲切的感觉，隐隐的，是返乡的心情。脚下的石子，它都熟悉吗？它们或许已在相互问候，只是轻悄得不让人察觉。都说玉是修行成仙的石头，那么，我手心里的小顺石，也是千千万万年凝成的大地精血啊。

一个人或一个地方特别出彩，绝不是无缘无故的。小顺石如此精妙，也非偶然。小顺村背山临水，钟灵毓秀。虎头山巍峨，为村庄挡风遮雨；白鹤山轻灵，将村庄呵护在身前；云和湖碧波轻漾，滋养着润泽着这方土地。好山好水，孕育出好石头，也孕育出一方文化。

村长领着我们一行往村史馆去。一路上，迎面而来的村人都笑容怡然地与我们点头致意。几条狗从我们进村时就在身前身后跟来追去，亲热无比。路中间，几只母鸡围着一只公鸡交头接耳，似乎专注地在商议着什么，人来车往，都没打扰到它们。村中的农家乐，都依二十四节气取了名，古朴的装饰，配上古雅的名字，相得益彰，村庄都顿时清雅风致起来。

翻开小顺的村史，才发现有如此辉煌的一页。

1938年，抗战的烽火越燃越烈，时局越来越严峻，出于战争进程需要，群山怀抱中的小顺村被选为浙江抗战后方基地。这年5月，浙江省铁工厂（浙铁总厂）破土动工。大批的机器设备由一叶叶白帆送到大港头再运抵小顺村，大批的工人和家属陆续到来，上千人涌入小顺，小村一改多年的沉静，整日里人来人往，热闹无比。不久后，小顺村生产的枪弹，源源不断地运送到全国各地的抗日战场上。

小顺村人至今都引以为傲的一段佳话，是关于村口"顶天立地"的摩崖石刻。1939年4月2日，时任中共中央军委副主席、中共南方局书记周恩来以国民政府军事委员会政治部副部长的身份，在浙江省主席黄绍竑、建设厅厅长伍廷飏、秘书张锡昌（中共地下党员）的陪同下，亲临小顺视察浙铁总厂。次日上午，在总厂的礼堂里，周恩来向全厂工人作了抗日救国的演讲，讲到工人两字时，他形象生动地说："工字上顶天，人字两足立地，工人两字连起来是天字，你们工人是顶天立地的英雄……只要全国人民团结起来，抗战一定能够胜利。"为纪念周恩来小顺之行，激励广大工人抗日救国的热情，黄绍竑在总厂办公大楼门前的大道上竖立了上置"顶天立地"四个大字门匾的铁彩门。

去年创作《一个人的抗战》，查阅资料时，对这段历史有所了解，只是没有想到会有机会实地踏访。如今，峥嵘岁月已远去，小顺已是旧貌换新颜。

村东的山坡，正在建烽火台。上山的路是新建的石板路，路上的牛粪被雨水冲开来，路面有些难以下脚，村长问大家要不要上去看看，很多人面露难色，我还是选择上山，因为我想在高处看看小顺。

这一片山坡都种满了板栗，树上正开满了花，有阵阵花香伴着，遍布牛粪的上山路也觉清雅起来。站在烽火台的最高处，看小顺，村长指指点点，为我们讲述小顺的前世今生。原来，因为水库建设，原来的小顺村已全部淹没在水底，我们眼前的村庄是新建的，还有许多外地迁居而来的。云和湖碧莹莹的，像一块蓝宝石，辉映着村庄，村庄也华贵了起来。

小顺村东面山坡上，正在新建的抗战阵亡将士纪念碑，即将竣工，四米多高三角形的碑石直指苍穹，犹如一把利剑，记录着那段光辉的历史，和顶天立地的伟大的民族魂。

小顺石在我的手心温润着，它越来越趋近我的体温，我知道，未来的日子里，它将带着小顺的品质与我时时相伴，给我警醒，更给我力量。

石　浦

沿着云和湖走，就走到了石浦。一个与东海边的渔港小镇同名的村庄，八百里瓯江上辉煌一时的船帮古镇。

小村的风貌，与海边小镇截然不同。村庄掩映在绿树繁荫里，扑鼻而来的草木香馨，迥异于记忆中渔港的咸腥味，轻轻的风吹动村头樟树的枝叶，隐约的声响令人愉悦。

老村长在村口的古埠头等我们。这个曾经名噪一时的古码头，再无昔时的商贾云集，上千艘舴艋帆船往来穿梭的繁荣景象，只有一个老妇人低头浣洗衣物，静静的水面被她手中的衣物推开一圈圈涟漪。

石浦村前，这一片江水冲击形成的平坦之地，是八百里瓯江的一个缓冲点。南宋时，位于瓯江上游的龙泉窑青烟袅袅，“质如玉、亮如镜、声如磬”的龙泉青瓷闻名遐迩，八百里瓯江便成了一条名副其实的“黄金水道”，江上全是运载青瓷的舴艋帆船，木筏、竹排也混迹其中。船帮从温州逆航10余天，拉纤上滩无数，疲累的船工便停泊在这里休整几天，再去紧水滩。渐渐地，石浦就成了船帮人栖息的家园。石浦村由此发展和繁荣起来，鼎盛时光肉铺就有三四间，糕饼店、布店、药铺、酒肆应有尽有，村中大街小巷纵横交错，街道两边店铺林立，叫卖声、讨价还价声不绝于耳，戏台上从午后开始就锣鼓喧天。后来，瓯江上的船越来越少，船帮也衰落了，繁盛一时的石浦村也沉静了下来，瓯江船帮文化只留存在那一代人的儿时记忆里。

村长熟练地介绍着，语气中满含自豪和忧伤。跟在村长身后，缓缓走在村中的小道上，道两侧的房舍已残破不堪，到处是颓圮的篱墙和倾斜的屋宇，青苔无处不在，杂草登堂入室，那曾经住过一百多人的船帮古宅也凋敝得不成样子，只有厢房门窗上精致的雕花细诉着往日的繁华。

村长告诉我们，村里正致力于恢复船帮古镇的旧貌，定格船工们曾经的生活场景，把船帮文化长长久久地留传下去，让“十里云和”旅游带多一道底蕴深厚的船帮文化风采。我相信，不久之后，我们就能与远去的船帮文化迎面相逢，那时，石浦村将与村边的花海一样，让所有的目光惊艳。

松阳古村落记

1

古村落是生长在大地上的独特的生物，它在时光的深处，与山麓、树木、河流，与大自然的万千生灵，一起承接雨雪风霜，一起枯枯荣荣，生生死死。在松阳，古村落以它的存在揭开时光的奥义，那些黄泥墙、黑瓦片，那些陈旧而依然端庄的门楼，那些倾颓而依然精细的窗棂，都以它们的方式无声地诉说着人间的繁华与衰落，悲哀与欢喜，以及渐行渐远的往事。

在初冬踏访松阳的古村落，必是优于其他节气的。冬日的萧瑟更契合古村落的气质和神韵。如果是明媚鲜妍的春天，百花怒放，村落里斑驳的黄泥墙必如耄耋老妪望向晶眸粉颊的孩童，眼神里是藏不住的混沌与沧桑；如果是绿意葱茏的夏季，古村落被掩映在一片浓厚的绿荫里，便如同化了太过浓重的妆，面目不清了。秋高气爽，应该会好一些，可秋的金黄又会重叠在黄泥墙上，古村落就退为了配角。只有冬天到了，山野里才沉静了下来，花草树木都收拾行囊过冬去了，田地里的庄稼也收割停当了，黑色的土壤搂着秃短的庄稼茬，如同疲倦的母亲，悄然沉入梦乡，村落更加慢了下来，连鸡鸭的步履都是悠闲的，狗也神态松弛，或蹲或坐，看来了人才漫不经心地吠上一声半声。人呢，都聚在背风向阳的墙隅，让阳光撒出一派慵懒和闲逸来。

可是，大自然的玄妙终是无人能参悟的。明明踏着冬的节奏，却迈出春天的步调。这些天，绵绵阴雨，无休无尽，一派不绝如缕的缠绵，一副欲说还休的缱绻，竟是比春雨更温柔绵长更深情脉脉，好像一个冷面硬汉，突然柔情百结，格外让人心柔软。

带着这种陌生的柔软，走进松阳“798艺术部落”。此时，天已黑了，长途的奔波让人有些头昏脑涨。雨仍旧下着，细细的，好像在营造一种语境，一种适合描述松阳的语境。我走在这种语境里，观赏这座建于上世纪七十年代的粮库化身成的艺术大本营，那曾经让人唏嘘的破旧，变成一种沧桑的摄人心魄的美，让许多艺术家和艺术院校的学生对它魂牵梦萦，流连忘返。或许，时间的魅力是它在不知不觉中，成为一个永恒的背景，一个审美的坐标，新与旧，残破与完美，妖娆与清新，都会成为美的两极，一头通向天地，一头通向人心。

在“798艺术部落”，雨声把我的目光拉得很远。茶桌，果盘，竹椅，都是年代久远的器物，墙上的犁架，竹笠，灯笼，也都披了岁月的蓑衣，一支芦花白了头，在竹筒里竟比春花还轻盈。忽然特别期待明日的行程，那些古老的村落，该会给我们怎样的惊喜？不远处的松阴溪，仿佛在低声说着什么，喃喃的，如同时间老人的呓语。

2

松阳古村落早已闻名遐迩，作为浙江三大古村落之一，松阳的古村落有独特的“山水—田园—村落”格局。松阳的一百多个古村落中，有五十多个保存较为完整，每一个村落的面貌各不相同，阶梯式、平谷式、傍水式、台地式各具特色，还有客家传统村落，松阳的作协主席鲁晓敏介绍说：这都缘于松阳数百年的移民文化，古村落是松阳丰富多彩的移民文化的结晶之一。

第二天早晨，一行人在蒙蒙细雨中驱车前往杨家堂村。这个号称金色小布达拉宫的村落，我在宾馆里的画册上看过，屋舍高低错落，树木自成格局，黄的墙，黑的瓦，与树的绿、天的蓝、云的白一起，包容了大地最丰富最阔大的呈现。当我们站到村口的樟树下，雨停了，云雾漫绕过来，现实中的杨家堂村比画册里更仙气、更缥缈，而触手可摸的近，与零距离的对视，又让人无法不陷入那种误入仙境的迷惑。黄泥墙和黑瓦片描成的线条，是一张五线曲谱，来来去去的雾在修改它，丰富它。慢慢走进村子，村路湿滑，路上的花草比春天更繁多，因为时常有从树上跌落的果实，我们的脚步便会停下来，抬起头，用眼睛瞄向高处的树梢，询问那些果实的出处。树梢挂满水珠和果实，那里曾经挂满绿叶和花朵，我不难想象它曾经的娇媚，但落尽花与叶的树，此时更打动我，那些留不住的果实，更能击中我的心。我想，古村落是不是就是以这种姿势来击退时间利刃的攻势，击中人心？这时，身旁的气雾托着我们的肉身，去那高远的地方，在那里，我看到自己化成一片落叶、一枚红果、一张黑瓦、一粒雾珠，音符一般落在村落的五线谱里。此时的村庄是专注的，像低头行走的人专注于脚下，专注于行走，专注于世界的本质与真实。它以看似单调的迟滞的步履，完成岁月的更迭、人世的轮回，它也是以这种不急不徐的从容，直面命运的荣衰，直面惨淡与坠落。它的慢是生存的哲学、生命的美学，它守护着人世灵魂的飞升与降落，它是人们最后的生命操守。出过几代高官名士，多少名医教授，都是不重要的，村落的高贵在于它在漠漠荒野里，专注于自己茕茕的足音。

从村庄出来的路上，我们驻足在一个农妇面前。她已年迈，短发零乱、花白，脸上的斑点和皱纹堪比一棵老树的纹理。她正忙着洗红薯粉。碾碎的红薯装在一个大网袋里，放在一只大桶里，搓洗，旋转，拧干，再去溪边打一桶水，重复之前的动作，直到再洗不出白色的汁液。她的手跟她的脸一样，粗糙，斑斑点点，骨节粗大。她冲我们笑，笑得羞涩，少了两枚门牙的嘴角优美地弯起。我一时恍了神。我们在自己的世界里，熟悉了各种标准的笑，四颗牙的，八颗牙的，那种笑失却了笑的本意，没有了真纯，笑是塑料的，坚硬的，易碎的。那种笑在人们的心里，起了一层茧子，隔阂了我们与世界的通道。眼前这褪去了修饰和浮华的笑容，直指人心的战栗。我明白了，干净是一种格调，笑容里的干净是一种辽阔，一种高度。而我们离它越来越远。

3

我们站在山腰路旁，望向远处的西田村。此时，雨又疏疏地落着，仿佛要在我们与西田村之间织一道帘。其实，西田村前已有三棵百年老松树守护着了（曾经是四棵，只是其中一棵已在多年前枯死了）。这个村子，最招人眼球的，是村前方形的池塘。据说，因村子地处高山，水贵如油，原名油田，后改为酉田。挖此池塘，也是因为缺水吧。池塘的水不多，黄黄的，是泥水的颜色。倒是穿过村前一条浅浅的小溪，清澈见底。有两名老妇在浣洗衣物。雨点把她们的头发都沾贴在脸颊上，她们好像并不在意，只顾低头搓洗，洗出来的污水很快就消融在溪水中。人与自然相处和谐时，自然是能够消融人制造的污物的。那些污物，很多时候，会还原成一种养分，滋养生长着的万物，然后，万物又把养分大方地馈赠给人类，人类才得以生生不息。曾几何时，我们都在过度消费自然给人类的恩典，近乎无耻地撷取，残忍地掏空，恶毒地破坏，粗暴地开发，然后再在自然的还击中无奈、呻吟、惨败。连日来占领了中国大部的雾霾，大概就是一个例证、一则警告，只是，我们读懂了吗？名利的雾霾早就蒙蔽了人们的双眼。

穿行在酉田村中，脚步有些散漫，黄墙黑瓦的屋舍，似乎与别处没有什么不同，那些飘散在风中的草香泥香，也似乎与别的村落没什么不同，都是属于松阳古村落的独特气韵和味道。但很快，我发现我错了，酉田村是不同的，那些依山而建、循路而筑的屋舍依然是黄泥所筑，却筑成了高高的马头墙。马头墙，这是典型的徽派建筑，在徽州，都是砖石所砌，砖石小巧，易于搬运，易于砌就。可黄泥墙是选取优质黄泥土，再掺入稻草梗、碎瓷片、生石灰等材料，然后使用椿杵反复夯实，这数丈高的墙体，和数千平方米面积，是怎么砌成的？走进院落，院子已有些倾颓，但屋内的木雕极其精致，门楼、厅堂、门窗以及柱头牛腿雀替虽已残破了，但雕刻的图案内容丰富，有花草，有人物，有故事，有情节，栩栩如生，养在天井里的兰草、结香、芦荟、茶花，一些不知名的花和杂草，都长势喜人，一副不知春去冬来的模样，特别娇憨可人。门廊堆放着许多红薯和白萝卜，泥迹新鲜，应该是刚从地里刨出来的。一个老汉在修理竹椅，新的篾条混入陈旧的椅身，好像传统秦腔中混入了现代摇滚，隔着时间，也隔着气韵，但生活总是这样子，慢慢地，时间会调和那些陌生和隔阂，时间也会抹去那些棱角和疏离。

从酉田村出来时，西边的天空袒露出一块莹亮的碧蓝，白云，远山，顷刻间变幻出一个梦一般的世界。我们呆立良久，惊叹良久，才掏出手机照相机，企图抓住这个深具谜语味道、童话气质的瞬间。

4

紫草村迎接我们的，依然是树，一排金黄色的银杏。这个时节的银杏，简直就是一首诗。尤其是在这个坐落于海拔八百多米的村落里，漫山遍野的树木依然青翠，五百年的红豆杉依然油绿，金黄的银杏是大地宏大叙事和恢宏呈现后的一段过渡，一段华彩的转音。我们站在银杏树下不肯离开。我把它的叶子重叠在自己的掌心，试图让自己的血脉融入它的纹理里，或者是，让它融入我的血脉里，让每一次血脉的搏动，都有银杏的喘息。

紫草村，因漫山遍野长满野生的紫草而得名，可我并没有看到紫草，或许，紫草的季节已过，此刻它们蛰伏在地下，等待另一次生发吧。我们在紫草村吃中餐，那些山中的食物，以它们的野、真、纯，很快就俘获我们的味蕾。突然，雨空前地大起来，雨制造出一部气势磅礴的交响，在山谷中回荡。我们在雨声中安享着食物的美，雨声的美，和窗外竹林的美，山村的美。那时，我们打算一直坐下去，雨太大，去不了别的地方。于是，我们喝了点酒，是村民自酿的烧酒，度数不低，但口感却好，野野的，在唇齿间蹦踏一阵，再热热地涌入咽喉食道胃，感觉自己的上消化系统清晰地接受一种带着温度的按摩，然后，心热了起来，四肢热了起来，脸也红红的，久违的脸红心跳，久违的雨打树叶声，久违的喧哗和宁静，都让人舒展、痛快。

神奇的是，从早上的绵绵细雨，到午后的倾盆大雨，竟然能突然就放晴了，太阳在云层里探出几缕金线，照在黑瓦上，照在被雨水打湿的树叶上，那种抽去了四射光芒的亚光，让我在七彩迷眼、五音乱耳的世界里，到达自己内心的幽微和宁静，沉醉和柔软。

紫草村有很好的民宿。我们在村子最高处的一家民宿里，看到了精巧的现代装饰器物，绢花，铜质花瓶，粉红的圆形纱幔，青花的靠枕，小鸟摆件，铁画墙饰，但屋子里弥漫着一股浓浓的木香，那是木质床铺与家具散发出来的。窗前的红灯笼也是绢质的，造型典雅。以窗为框，窗外就是一幅绝美的山水画，远处山青如黛，云白胜雪，近处，黄墙黑瓦，古道曲长，红豆杉银杏树各展风姿。此时，村庄是一个展台。一缕灰色的云从村庄里冉冉飘升到山顶，慢慢汇入那一大片云层。感觉那朵云是有情绪的，像带了淡淡的忧伤，也是，人世总有无尽的烦恼，云自村中来，难免会沾染一些，而成了忧伤的灰色调。这么一想，就觉得眼前这古村落里的万物都是有情绪、有情感、有情怀的。当人们疯狂地奔向远处后，古村落仍在原处，承担了那些被丢弃被遗忘的东西。在这个失真的时代，古村落是不变的那部分真实，一种源于世界本质的真实。

5

到庄后村时，天竟然突然大晴，所有的云翳一扫而空，天空蓝得像一面水晶。从阴到晴，从云遮雾罩到万里晴空，真的不需要一点过渡吗？白云如絮，在空中堆垒成奔马、飞碟、天狗，甚至一树怒放的梨花。身边没有一丝风，云却全是风的姿势。而天空成了最佳幕布。村中一树树熟透了的柿子，把自己嵌入这蓝色的幕布上，线条干净柔美，色彩对比强烈，它知道自己不动声色，就画了一幅绝美的画吗？从一个院落的天井，看四角的天空，那些屋檐也在天空画自己的身姿。一缸绿水收纳了一尺宽蓝天。一个老人抱着他刚满周岁的孙女，在院子里玩耍。那女娃子长得极为俊俏，眼睛水汪汪的，看到我们，一点也不认生，挣扎着从爷爷的怀抱下来，在鹅卵石铺就的天井里跌跌撞撞，险些跌倒，同行的小水姑娘连忙扶住她，这小人儿竟一把抱住小水姑娘的腿，奶声奶气地叫着“妈妈、妈妈”，小水姑娘有些羞涩，俯身抱起她，忙不迭地纠正：“不是妈妈，是阿姨，叫阿姨！”那小人儿却笑眯眯地顾自一声声叫着“妈妈妈妈”。我问：孩子的妈妈呢？老人叹了口气，都去打工了，这村子，年轻人哪待得住！

曾几何时，那种一方小院，几缕炊烟，红尘梦醒，伊人笑来的生活，已不再是人们的梦想。一路行来，多少耕读传家旧迹，都成断壁残垣。“耕读传家”是中国几千年来乡土文化和生活方式，耕田可事稼穑，丰五谷，养家糊口，以立性命。读书可知诗书，达礼义，修身养性，以立高德。“耕读传家”既是学谋生，又是学做人。而如今，读书成了农家子弟跳出农门的跳板，即便书读不好，宁可外出打工，也不在家种地。

这时，夕阳飞舞着余晖在空中肆意涂抹起来，斑斓的图案让蓝色的天空更加湛蓝。我能叫它松阳蓝吗？

一日之间，松阳竟完完整整地把雨雾阴晴逐一演示，问松阳人鲁晓敏，松阳常这样子玩天气吗？他说，山中经常。或许，晴雨雾霭，就是村落里的常住居民了，既然是村民，来来去去，都是自然。倒是这鲁晓敏，不太寻常。他不是土生土长的松阳人，父辈在松阳工作，他才在松阳落户。如今，他的父母兄弟都已去大城市工作生活，他也有大把的机会去更广阔的天地，过现代富足的都市生活，可他却对松阳的古村落着了迷，这几天同行，他对松阳如数家珍，路边石刻、窗棂木雕、柱头牛腿雀替，经他娓娓道来，都是故事，都是传奇，都是意蕴深远的文化和朴素的愿望。松阳的所有古村落，他都无数次地走过，许多古村落就是经他竭力奔走而被列入保护名录。“人与自然在这里是天成的，人与自然是合二为一的。古村袅袅人间烟火沿着松阴溪升起，与两岸青山峡谷勾成了迷人的画卷。奇异的自然与多元的文化交媾成大美景致，成为江南最后的秘境。”这是鲁晓敏对松阳传统村落的精准而诗意的表达。

6

去岱头村前，原是要顺道看官岭村的，可是，我们走在盘山道上，身侧全是浓重的雾，能见度只有三五米，甚至更少。官岭完全消失在浓雾之中了。也好，正好让我一心一意享受湿润的呼吸。雾是有神性的，有童话的特质的。我从小就喜欢有雾的日子。雾能让世界脱离庸常，雾有秒变的神奇。但自从有了雾霾一说，世间所有的雾都有了霾的嫌疑。一旦有了不信任，再好的感情也会出现裂痕，美也就瞬间碎裂。我与雾就陷入这样不明不白的伤痛里。但此刻，我们就像冰释前嫌的情侣，失去过，更懂得珍惜。

去岱头村的路上，遇见一处无名瀑布，水急，瀑宽，声响，那气势竟是许多声名在外的瀑布远不可及的。一干人等，大叫着停车。急着前去亲近，水珠如急雨，飞溅得满脸满身都是，轰鸣声炸得耳膜微疼，却疼得舒服，比尘世的万色千声都要回肠荡气。陪同的松阳文联主席，竟也不知有此瀑。大概是这几日雨水充沛，水聚成瀑。原来，这动人心魄的瀑布，竟是山与水的即兴之作！

岱头村地处南岱山顶峰麻士尖南麓，古名“岱峰”，曾是“古柴望处也”。“柴望”即燔柴祭天、遥敬诸神之意。村外至今保留着古时祭天搭台的两个土丘。处在830米高处的岱头村，是松阳海拔最高的村之一。村中有一溪，名叫道士坑。这样的溪名倒十分罕见，估计是处在高处，不似低处水多，遇旱时里需请道士求雨吧。我们在浓雾中穿行于村中小道，空气里满是植物的香馨。那些旧事物因了雾气的修饰，显得无比娇媚，黑瓦间纤细的植株，墙隙里沾满水珠的蛛网，开得正好的菊花，做基石用的石墙上的苍苔，倾颓的门楣，掉皮的土墙，都柔媚得让人心折。一路上，有个村民一直跟在我们身旁，为我们介绍村中事物，那些旧屋，颓墙，古井，老树，在他满带松阳口音的普通话的叙述中，都鲜活了起来。谢鲁渤老师好奇地问，你是村干部？那人有些羞涩，连连摆手，说不是不是。我们的经验里，接待像我们这样的来客，都是村长村书记的事。我仔细地端详他，年近半百，清瘦，肤黑，脸上一直挂着笑，再平常不过的农人。在介绍村情村事时，便有一些从容和自得。在我们赶时间要离开时，他还紧跟着挽留，满带惋惜地说金坑源洞主殿还没看呢，很值得一看的。我有些抱歉地望着他，只说，下次会再来。

当所有人都在所谓的现代里欢腾不休奔波不已时，古村落成了最寂寞最华彩的存在。它悄悄地藏起最朴实最真挚的情感，最古老最简单的智慧，它替所有人保存记忆，守住精神的回归地。

它在容纳。它也在等待。

塘河记

说来惭愧，身为温州人，却对温州的母亲河——温瑞塘河关注不多，了解也很少，甚至与塘河的亲密接触仅有三次，跨度整整三十年。如果不是参加这次的塘河采风，或许对塘河仍旧停留在黑臭河的印象里。那塘河上空青春的身影与欢笑，那丢失的从前无法让我一一拾起。

1

一九八五年春天，是我离开海岛老家去温州读卫校的第一个春天。卫校的医学基础课枯燥乏味，已够让人难以忍受了，解剖课上那惊悚的人体标本和浓浓的福尔马林味，直接让人崩溃。加上考大学中文系的梦想破碎，那一阵子，我灰心丧气，只想退学了事。这个春天，又一直下雨，没完没了，又湿又冷，长满冻疮的手痛痒难忍，看着好像永远不会晴似的天空，年轻的心无比沮丧和绝望。

毫无预兆，天突然放晴了。像经了糖化、发酵、蒸馏、存储等工序的一坛酒，突然掀了开来，芳香四溢，闻着就醉了。天有多蓝，似乎不是重点了，因为四周都闪着金光。仿佛太阳跌落下来，跌成无数碎片，草丛里，树叶上，房顶的瓦片上，石头墙上，甚至泥地里，都金光四射。天地间勃发着一种昂扬的气势，而这种气势来自一枚嫩芽，一棵细草，一滴自树梢溅落的雨滴，甚至不经意的一呼一吸间。发霉的心情，渴盼的焦躁，无尽的沮丧，都被这阳光收了去。

我猜，那个刚从杭州大学中文系毕业的黄姓女老师，一定是被这万千个太阳迷醉了，或是被那种说不清道不明的气势震慑住了，然后，她眯细了眼睛，伸了个懒腰，笑着说，采风去。

于是，温州卫校文学社二十几个半大的孩子，跟着黄老师，扛着一面皱巴巴的旗子，采风去。这是我第一次听说“采风”这个词，我的经历里，这种春天里的远足，叫作春游。

这真是一件让人快乐的事。那时，文学在人们的心中还是一片净土，文学的繁荣让整个社会都显得文质彬彬，于十五六岁的我而言，阅读文学书籍，原本只是为了让枯燥生活好过一点，写点小诗小文，也不过是对抗远离家人的孤独的一种宣泄。

像以往去春游一样，我准备了干粮和水。黄老师看我背着水壶，笑了：学医的女孩子到底讲卫生一些，我们以前采风，都不带水的，直接喝溪水就行。我的脸一下子红了。要知道，我们要去的是朱自清写过的大名鼎鼎的梅雨潭。

从学校到码头，半个小时的路程，一行人撒着欢儿，又跑又跳，一刻也不肯安静，仿佛要把学校生活里的单调、压抑、憋闷，都一股脑地倾泻出来。船早等在码头了。我从小生活在海岛上，坐船是家常便饭。但海上行船，如同走在崎岖的山路上，而这塘河上行船，简直就是如履平地了。船几乎贴水而行，让人直担心一个巨浪头打来，就有灭顶之灾。当然这是我多虑了，塘河跟大海最大的不同就是没有巨浪。水又那么清，那么绿，船头偶然飞溅起几缕晶莹的浪花，经了阳光反射，成了耀眼的珠玑。坐在船沿，俯身去掬，那珠玑便化在掌心，透明、沁凉、晶莹，让人忍不住一掬再掬，不亦乐乎。几个不怕冷的同学把鞋袜脱了，双脚悬在船边拍着水，一条小鱼游过去，一群蝌蚪游过来，都引来一阵大呼小叫。这时有人唱起了歌，所有人都跟着唱了起来：

让我们荡起双桨，
小船儿推开波浪
海面倒映着美丽的白塔
四周环绕着绿树红墙
小船儿轻轻
飘荡在水中
迎面吹来了凉爽的风
……

歌唱了一遍又一遍，好像进入单曲循环，却没有人想到要换一首来唱。或许，这歌太应景了。波浪，塔，榕树，红墙，凉爽的风，就是我们一路行来眼中所见，心中所想。黄老师坐在船后，笑吟吟地看着我们闹，轻声吟起那首著名的《早春塘河》："芳郊惊蛰后，洞壤蛹能掀。绿水平春岸，红葩发晓园。鱼游鳞暖耀，鸟翥翮晴翻。溆径行人静，偏怜过楫喧。"

河两岸没有高楼，只有简朴干净的民居，青石的，红砖的，倒映地水中；桥栏上，树枝上，都飘扬着五颜六色的衣物。河畔，许多濯洗衣物的女人，大概也被我们的快乐感染了，纷纷直起身来，向我们张望；桥上行走的人们，也停下脚步，冲着我们呵呵一乐；有人推开窗子，趴在窗口，看风景似的看着我们；还有几个孩子和一条狗，沿着河边，追着我们奔跑了好久。

那次采风，关于仙岩和梅雨潭的种种，都记不真切了，唯有塘河上的情景，一直历历在目。

那是我们的黄金时代，也是塘河的黄金时代。

2

再一次走塘河，是十多年后。瞿溪二月二赶集日。嫁到瞿溪的表妹，让我们去凑凑热闹。二月二赶集时，家家户户都要摆酒席招待前去赶集的亲朋好友，是瞿溪的风俗。远嫁到瞿溪的表妹，难得有娘家人去看望她，看到邻居家热热闹闹，自家冷冷清清，便在春节回娘家拜年时，邀请我们一大家子人二月二去赶集。她还一脸嘚瑟地把赶集的盛况渲染得人间少有、洞头绝无，弄得我和儿子心痒痒的，恨不得马上就二月二了。

去瞿溪，坐车也是可以的，但坐船走塘河更便捷些。于是，一家十来个人一大早浩浩荡荡从洞头坐轮船到瑞安，再换坐小船从温瑞塘河到瞿溪。这时的温州，民营经济已在全国声名赫赫，"温州模式"吸引无数外地人到温州来"朝圣"来"淘金"。每回去外地出差或旅游，我一说自己是温州来的，立即吸引无数艳羡的目光。因那时，温州人就是有钱人的代名词。

坐在船上，也能感觉到温州经济的繁荣，高楼林立，许多高大的烟囱冒出一条条滚滚黑龙，城市成了钢筋水泥的丛林。只是，塘河完全不是我记忆中的塘河了。河水浑浊，舟船如织，一些运载砂石的船只贴水而行，“噗噗噗”的机器声一路轰鸣；有些船只货物装得很高，大多是鞋料、棉纱、纸箱、海绵之类的，风一吹就颤巍巍的，仿佛要倒下来。这些船也很特别，船的驾驶舱在最前面的，船身在后面，像货车的拖斗，船头的排烟管吐出一股浓烟，像一个人夹着香烟在猛抽。

河埠头再不见有浣洗衣物的妇人，偶有人把脏乎乎的长拖把伸到河里捣鼓几下，甩在河岸边晾干。越近市区，河水越散发出阵阵臭气，四周的人家都门窗紧闭。近瞿溪段的河面五颜六色，铁锈红的，柠檬绿的，靛蓝的，墨黑的，乳白的，一股股慢慢交汇到一起。儿子掩着鼻子，小脸都皱成一团，问我，妈妈，河水都是这么臭的吗？我一惊，良久，才悻悻然：不的，以前，这河也很清。一大片又一大片漂浮物从眼前缓缓漂过。儿子又问，妈妈，这些脏东西都会流到我家大海里的吧，弄脏了海怎么办，我要游泳怎么办？我无言以对。

这时，船慢了下来，河面上长满了水葫芦，足有两公里，河道只剩窄窄的一条，船慢慢地，小心地穿行着，生怕水葫芦搅进螺旋桨里；好不容易告别夹道“欢迎”的水葫芦，刚舒了口气，却见河面上飘满了白色薄膜袋，河边还有许多锈迹斑斑的排污管，正流出各种颜色的污水。这塘河，成了搭载垃圾和污水的免费通道了。温州经济社会繁荣的背后，温州人付出的是什么。我的心揪痛起来。

瞿溪的集会，果然名不虚传，商品琳琅满目，人群熙熙攘攘，许多我从未见过的物品、工艺让我赞叹不已。表妹做的瞿溪美食，也是我从来没有吃过的，但所有的新鲜热闹，所有的繁华喧腾，都无法抹去塘河带给我的心痛。

3

今年初冬，在杭州遇到作家周吉敏，她说，来塘河采风吧，这两年塘河已经治理得很不错了，会让你惊讶的。我是不太相信的。弄脏一盆清水很简单，一滴污水一点污物足够，而要让一盆污水变清，谈何容易。何况，是那么长的一条河，河边有那么多的工厂、居民。也许，吉敏看出我的疑惑，又说，郑愁予也来。我心动了。他的“得得马蹄”，几乎响彻我的整个青年时代。

入冬以来，一直阴雨绵绵，有时还起雾，地上墙上都湿答答的，身上心上也潮乎乎，像一场欲罢不能的恋情，纠缠不清。都诅咒着这鬼天气。到了塘河采风这天，太阳竟出来了。

从酒店出来，去船码头，不远，信步而去，也就二十来分钟的路。阳光这么好，走走也是极好的。我们说。声音在阳光里嗑嘣脆。脚下轻盈，像有一股潮汐般的激情涌动在血脉间。小南门立交桥下就是南塘渡船码头了。我停下脚步，看脚下车水马龙，看阳光在塘河上像个欢跃的孩子，踏着细细的波纹笑。身旁，一个摆卖皮带、皮手套的小贩，靠桥栏盘坐在地上，他袖着手眯了眼，盯着高楼间那轮太阳，嘴角微微上扬，仿佛沉在一个久远的梦里。我相信，他一定是回到家乡的河边，倚着向阳的墙角，迎着冬日暖阳，闻着炊烟里麦秸的香味，听着孩子们欢腾的打闹，与老母亲有一搭没一搭地话着家常。阳光把他脸上的沟壑勾勒出柔和的线条。

塘河在不远处，嫩嫩地绿，水波轻漾，河面像一匹抖动的锦。虽不及三十年前时的清澈，但已非常洁净，没有杂物，连一片树叶都没有。船也是造型雅致的画舫。我们上了船，进了舱，舱内案几上摆着各色水果，阳光从舷窗斜射进来，果盘里的香蕉、橘子、葡萄、香梨成了画家雷诺阿笔下的印象派作品，美得心惊。

一行人在船舱两边坐定，船徐徐启航，风从舱门进来，阳光从舷窗进来，塘河两岸的风景次第呈现。古榕把茂盛的枝叶倾向水中，荫蔽了半边河道；古桥在河上跨越了几百年，桥身斑驳，却依然硬朗，想起清代女诗人范荑香的诗：“缓步同行过小桥，春风吹暖卖饧箫。忽惊背后来游客，退入垂阴折柳条。”或许春来时，我们也能在塘河边看到诗中所绘的旖旎风光；桥栏上晒着一方方花花绿绿的棉被，依稀是当年的模样；河岸上的民居，或新或旧，倒映在水中，变成一串串抖动的音符；河埠依然，却看不到浣洗衣物的妇人，或许，塘河治理后，再不准到河里浣洗衣物了吧。不远处，三五只白鹭在河面起起落落，身影翩翩。之前，这些白鹭在温州各家报纸上频频亮相，曾让温州人欣喜不已，热议不已。白鹭回归，塘河的清澈应该不会远了吧？白鹭回归，也让这个浮躁的城市和城市里浮躁的人们都缓下来，静下来，审视一下自己的内心，放慢匆忙的脚步。

有小船载着几筐满满的瓯柑迎面而来，远处水墨似的山影，便是周灵王太子王子晋吹箫飞升成仙的吹台山，山下占地数十亩的瓯柑园就在我的左边。正是瓯柑采摘季，墨绿柑树缀满累累果子，河边停着几只小船，农人赤了膊往船上搬运一筐筐瓯柑。去年，我曾随朋友到这柑园采摘，园主说，只管挑大的，只要到了季节，果子或黄或绿，都已不酸。果然，一瓣入口，冰凉，微苦，之后淡淡的清甜。在我老家洞头，瓯柑被称作大橘，是春节时家家必备的年货，讨的是“吉利”的口彩。过年大鱼大肉吃着，味蕾腻歪，吃个瓯柑，苦一苦，苦出一口清甜，就像给味蕾洗个澡。瓯柑的皮色是藏出来的，藏上几天，果皮就转黄了。金黄的瓯柑看着就喜气，于是家家供桌上，都会摆上一盘“大吉”。园主六十多岁，普通话说得不好，便总冲我们嘻嘻笑。这园子，他守了十多年，说起瓯柑的事，并不健谈的人却滔滔不绝，像谈起自家孩子一般。他说，前些年，一直揪心呢，塘河的水要是再黑臭下去，柑园水源成问题，总浇灌那臭烘烘的河水，长出来的柑都不能吃。好在现在治理好了，看看，今年的柑长得多好！看着他如释重负的神情，我想到我年近九旬的母亲忧心忡忡的脸。之前，家在海边的我，总为能吃到最新鲜的小海鲜庆幸。打小，我就看着村里人在家门前的滩涂上讨生活。没有菜了，到滩涂上抓几只红脚蟹淹一淹；嘴馋了，到滩涂上拣一把海螺煮了吸一吸；来客人了，到滩涂上找点文蛤、血蛤、跳跳鱼、蛏子，就能煮出体面的待客美食。如今呢，因为污染，滩涂上的小螺小蟹，不是绝种了，就是长相怪异，即便长得好的，也不敢吃了，因为村子里好多人都患上了甲状腺结节、食道癌、胃癌等病，医生说与吃了污染的小海鲜有关。如果发展的代价是环境，丰衣足食的代价是健康，未免太得不偿失了。

这一路来，聊起塘河，欣慰是塘河边的人们谈起塘河时的统一表情，多希望有那么一天，海边人也能欣欣然品味新鲜卫生的小海鲜，年迈的母亲也能在有生之年吃着小海鲜，一如从前。

经过白象塔时，一行人上岸登塔。沿塔内旋梯到达七层，四下望去，温州城尽在眼前。远处，高楼耸立，造型各异，参差错落，在阳光下反射出一道道金光；近处，绿树点缀在冬天的田野屋舍间，有一种别样的美。塘河从远处蜿蜒而来，如一棵匍匐大地上的巨树，自南向北，把枝枝丫丫伸向村庄田园，润泽苍生，更像是一丛蓝色的血脉，供给着，滋养着这片美丽富饶的土地。

有人说，世界上任何一个创造了伟大文明的民族，都和江河有关，一条河因此而成为一个民族的母亲河。一个城市能枕着一条河流，是有福的，就如同受到母亲庇护的孩子，能在母亲的怀抱中汲取营养，休养生息。河流从来不会笔直前行，城市也总是在无数的波澜中曲折前进，只愿温州与温瑞塘河一路行去，健康，和谐，繁荣，生生不息。

CAI YIDUAN SHIGUANG WENROU SUIYUE

第四辑·裁一段时光温柔岁月

裁一段时光温柔岁月

茶座在闹市，边上是派出所和停车场。朋友去过，直说好，我路过几次，不以为然。说真的，并不喜欢这样地方，像被逼得偏安一隅的小朝廷，说不出的憋屈与苍凉。

年少时的朋友从远方来，约在茶座聚。那天正是立春，却天寒地冻的，哪看得到一丝春的音息。立春从来都像一则谎言，一道渺茫的预言。冬天呢，强弩之末了，雪是不指望了，连梅花也一脸沧桑，无比尴尬。天地间，仿佛只有老友之约，还带点温暖和诗意。

一进茶室，便被一丛开得正好的雏菊吓到了。枝叶是碧绿的，花色水润饱满，淡淡的紫，托着粉黄的蕊，像手心里捧着个暖暖的小太阳，一只青衣绿羽小虫，悄无声息地趴在小太阳上，在取暖吗？这时节，菊不都是前朝的遗臣吗，早该肃杀在那一片飒飒秋风里了呀！莫非，这茶室是收容落难之臣的贫家小院，不然，何以逃避时间之镰的刀光血影？

思量间，抬头打量茶室。昏黄的光从一只缠枝莲中晕开来，冰冷的风便被挡在门外，一截两米开外的木头，从中剖开成为两张木几，分置屋子两端。几的头尾，各是两张浑圆的木圈椅，两侧各有三张圆凳，恍惚中，竟觉得是两只修长的甲虫缓缓爬动。

友坐在几头的木圈椅上，静静地笑，腿上摊着一本线装的书，不用猜，是《花间集》了，她曾说，喝茶读《花间集》，再粗的茶也有味了。茶在陶壶里氤氲出盈盈的香，几面的木纹绣着岁月的针脚，蜡染的花布在几中间拉开一条繁星遍布的星空，青铜水壶顶着一团细碎繁花，老瓷茶盏映上靛蓝花色，清亮的茶水是一波微漾的池塘。忽然间，世界都温静有情了起来。

搬了几尾的木圈椅挨着她坐，时空里滋生的隔阂和羞赧，在温热的茶香里瞬间消融。别后的境遇，青葱的旧事，缓缓交汇成一只轻盈的小舟，在时光的河里泛游。河岸，有她异乡的追逐和乡思，有我一路的平淡和悲喜。

茶室墙上，挂着屉格小小的木架，格内搁了各种茶盏，青釉的，宛若冰清玉骨的佳人；青瓷的，是粗衣布裙的村姑；紫砂的，沉了时光的矜贵；老瓷的，染了泥香的古朴。友风雅，对茶道情有独钟，对茶盏如数家珍。我向来粗陋，也觉得满架茶盏，竟如一首首小令，古雅又清新，质朴却精致。

茶室有后院，虽不大，却别有洞天。一架茑萝葳蕤出一片天地，午后阳光穿过针细的枝叶，碎出一地金黄。院中有许多兰草，开花的和不开花的，都葱翠可人。平生最爱兰草，不张扬不喧哗，却有醉人的清香。那兰草不名贵，花也小，却开得细致，一瓣一瓣交代得清清楚楚，简约得如同一个身世清白的小家碧玉，依着她，可聆听天籁，可盛享宁静。

从花草中抬眉，才发现茶室是依坡而建的。十余米的小山坡，用青石一块块地垒出小道，沿着小道拾级而上，有一段一米开外的平地，种了菜蔬，也种了花草，还有蒲公英在吐着细绒毛似的种子，想必春来，这里也会春色满园吧。再拾级而上，便到坡顶，邻家的围墙挡住了视线，却有一大丛开得娇艳的三角梅，从围墙上探出身子来，一墙的红艳，一地的花瓣。朋友拣了一枚落瓣，吹去瓣上的尘，夹在《花间集》里，再看她书间，竟夹了不少花瓣，想来，每一枚花瓣都是一段温柔的茶时光吧。

离开时，主人摘了坡上的芥菜相送。悠闲温静的时光毕竟不是所有，柴米油盐在茶之前主导了生活旋律，芥菜虽粗陋，却更接近生活的本质。而生命中，有一个茶室，有一个人，既惊艳了时光，也温柔了岁月，生活才能在繁杂喧嚣之中沉静有香。

断桥夜行

那天，到杭州城站火车站已凌晨一点钟，我未去已预定好的宾馆，直接冲向期盼已久的断桥。三天前，遭遇了心灵难以忍受的痛。

那夜的西湖，洇染成是一抹淡色的烟岚，宁静幽远地缥缈在记忆的湖心里。秋夜的西湖是沉静的凄清的、忧伤的、曾经的姹紫嫣红，曾经的繁华喧闹，都已遥去，只留一片落寞的背影，在落寞的心底翻卷着……

夜渐深，北山路上灯正红酒正酣车声正炽，而湖边成片的荷叶，倦倦地睡了，一脸的憔悴苍白，只待霜风苦雨后，留下孤零的荷茎，听听雨声；青石板道上，枯黄的梧桐叶儿不时在脚边翻飞着，把秋天的凄清飞舞得遍地都是，左脚才从凄清中拔起，右脚又陷入；湖边的长椅，再无风花雪月的缠绵，空空的情怀，一派的沉郁低迷。只有柳条，依然袅弱婀娜在冷风中；只有画舫，依然无限风雅地停泊在清寂的湖畔；只有白堤，依然幽静深远地横亘在夜的深深处。

信步走上白堤，未有残雪的断桥，在清冷的夜色中，带着神话的妩媚，妖娆着我们的神思。这一道横贯湖心的长堤，穿过岁月的长河，留下多少喧腾人口的神话故事，记录了多少沧来桑往的红尘旧事，收藏了多少旷世幽情的人间绝唱。这平坦光洁的路面，白娘子雨中徘徊过，苏小小的油壁车驶过，还有多少深深浅浅的脚步走过，又将会有多少？远处，谁的歌那么缠绵：“风花雪月，繁星满天，烛影摇红，为你无眠，花前月下，许下誓言，却因世俗，天各一边，我要把你刻在我心间，你是我最爱的红颜，我在桥边等待你出现，哪怕是，再过一万年……”此刻，湖面平静无波，湖心轻轻晃动着保俶塔的倒影，湖边的亭台楼阁、山峰树木只是一抹淡灰色的暗影，悄悄地环抱着睡意蒙眬却沉静悠然的西湖。

湖边三三两两的钓竿，默默地探向湖心深处，星星点点的荧光随水波轻轻晃动，恍若西湖喃喃的呓语；一个夜钓的人，把身体掩在树背后，夜风仍不时撩起他的衣襟，他叼着烟，嘴里却哼着“西湖山水还依旧，憔悴难对满眼秋”，烟头的火光随着旋律的抑扬，一闪一灭；一只不知名的飞鸟，霍地从柳树枝头，扑向湖心，“嘎”的一声长叫，像利箭，划破西湖的静谧。

断桥在前，那辉耀童年梦寐的故事在后，吸一口清冷的空气，且默了轻悄的絮语，脚步再放轻悄一些，莫惊起那一段荡气回肠的爱恨情仇，莫牵动那一场旷世绝伦的温柔痴缠，莫激起那一湖无情的寒碧，且让垂柳在头顶依依而过，且沿桥栏徘徊伫立，且拢紧衣襟掩起不胜寒凉的心事，且让泪水迷蒙了眼，就像夜的黑迷蒙了西湖的脸。

那晚，我做了个梦，梦见苏小小收到阮郁的书信后，反复地吟唱“男女之情，薄似云烟，短似朝露”。

青藤书屋

绍兴城人文荟萃，古迹胜景比比皆是，可访可游的太多，去青藤书屋是我提议的。

当地的同行说，没什么好看的，很小的地方。

就徐渭那穷困潦倒悲摧不堪的一生，他的故居哪能不小。

这个明朝诗文书画都有极高造诣的才子，留在我年少的记忆中，竟是他机智风趣惩恶扬善风流潇洒的形象。记忆，来自民间故事和连环画。他人生的前二十年，虽然百日丧父，十岁生母被遣散出门（母亲为父亲的侍妾），母子分离。十四岁，嫡母苗氏去世，他寄居同父异母的长兄家，饱受歧视，但他生性聪慧，六岁能读，九岁能文，十岁仿扬雄的《解嘲》作《释毁》，轰动全城，二十岁时被列为“越中十子”之一。年少才高，难免疏狂，或许，他真如民间故事里所说的那样，有过恣意放荡，快意恩仇，充满青春活力和希望的锦绣岁月。

真希望他就那么衣袂飘飘地行走在那风烟四起的尘世里，让后世仰望、钦佩，甚至解恨般展颜一笑，让我穿过时光的纷纷乱雨，循着他的身影，听一支短笛，在岁月的荒郊清脆响起。

可是，老天对他实在太不厚道。他的后半生，简直可用悲惨来形容。

从鲁迅故居出来，阴了半天的天，终于下起了细雨。秋风细雨，寒意侵体，让人心生恻恻。穿过熙熙攘攘的人群，路过人满为患的咸亨酒店，再往前走，右拐，就是青藤书屋所在的大乘弄。两面高高的黑瓦白墙夹成的巷道，偶有几扇门户，却都紧闭着，巷道窄小、弯曲，足音便得得地回响起来，恍若走在长长的隧道里。喧闹的车声人声都已消失，仿佛刚才熙来攘往的人潮都是幻觉。巷道左侧，一阵枝叶簌簌声，自洞开的木门后传来，一帘翠竹，两棵高大的芭蕉，映入眼帘，循声而望，簌簌的声音来自墙角一树高大的枝繁叶茂的女贞。雨点打在叶上，叶随风而落，脚踩在落叶上，脚底声音热闹着。这就是青藤书屋了。

没有游人，除了我们。

在城市一隅偏安，在小巷深处静默，这青藤书屋像曾经的主人徐渭一样，必受冷落。人迹罕至，这倒成就了它的清雅之气。墙角四缸青翠的浮萍，堪比春天的颜色，映得斑驳老墙，像一张被墨汁浸透的宣纸，笔意纵横的，是岁月的狂草。三棵石榴虬枝交错，叶还绿着，却失了血似的憔悴，当年“榴花书屋”之名，由此而来否？芭蕉结了一串青色的果子，藏在阔大的叶后半隐半现。一块镌了“自在岩”的小石刻，就在芭蕉旁的墙上，据说这三个字是徐渭亲笔手书，却被苍绿的芭蕉映得没了颜色。

这一切，都符合我对青藤书屋的想象。每个故居里，都居住着一个岁月无言的传奇。

穿过月洞门，是一方小池，池水清浅，池壁苍苔密布，几只红鱼游弋，小小的身影娇怯可怜。池中立有一柱，柱上 “砥柱中流”四字，为徐渭亲手所刻。“此池通泉，深不可测，水旱不涸，若有神异”，是徐渭所爱，他在此梳洗濯发，舀水磨墨，并称此为“天池”，意即天赐之池。

想来，那时，他虽命运多舛，考中秀才后，三年一次的乡试，连考八次，次次落榜，“举于乡者八而不一售，人且争笑之”，却还不至于穷困潦倒。真正凄惨的命运，自1565年（嘉靖四十四年）开始。因被胡宗宪（抗倭名将，徐渭当过他的幕僚）案件牵涉，时年四十五岁的徐渭贫病交加，焦虑恐惧导致精神错乱，他写好墓志铭，毅然决然地要告别这个荒凉而丑陋的人世。如果这个时候，自杀成功，也算是命运对他的眷顾，可是上苍显然不想轻易放过他。在他用利斧敲击头盖骨，“血流被面，头骨皆折，揉之有声”；在他将一寸多长的铁钉戳进两耳，七窍流血；在他用铁器击碎睾丸，痛得满地打滚，上苍仍残忍地让他继续苟延残喘。后来，因幻觉怀疑继室张氏不贞，他失手将她杀死，而入狱七年，肉体饱受摧残，良心备受折磨。出狱后，贫困潦倒、恶疾缠身的徐渭以卖画卖书为生，可惜“笔底明珠无处卖，闲抛闲掷野藤中”，忍饥挨饿是常事，但凡权贵上门求书画，他却手推柴门大呼："徐渭不在！"坚决不给权贵作画。1593年，也是这样寒风瑟瑟的深秋，徐渭凄凉地走了，七十三年的人生，布满辛酸和磨难。什么叫贫病交加，什么叫家徒四壁，看看那时的徐渭吧，他的床上连一铺席子都没有。"古今文人牢骚困苦，未有若先生者也。"三十多年后，堪称他的知己的袁宏道如此深叹。

"天池"的另一侧，是一木格花窗平房，门口挂着"青藤书屋"的木牌，小小的，仅尺余。房内陈列着徐渭的诗、书、画、文。那力透纸背的笔墨间，独特而清冷的线条里，浅淡或绚丽的色彩中，分明是他对抗那个丑陋的世界，对抗那坎坷悲惨命运的孤独又不屈的身影。他的诗得"李贺之奇，苏轼之辩"；他的文泼辣机智，幽默多趣，文风远启金圣叹一流；他的字"诚八法之散圣，字林之侠客"；他是中国大写意画派的宗师，擅写意花鸟，用笔放纵，水墨淋漓，不拘形似，气格刚健而风韵妩媚，具有诗一般的抒情性和韵律感，自成"青藤画派"，一代大师郑板桥曾自命为"青藤门下走狗"；他还是戏曲家，对佛经、道术、医学、兵法都有研究。在胡宗宪门下时，为抗击倭寇，他常常深入前线，观形势，度地形，施奇计，作方略，屡立奇功。

天妒英才啊。还是世道不公？

格花窗外，三条青藤贴墙而上，扭曲，冷硬，纠葛，坚忍地向墙外攀爬而去，仿佛一个寂寞的灵魂，在萧瑟的浸满血泪的岁月里茕茕茕孑立。这棵青藤，是明末清初画家陈洪绶在此处居住时所植吧，"青藤书屋"便更名正言顺了。而今，"青藤书屋"被刻在一片漆了桐油的木片上，绿色的字影，仿佛是青藤的新芽，油亮青翠地从岁月深处探出头来说：贫病又怎么样，谁能如先生这般精神的端庄、心灵的洁净？

也再没有谁更适合如先生般风流倜傥地行走在朴素而亲切的民间故事里，行走在生命最初最纯净的记忆里。

桂雨满垅香满径

我去寻你。夜黑，风紧，薄衫已挡不住尖锐的寒意，我失血的指尖，冰冷冷的，似在哀求：别去，别去。但我必须去寻你，不然，错过又是一年。一年复一年，我能错过多少个一年，我又曾错过多少回你。

不是矫情，我只是坚信你的等待。我昨夜的梦魂中，你絮絮呢喃：你不来，我不敢老去。

这些年，我哪年不在杭城走上十几回，每次桂香满城，我就念叨着要去看你，要在南高峰与白鹤峰夹峙下的村落中，在那一条寂静的山谷间，寻找那条流香的河，寻找微微的颖悟——因为这是满觉垅，“圆满觉悟”的地方。可总有这样那样的事，让我生生错过了你。

原本，桂花并不鲜见，哪个城市不在霜风渐起时，开上千千万万朵，让疲倦的生灵在香风馥雨里心旌摇曳。可那不是你。你的花期也不算短，早桂到迟桂，总能把数十个日子熏得通体香彻，可为什么我总是错过你。也许只是我隐隐地在逃避着什么，也许我混沌的心还在俗世的烟尘里迷茫。

年齿渐长，生命破败，生活之网漏洞百出，一些被生活的尘埃掩埋的，一些在黑暗中偃息的，还有一些在长期惯性中麻木的，却在疼痛中猛然清晰与清醒，像满垅桂雨，无数次的错失后，便知道再不能错过了，生命中的缘分也需争取。

以为经过一夏的等待，相遇的日子便会如期而至，谁知这一夏的高温前所未有，立秋了，处暑了，白露了，秋分了，夏还不肯离去，终于寒露来了，我在杭州出差，十天时间，我想，足够了吧，赶个迟来的早桂飘香总没问题。可是，一天一天过去，仍没一点音讯，我只好悻悻然离开，不久，就传来满垅桂香的消息，正当我收拾行囊准备起程，台风来了，那个叫菲特的不良少年，辣手摧花，一城的桂香全被雨打风吹去。

只是，我不能不来。

我来了，践一个你知我知的约定。

出租车将我抛在似是而非的地方，我本就是个路盲，天色又已黑透，半个月亮在遥远的星天外，独自逍遥，城市的光波淹没了它的银辉。我完全失去了方向。好在，找你不需要眼睛。虽然盛况不再，但是，七千多株桂树，亿万个枝丫，总有一些花在坚守，徐徐散发着清香。我只要循着花香寻去就好。

原来，循香而去，远比看路标辨路牌简单得多。这世界太纷繁，我们的眼睛除了寻找方向，还要辨别是非，是非太多，又得不断擦亮慧眼，眼酸了，心也便累了。

花香引领着我一路走去，几间古朴的小屋透出隐隐的灯光，稍稍倾斜的上坡路边有溪流的轻歌，清寂的山谷，秋虫在低吟浅唱，然后，就看到你。透过一张栅栏，透过月的微光，和不远处的灯光，便见神清气朗的四个字“满垅桂雨”，跟我心目中的你一模一样，舒朗磊落，清逸俊雅。

栅栏上了锁，我只能在离你丈余远的地方端详你。不远也不近，不明也不暗。恰到好处的距离，恰到好处的朦胧。真好。淡淡的花香一路相伴，像踮着脚尖的舞者，身前身后，都是她的裙裾水袖。风是花香轻轻浸染的微风，雨是花香疏疏织就的细雨，一丝丝的寒意，也沁润了花的冷香。冷冷的香是有穿透力的，感觉四肢百骸都被冷香侵袭了，占领了。在满觉垅，栉香风沐桂雨，心有些眩晕，却又分外清醒通透，像深爱一个人，爱到智商为零，糊里糊涂，又爱到无私无畏，不惊不惧。

满觉，在佛家，是圆满的觉悟，在我，是心灵的井然有序。马可·奥勒留在《沉思录》里说，宁静不过是心灵的井然有序。此刻，我突然明白，我寻你而来，只为寻找心灵的井然有序。

在雨声里沉醉或醒来

我走在车水马龙的街头。雨没头没脑地落下来了。铺天盖地。好像一架荼靡要在夏的尾声，演一出动人心魄的花事了。

这是秋风渐起的午后，在杭城的街头，我要去赴一个约定，那人在桥的那头等我。

杭城的美，最美不过西湖；杭城的桥，有名不过断桥。所以，我就以为，有约在杭州，有约在桥头，总要与西湖有关，总要与断桥有关。我心想着那个断桥上借伞的故事，手中翠绿的油纸伞，便把雨旋成天女散的花瓣，脚步也细细碎碎，把雨点踩成如歌的行板。

一个剪童花头的女孩给我指路，我犹疑着，那不是西湖的方向。她翦翦的双眸、盈盈的笑靥里有让人不忍质疑的纯净，我那在雨水汇成的河里泡着的双脚，干净得不愿去质疑。

桥果然在不远处。

横跨在一条河上的桥，比总也不断的断桥，更有桥的气势。汤汤的流水从桥洞里奔跑而过，画舫似的水上巴士从桥洞里穿梭而过，装满沙石的漕运船贴水而过。倚着青石桥栏，我分明看到茫茫苍苍的岁月，像一群麻鸭凫水而过。

河是京杭大运河，水做的杭州除西湖之外的另一条血脉。河从北方来，迢迢千里，一路风尘，到了杭州，便沾染了江南的妩媚清逸，江南的水润细滑。

桥叫拱宸桥，始建于明朝。三孔薄墩联拱，倒映在水中，像一串月亮，连接着运河东西两岸，也连接着无涯的岁月。数百年的风雨，只写了一纸的如梦烟云，勾勒了几笔的古雅拙朴，留存在杭州的记忆里，也留存在或匆忙或悠然的脚步里。

信步到桥中间，凭栏而立，雨拍栏杆，在我的青衫上画一幅水墨山水。远处，一艘漕运船顺流而来，像无动力支持，慵懒地贴在水面，一任河水推着它前行。我生活在海边，看惯船行大海。海上有浪，船总是高昂着头，放不下身段，与海亲近；河也有细浪，却细碎得如午后的闲言，打个哈欠，就忘在风里，船便如闲庭信步的君子，懂得与河握手言欢。船穿过桥洞，悠悠远去，像时光总在我们的指间滑走。

唤我的声音，穿过雨声而来，我的名字沾了雨的湿意，柔成绕指。等我的那人在窗口挥手，她的粉衫嵌在赭色的窗棂里，一树柳的丝绦垂成绿帘，隔在我与她之间。她像倚门望归的女子，千帆过尽，终等来归人。

那是一座仿明清建筑，在运河的西畔，从桥上紧走几步，顺着苍老厚重的石板路往前走，就是著名的“舒羽咖啡”。掀帘进门，便见“黑色是最彻底的奢华”几个字。屋里着意用了黑色，墨色的墙，黑中透着隐隐暗红，楼梯、柜台，甚至桌椅，也都着了黑色。楼梯间是整面的书墙。拾级而上，就像穿过一道书林，书有大部头专业论著，更多的是各种诗选。许多照片点缀在各个角落，细看，每幅照片里都有一个女子的身影。不用问，她就是此间的主人，诗人舒羽。

等我的那人在门口迎我，这个曾说要以诗织锦的女子，二十多年未见，时光弹指，容颜已改，不知她的诗心可曾失落。她选在这样的地方与我相聚，骨子里仍存着对诗向往吧。

相对而坐，并无多言，聊几句别后境况，二十余年光阴隔阂，在一杯咖啡的温度里慢慢消融，数千个日子的音尘断绝，在雨声中渐渐接续。她仍是爱诗的她，我仍是喜欢听雨的我。窗外，雨在瓦楞间弹奏，柳条滴水，一只画舫过去了，一只漕船过来了，音响里是一曲《回家》的萨克斯。时光缓慢了下来。仿佛一船停靠了岸，仿佛流浪的狗在冬阳里，我停在雨声喧哗的午后。

这样的午后，适合发呆，适合怀想，更适合与故友相对，彼此握一把远去的青春，让岁月无处可老。万丈红尘中，总需要这样一个午后，有老运河，有古石桥，有诗，有酒或咖啡，有雨声，和一起听雨的人，在雨声中沉醉或醒来，岁月才沉静有香。

伸手取一本《舒羽诗集》，翻开，读下去，然后相视而笑。

我奔向你/这难能的相遇让我喜极而涕/你却因我的拥抱而远离/好，我不动/甚至可以闭上眼睛/请你向我走来……

雷峰塔：千年镇守，人间仰望

杏花春雨的江南，最盛产神话。浩如烟海的神话中，白蛇传，是一树千年不败的奇葩。而雷峰塔，因了这段美丽的神话，在古迹如潮、美不胜收的西子湖畔独树一帜，傲视众美，千古流芳。

早在孩提时，雷峰塔就如雷贯耳，曾经一度，每个晚上，雷峰塔都要在奶奶的嘴里，轰然倒塌一回。白娘子、许仙与法海的爱恨情仇，在那些繁星点点、凉风习习的夜晚，一遍遍地流传。浓得化不开的人妖之恋，旖旎了蒲扇轻摇、竹椅微凉的宁静乡村夏夜。净如白纸的心田，被奶奶这个不识一字的乡村农妇，一笔一画地写下了惊天动地的爱情。为白娘子的坚贞泪流，为法海的歹毒愤慨，为雷峰塔的无辜叹息，故事的最后，雷峰塔悲壮而决绝倒塌，成全了十八年的相思。圆满的结局，以雷峰塔的牺牲为代价。多年以后，遇到或听到真情涌动的爱情，心底里都会流溢出乡村夏夜里那草木清香和艾草熏香。白蛇传，应该是我生命中最初最生动的爱的教育。去西子湖畔，看一看雷峰塔，成了年少的夙愿。

夙愿还未得偿，迎来的却是又一场倒塌。初中二年级的课本上，有鲁迅先生的《论雷峰塔的倒掉》。老师条分缕析了一番，我们囫囵吞枣了一把，先生对雷峰塔和白娘子的故事的表述，比起奶奶的来，逊色多了。老师说，先生写此文，另有意寓的。我颇不以为然，心心念念的还是要一睹雷峰塔的风姿。

多年后，我长成亭亭少女，人生的花季，爱情像雪被下的幼苗伺机破土而出。机会终于来了，单位派我去杭州参加培训，培训地就在西湖边，西湖十景的地图上，雷峰塔与我所在的地点不到一厘米。一厘米外的雷峰塔，我几乎可闻及它飞檐翘角下檐铃的叮当。我迫不及待地寻它去。一路上，花团锦簇，香风馥雨，脚步是轻盈的，心魂是急切的，好像多年心仪的恋人就要相会。一池风荷来不及亲近，湖光山色来不及细赏，只循路标所指，步步接近。可是，看到的竟然是灰泥遍地，木板乱堆的建筑工地——雷峰塔正在重建中。

不得不相信，传说与现实，相隔千千万万里。那一年，我遭遇的人生中的第一份爱情，来不及绽放，就夭折在世俗轻漫和年少轻狂中。白娘子的爱情，因雷峰塔镇压而更显凄美，我那早春桃花般鲜嫩的爱情，我那为之歌哭为之笑傲的爱情，却因世俗中的雷峰塔而香消玉殒。

雷峰塔重建经年，我却已心事沧桑。无数次去西湖边，无数次透过绿树繁荫，看到夕阳余晖下的那一座高塔，却一直没有去一偿夙愿的心情。也许，当年我心中的那座为美满爱情倒塌的雷峰塔，再没有一份爱情，需要它镇守；也许我早早就知道，重建得美轮美奂的雷峰塔下，已没有坚贞的白娘子，和她那惊天地泣鬼神的爱情。没有爱情可看可守的雷峰塔，还值得一去吗？

今年三月，一个微雨的黄昏，偶然路过南山路，身侧初萌的草木清香唤起乡村夏夜的记忆，心底有些微醺的欢喜。突然想上去看看雷峰塔。拾级而上，心咚咚地跳动，近乡情怯吗？眼前的雷峰塔，雕梁画栋，金碧辉煌，镏金的塔顶熠熠生辉，像盛装的君王，君临着早春妖娆的西湖。游人的喧哗声，高胜美的《千年等一回》，也掩不住他的庄严肃穆、浑然厚重。只有那飞檐下悬挂的铜制风铎，被微风信手弹来，高一声低一声，奏出那一段邈远的爱情传说。在塔上，举目四顾，西湖胜景尽收眼底，滟潋湖光，堤岛柳岸，在烟雨蒙蒙中如梦如幻，我的眼前幻化出那衣袂飘飘、深情款款的女子，雨舟借伞，端阳惊变，仙山盗草，断桥重逢，那个在乡村夏夜里经奶奶之口写下的隽永的爱情传说，在此刻的雷峰塔上，在我的心目中，如此真切地重现。雷峰塔已在岁月的变迁中，由当初恶势力无情的标志，而变身为今日多情的传承。

雷峰塔镇守的，是一个美丽的传说，一份美好的爱情，和人世间美好的向往。

柒捌玖粥铺

文联一行七人去青田看石雕，在一个叫万家的小巷里邂逅了“柒捌玖粥铺”。

店名“柒捌玖”用黑墨竖写在一块长方形的原木板上，字体是稳稳重重的隶书，挂在小巷的电线杆上，市声尘廛中突现的这一块招牌，古色古香的，仿佛在满街的宝马奔驰边，林立的酒楼茶座旁，轻轻地，却又执拗地念着“怀旧”两个字。

再向前走几步，便可见与招牌一样风格的门面。门面小，两盏四方形的羊皮灯用胡桃木架子框着，坠在长方形的招牌两侧，小小的流苏无风自动，替繁忙的主人招徕四方来客。“柒捌玖粥铺”的“粥”字用朱砂红描成，比其他字稍大一些，最后一勾长长地勾到“铺”字的腰眼上，像走在前边的人慢下脚步，伸出手来欲牵后面人的手，催促他快快前行，也像是要先勾起客人的食欲，进店大快朵颐。

店铺不大，是租用普通民房的一楼，三四十平方米的地方被格成前后左右四小单间，一间被占为厨房，一间为门房，兼做陈列室，几十样农家小菜色彩诱人地排在案上，让人食欲大开。菜谱也用原木板写着挂在正中间，白粥一元、红薯粥两元、芥菜粥皮蛋粥黑米粥三元、百合桂圆粥四元……林林总总写了有十来样。桌椅也是原木的，长方形的桌子配上瘦长形的椅子，让有限的空间得以充分利用。

粥菜上齐。一行七人点的粥菜各不相同，一桌粥菜便似打翻了的七色板，赤橙黄绿青蓝紫，应有尽有。大家围着两张桌子拼成的大桌，就着一字排开的各色小菜，窸窸窣窣地喝着粥。雨儿生性素淡，身着蓝色细格子旗袍，那碗稀薄的白粥很衬她的品位，她小口细啜，偶尔对我们抿嘴一笑，俨然是一小家碧玉。选了红薯粥的小蕊，把一碗红薯粥玩得滴溜溜的，向我们演练“圈吸”功，即沿着碗边，一口气吸过去。她说，这是小时候跟爷爷学的绝活。春天点的是百合桂圆粥，她拿着小勺，一小口一小口吃着，她说，小时候，她最爱咳嗽，她妈妈总是想方设法，找来百合，与雪梨一起炖了给她喝，炖过的百合，再放到粥里熬成百合粥，这样的粥吃了一次又一次，她长大了，病也好了，可她妈妈却去世了，这百合粥让她想起母亲。我对芥菜粥情有独钟。点缀在白粥里的芥菜，像翡翠般晶莹剔透。在我们老家，芥菜是有药用价值的蔬菜，特别是二月二的芥菜粥，说是可以预防皮肤病，于是种芥菜，吃芥菜粥，成了我老家特有的习俗。现在，生活条件好了，我很多年没有吃到芥菜粥了，没想到却在这里遇到。往昔的岁月，让粥菜的滋味变得悠悠长长。

大鱼大肉之后，小菜淡粥分外可口，灯红酒绿之外，“柒捌玖粥铺”昏黄的灯光温馨而柔和，这个受地域限制而显得有些逼仄的富裕小镇，因了“柒捌玖粥铺”而让人安心了些。

“柒捌玖”用当地的话念来就是“吃白粥”，吴侬软语的，韵味深长，忍不住学舌了几句。

醉吹横笛坐榕阴

周末去福州旅游。刚到福州，就被满大街须发飘飘的榕树吸引了视线。

福州榕树特别多，仅市区就有两万多株。福州植榕的历史悠久，北宋时，为防旱涝，时任福州太守张伯玉，即令编户浚沟七尺，植榕绿化，数年后，“绿荫满城，暑不张盖”。榕树是福州的市树、福建的省树。福州有“榕城”之称。

榕树有雌雄之分。须发飘逸、果实稀少的白皮榕为雄树；叶片大而薄、不长胡子多结果的是雌树。榕树的垂髯，是榕果受鸟兽活动和风雨影响，使它附生于母树上，又撷取母树营养，长出许多状似胡须的气根。在福州街头，看到的大多是长髯飘飘的雄榕树。这些作为行道树的榕树，树龄都不太长。树龄长的古榕树，树枝上的气根落地入土后，成为支柱根。天长日久，柱根相连，柱枝相托，枝叶扩展，就形成遮天蔽日、独木成林的奇观。福州最大的一株古榕树，树冠覆盖面积达15亩，可让数百人乘凉。生长于田间、路旁大小榕树，洒落一地地阴凉，都是一座座天然的凉亭。“老子人间无着处”的李弥逊，可以隐退在“榕叶满川飞白鹭”的连江横山阁；“白发未除豪气在”的陆游，可以在东南小城“醉吹横笛坐榕阴”。

在我海岛老家，因台风频繁，极少见到大树。小村落里，靠海边的山坡上，却有一株年代久远的老榕树。它是棵雌树，没有须发，一米多高的树桩上分出两个粗枝三个细枝，像屈起的手掌，又像热气球下的篮子。粗枝须两人合抱，细枝直径也在半米开外。枝条在空中交错成片，树荫足有一二亩地，摇曳着赏心悦目的青翠。枝叶繁密的榕树，巨大的树冠是鸟雀的家园。树荫下，却是孩子们的天堂。我小时，每天都要爬进“篮”中玩耍。坐在光滑的树桩上，背靠树杈，望着如云的树冠，想象自己是一只筑巢的小鸟，一觉醒来就会展翅飞去。夏天，孩子们在树下跳

"房子"、滚铁环、玩木头人游戏。天热时，为贪恋树荫下的凉爽，我们还会端着饭碗坐在树下细嚼慢咽。男人会在树下搓麻绳、织网、修理渔具，女人会到树下缝补衣服、织毛衣、绣花，边干活边闲话家常，或相互打趣，榕树下时时掀起一阵阵欢声笑语。

初春，榕树长出一个个淡绿色的果子。到了夏天，果子成熟了，像极微形的红富士苹果，红红的果皮上均匀地撒着白点点，尤其晶亮可爱。果子将熟未熟时，鸟雀就把它当成果腹的食物；果实成熟后，就成了孩子们解馋的美食，因为果实多，从未出现与鸟雀争食的状况。游泳回来的孩子，拣海螺回来的孩子，追着蜻蜓跑得一身汗的孩子，都会聚到榕树底下，拣一捧新鲜的红果子。胆子大的，身手敏捷的，就攀爬上树摘下满满一兜。

海岛草木稀少，煤气灶未普及的时候，路上有一根草，都要捡回来当柴烧。榕树枝叶繁茂，却从无人去打它主意。曾经捡了一大抱榕树的断枝回家给妈妈当柴烧，妈妈却笑着把它扔到门外。后来才知，榕树是一种大而"无用"的植物，用它造船，船会沉；用它做棺木则容易腐朽；用它做门户，不仅出汁且易被虫蛀；用它烧火煮饭又没火焰，烧上三天三夜，饭也不会熟。海岛上那些有用的松树柏树，都成了灶下灰烬，只有它长成巨树，荫庇数亩土地，"垂一方之美荫，来万里之清风"，成了故园的象征。

"无所可用，故能若是之寿。""无用"的榕树，不妄自菲薄，不畏风霜雨雪炎阳酷日，年复一年，终长成一片荫天庇地的绿荫。这绿荫，你扛不动带不走，却在心事沉沦的时候，以故园的姿势荫庇你；在午夜梦回时，帮你捡拾起一片片失落的诗心。

那夜的诗行

那夜似挂在记忆深处的一个空灵的梦，梦里，她轻盈如踏歌而行的仙子，走在人间的诗行里……

后来想起，那夜是有一弯冷月的，一弯如娥眉如银钩的冷月，它只是躲在薄霭深处，躲在霓虹深处，它只是化作一盏寻常的人间灯火，像误入凡尘的仙子，偷偷地踩着凡俗的节拍，袅袅娜娜走在树梢间，把这一句人间的诗行洇染得更加悠长、更加淡远。

是的，都说这是苏东坡留在人世间的最长的诗行——从风雅雍容的宋朝一路走来，历经无数风霜雨雪，浸润无数雪月风花，到那夜，那霜的风将降未降时节，这诗行，风情万种地魅惑着无数寻觅的脚步，滋生出无数缱绻深情。华灯初上，他和她汇入了千千万万寻诗问句的行列，溶入空蒙的湖光山色中。

路面有些黝黑，是早先一阵细雨的痕迹吧，华灯却给这黝黑绣上几道斑斓的丝线，两旁的树木不时飘下一张张形态各异的叶片，又为这黝黑添上金黄的花纹，走上这条路，仿佛踏在黑底金花厚地毯的华丽殿堂。这是何等华贵的路啊，像一行辞藻优美的诗。他和她，也化作了诗行里的一个词语，一个平仄。

柳条低低地垂下来，香樟高高地挺举起，那些在春里美艳绝伦、在夏里枝叶葳蕤的桃树，在秋里刮起香风馥雨的桂树，此刻像洗尽风尘的女子，淡然地依在香樟的浓荫里。他和她，撩开柳条，沿着湖边的小径，款款而行。湖边的石椅，被一幕幕浓情蜜意装点着，叶的声，波的声，在风里，喁喁似情语了。湖水延伸开去，到湖心，到彼岸，笼住些雾的轻纱，牵住些霭的衣袂，无限娇柔地偎进夜的柔波里。

那些桥，让这诗行平仄得有些繁复，又灵动得扣人心弦，“跨虹”“束浦”“压堤”“望山”“锁澜”和“映波”，多么美丽的名字，在那夜，这些桥把诗行演绎成武侠小说里白衣侠女的武功秘诀，姿势那么优雅，而招式又那么缠绵。

风远远送来《印象西湖》的乐声，这诗行便成了可以歌咏、可以吟唱的乐章；风轻轻吹开密密的叶，月的光、灯的光洒下来，这诗行就成了可以观赏、可以品味的图画；风吹来冬的寒、夜的寒，他和她才感知手心的暖、心底的暖。

他记得那夜她的衣装，一条玫瑰色的大披肩被她披成可御寒的霓裳，长长的流苏随着她行进的节奏轻轻摆动，风过时，她长长的发丝与流苏一起飘动，像湖面上荡漾一层一层细细的柔波。她站到一棵树下，望着远处的烟岚，说，我唱几句吧。便听她唱道："绕绿堤，拂柳丝，穿过花径，听何处，哀怨笛，风送声声，看风过处，落红成阵，牡丹谢，芍药怕，海棠惊……"他顿觉，拂面的风也柔了，时间静止了，似乎有一抹淡淡的哀愁沾染在她的眉心里，他的心微微地疼了起来。许多之后，他想起那时那刻，那疼依然会有清晰地泛上来，提醒他，那夜，不是梦。

他走在她的身旁，不早一步，也不迟一步，平行，徐行。不时有晚练的人气喘吁吁地跑过，不时有陶醉的人高声吟啸而过，只有她是轻悄的，似一枝月下的海棠，他忽然明白自己是如何爱上身边的这个女子了……

喜欢像唤着爱的人的名字一样念着这长长的诗行，苏堤——苏堤——，一声声柔绵得如同柳丝轻抚夜的波。那样的夜，相爱的人牵了手，彼此相望一眼，情谊已氤氲成诗行上的平仄了。

那夜，是一壶浓酽的酒，想着想着，心醉了。

念念风荷

许多年前，你正青春年少，读席慕容的《莲的心事》，你就想去看那一朵幽叹的盛开的夏荷，可许多年之后，你仍然是那个不是来得太早，就是太迟的人。

初春时，在西湖，你与才露尖尖角的小荷偷偷许下一个约定：今年夏天，在她最美丽的时刻，无论如何，都要与她相见。可是，你还是来迟了。霜风虽还未来侵蚀，秋雨却已滴落，在旅店，听了一夜的雨声，你心里充溢着残荷雨声的凄怆。

天一露白，你便骑车奔向曲院风荷。天空少有的清朗，雨后的白堤，微风徐徐，草色青青，垂柳依依，水波轻漾，曲院风荷的石碑前，两个红衣少女，争着与石碑合影。“西湖山水还依旧”，可成片绿意纵横的荷，却再难寻一朵红艳。你终是来迟了，她终是没能等到你。

在曲折迂回的石径上，你懒懒地走着，你不知世间有什么经得起这样一次又一次的错过，这年头，人手一段怅惘，就是因为一次又一次不经意的辜负，因为一段又一段半途而废的诺言吗？清晨的阳光金子般地洒在阔大苍绿的荷叶上，给荷叶涂上点点金箔，荷叶放射状的经络清晰如掌纹，边缘已有些枯干焦黄，枯败的命运如此一目了然，阳光的金箔更让她像迟暮的美人，她初春时的青翠和羞涩呢？她曾卷屈如婴儿握拳的手呢？为什么所有的所有，都这样经不起岁月？谁说荷的一生都是美丽的，留得残荷听雨声的诗意里，是怎样的忧伤和失落？

在青帘坊前，你坐下来，阳光把“青帘坊”三个字照得半明半暗，青帘青帘，你以为说的是对岸苏堤的绿丝绦，可在坊前小坐，与亭亭的荷叶平齐，放眼望去，荷茎疏疏落落，阳光穿叶而来，竟像一道绿帘，原来你的误会只是你没有低下身子换个角度去看。你用手里的枯枝有一下没一下地拨拉着湖水，一片贴水的莲叶卷成一叶随波轻漾的小舟，两滴水珠在小舟上滚来滑去，像两个顽皮的孩子在追逐嬉戏，一会儿融合到一起，一会儿又分开两处。这莲叶是尚未开全，还是已枯败，这时节，应是枯败才对，可叶片虽带了点嫩黄，却水光莹亮，是贴水的缘故吗？你查看许久，终不得解，看水滴滚来滚去，分分合合，玩得不亦乐乎，你笑了，你竟不如这水珠豁达，新枝或枯叶又何损于水珠的快乐？

一条红脊小鱼慢慢地游过来，嗅一嗅你探在水中的枯枝，然后摇头摆尾悠悠然游进你身后的荷丛，你扭头回望，目光远远地追随而去，两朵红莲施施然走进你的视线，你的心一阵狂喜，真是蓦然回首，那人就在灯火阑珊处啊！

你冲到离她最近的地方，从包里掏出相机，把焦距拉近又拉近，你恨不得把她的千娇百媚、她的风情万种都拍下来。不一会儿工夫，她的远影近照，她的红瓣黄蕊，你都一一记录了，你忽然发现，她与你心底的影像重叠了，你是见过她的，你曾在午夜梦回时，听到她幽幽的叹息，你曾在心境澄明时，看过她濯清涟而不妖的身影，你曾在心事彷徨时，闻到她清新的荷香。你的心释然了。此刻，你与她默默相对，你想告诉她，你懂的，你一直都懂她的心事。

这时，你看到一个年过花甲的老人，扛着三角架，背着相机走来。他在你身边停下来，你以为他要拍这仅存的红荷，你让到一边。老人却只把相机架在三角架上，然后坐在一旁的石凳上，看着你不解的眼神，他笑道，从小荷露尖角时，就每天都来拍了，荷花盛开时，这里到处是人，摄影的，赏花的，挤挤挨挨，真是人比花还多。其实荷的美，要细细体会的，映日荷花别样红是美，但在月夜，在清晨，在雨中，她更美得超凡脱俗，甚至零落的秋荷，冬季的残荷，都美不胜收。他给你看刚拍到的翠鸟，黑中泛绿的翅膀，黄绿融合的羽毛，站在枯干的莲蓬上，嘴里叼着一尾寸长小鱼，左盼右顾，似在寻找分享收获喜悦的同伴。枯干的莲蓬，因它的小立而一派生命的欢喜。

你忽然有一些些颖悟，秋荷于你，就像曲院之于风荷，是归属，是包容，是心尖尖上那抹也抹不去的点点情思。在曲院风荷，你看见一池残荷，在自己的国度里倾城，你便用自己潮湿的心，握一把淡而清新的香气，你站起身来，任阳光用温暖的肩替你掮起了一个悠远的怀想，那个从年少开始，孕育于春天，丰盈于盛夏的怀想。你终于安下心来，与秋天，与残荷，握手言欢。

开化龙顶

植物是有格的，尤其是茶。

这种觉悟，是在开化的大龙山村，闻着淡淡龙顶茶幽兰似的清香，望着云雾缥缈中的山峦，浓稠的绿和轻盈的湿意流淌着，清风一吹，心间顿时泼了水彩似的，绿了一片。绿是低温的，持续的，有着绵延不断的执着和朴素的温暖，足以让人萌生希望，也足以让人沉静、清澈、空灵、颖悟，如佛坐菩提树下顿然开悟一般。

随采风团到开化，被水的清澈迷醉了似的，人人一脸的天真，言谈举止也失了束缚似的轻狂起来。想来也可理解，都市烟尘染久了，蓦然落入一片青山绿水中的“温柔乡”，空气洁净到让人醉——所谓醉氧，难免不会像脱缰的野马似的，满嘴跑起火车。

车在山中盘旋，从一片绿到一片更深的绿，从一片清新到别一片更悠远的清新，并不觉路途遥远。在开化，似乎遇到任何震撼的绿或清新，都不会太惊奇——已惊奇到麻木了！

到大龙山村，已是午后，一向中午不睡下午崩溃的我，中午没睡，居然还能精神抖擞，可见也是山水之功了。

一缸开化龙顶捧在手中，白烟袅袅，茶香盈盈。缸是“文革”时盛行的印有主席语录的茶缸，白瓷的，不精致，却有朴素的厚实。茶在缸中一点点舒展开来，如一群绿衣的舞者，舞动着裙裾，唱一曲《江南忆》：江南忆，最忆是钱塘……

听村长絮絮说龙顶茶，如数家珍，言辞间的欢喜，竟是对自家孩子的疼爱和自豪。

开化县位于浙西、浙皖赣三省七县交界的“中国绿茶金三角”地区，钱塘江的源头。境内山高林茂、云雾缭绕，生态环境不受污染，有着独特的茶树生长条件。开化四周群山环绕，东有白石尖，西有石耳山，北有大龙山，南有南华山，峰峦环列，形成了全县四周高、中间低的地貌，再加上地势西北高，东南低，由此形成了丰富的漫射光和小气候环境，大龙山上，更是“晴日遍地雾，阴雨满云山”。著名作家、茶人王旭峰说：“开化茶好，因了陆羽‘阳崖阴林’之境。”至于龙顶茶名，据说是明朝开国皇帝朱元璋未登基的时候赐予的。

开化龙顶，真是有福的。天赐的福，地奉的福，更是人和的福。

开化人为保钱塘江源头的每一滴水，一如最初花瓣上叶片上生成时的清澈，他们放弃了可以快速致富的工业，放下了手中的砍柴刀，拒绝了一棵古树几百万的诱惑，清贫地守着一湾清溪，高贵地护送一湾清溪流出县域。大自然便馈赠给他们满山青翠，一天一地的纯净，和一叶一片的龙顶茶。

清明到谷雨间，茶人上山，只采长势旺盛健壮枝梢上的一芽一叶或一芽二叶，经过经验老到的茶艺师杀青、揉捻、初烘、理条、烘干，那一缕缕白云深处的孤芳，一番精工细作后，收敛起满身的清逸，化作凡间女子的模样，紧直苗秀，身披银毫，色泽绿翠，幽幽兰香，清丽持久，只待遇一知己，以清水冲泡，重又唤回前世的记忆。用了尘俗的言辞描述，便是：茶味浓醇鲜爽，汤色嫩绿清澈，叶底嫩匀成朵，果真“山高林雾密，龙顶入喉香”。开化龙顶“干茶色绿、汤水清绿、叶底鲜绿”的“三绿”特征，更是钱江源头的“一绝”。

茶好，更须水清。明代陈眉公《试茶》诗中说：“泉从石出情更冽，茶自峰生味更圆。”清代张大复在《梅花草堂笔谈》中也说：“茶性必发于水，八分之茶，遇十分之水，茶亦十分矣；八分之水，试十分之茶，茶只八分耳。”足可见试茶水品的优劣，与水源的关系甚密切。钱塘江，源头出龙顶茶，源尾产龙井茶，不能不说是水的功劳。

捧着手中的茶，更贪婪地细品起来。即便带些开化龙顶回家，也找不到开化的泉水来泡，这缕茶香，这口清冽，日后回想起来，必让世间所有的饮品都黯淡无光。

茶只无语，用沉默表达高贵，用淡泊展示着内心饱满的寂寞和欢喜。 植物有格，茶更有格，开化龙顶的格，是一种一切沉淀在心的品质。一如开化的山，开化的水，和开化的人。

玫瑰之约

离开开化源头的钱江水，只轻轻转个身，就成了衢江。衢江就像一位刚走出深山乡野的秀美村姑，清新，俏丽，透着轻灵，散发着幽香。

衢江人是有福的。一江清流就是一江财富。他们可以选择的很多。造纸业、化工业，他们都曾经独领风骚，成为业中翘楚。这些产业，于他们，是熟手艺老行当，若为单纯拉高GDP，这些必然是极好的方式。

但是，衢江人的选择出人意料。他们放下了砍柴刀，扛起了花锄。他们向往金山银山，但更渴望绿水青山，他们要守住上天恩赐的这一方肥沃的土地，更要守护这一湾洁净的江水。

春日的午后，当我随采风团一行走近莲花镇月山村九九红月亮湖玫瑰园，玫瑰以娇媚优雅的方式迎接我。我发现衢州人何其智慧。在经济建设和保护母亲河之间，要找一个平衡点，生态农业无疑是个智慧的选择。他们深度挖掘竹炭文化、玫瑰文化、湿地文化，形成以生态景观为主体、“林家铺子”为补充的生态旅游圈，走出一条生态富民的新路，实现群众对美好生活的向往。

玫瑰园里，花香如海。漫步花间，艳粉的玫瑰在微风中摇曳着柔韧的腰肢，绿叶谦恭地衬着花朵，一半碧绿，一半红艳，大自然的手笔胜却万千能工巧匠的深思熟虑。空气被花香渲染得浪漫风雅起来，略带甜味的香气一阵阵如潮涨来，让人有片刻眩晕。美，是有层级的。这是没办法的事。在玫瑰园里，那些星星点点的婆婆纳，就像星星掩没在阳光下，存在着，却又那么彻底地被人忽略。

花农在给玫瑰蓓蕾套一种白色的网罩，仿佛面纱，轻笼着玫瑰娇艳的容颜。他那古铜色的手指，粗糙，短小，伤痕累累，可手法却如此灵巧轻柔，仿佛手下的花是他珍爱的小女儿，满园的玫瑰被他侍弄得像一群娇憨矜贵的大家闺秀。他的眉眼间，充溢着冲淡宁和的气宇，仿佛当一名花农，便是人世间最美好的差事。

谁说不是呢！

这里曾经是一片荒山低丘，种不了莲花和稻粮，也种不了甘甜的衢州椪柑，这里的农人只能守着几分薄田，艰难度日，或外出打工，另谋生计。眼见母亲河衢江的乳汁日夜流淌，却滋养不了这一方百姓，月亮湖的滟潋波光，也只如月亮般清冷，温饱不了这一方水土。衢江人纠结过，尝试过，彷徨过，无奈过，几经周折，终于等来了机遇。2007年，经考察对比和水土检测，专家们发现这一带丘陵非常适合种植欧洲香料玫瑰。于是，500亩的玫瑰，亮丽了这一片山野，也亮丽了一方百姓的笑脸。1000平方米玫瑰精油加工车间，500平方米玫瑰饮料加工车间及配套房舍，2000平方米多层周转仓库的落成，真正将一朵小小的玫瑰打造成一个大产业。休闲、娱乐、采摘游和观光游活接踵而来，更让这个产业焕发出勃勃生机，玫瑰园成为集经济与观赏价值于一身，集生态种植示范、旅游观光度假为一体的人间胜地。

玫瑰加工厂房里，一篓篓紫红色的花蕾，芳香了整个宽敞的厂房。它们将被制作成精油、花茶、食品和化妆品，通过建立在全国各地的一千多个销售网点，带着衢江的清澈、大气、丰沛，走进千家万户，走遍大江南北。

善治水的父母官，也必能理好政，因为都是要处理好人和自然的关系，异曲而同工。衢江人无疑是深谙此道的。一条美丽产业，才配得上衢江的绿水青山。

江南是水做的。一方水土养一方人，一方人也必须守护好一方水土。只要人人都当“河长”，且饮且珍惜，保护好钱塘江“母亲河”，尽心守护人类的生命之源，我们儿时嬉戏游泳的河流定会再现。

潇洒桐庐

桐庐太美。像美名在外的女子，不知不觉地，就成了一些人心心念念不肯老去的梦中情人。

“钱塘江尽到桐庐，水碧山青画不如。”“三吴行尽千山水，犹道桐庐景情美。”“山明水嫩。潇洒桐庐郡。极目风烟无限景。说也如何得尽。”……这些耳熟能详的诗句，让桐庐随诗人的吟诵，抵达无数人心底，让人在各自心中自行搭建一座潇洒桐庐郡，描绘一幅《富春山居图》，任时光流转岁月更迭，也永不漫漶。

此番采风到桐庐，是对诗境的实地踏访，更是对《富春山居图》那绝美佳作的仰望。让我猝不及防的是，这个城市自知美而不自骄，像天生丽质的女子，仍低眉顺眼，勤勉自制，孜孜以求，丰厚着自身的内涵，将美转化为生产力，以一着生态之棋，潇洒地打造一棵“活力桐庐、富裕桐庐、人文桐庐、和谐桐庐、山水桐庐”的五彩奇葩，让富春江因她而更娇美，也让富春山居图再添潇洒、豪迈、奋进的一帙。

趋车于街上，两侧的绿化带做得十分精巧。历史留给桐庐的两千余首诗，随处都可以俯拾几行诗句，一不小心，你就会被那些诗句牵引着，误入唐宋的街巷。这个季节，绿的青翠，红的娇艳，还有紫的黄的蓝的花草树木，直把城市装点得花园一般。一片由二十余幢大楼组成的迎春商务区，也成了花园中的一景，钢筋水泥的坚硬化为力透纸背的线条，潇潇洒洒地绘就一幅富春城市图。

到桐君山，寻访那位悬壶济世而不留名的老人，桐庐因他而名，也因他的悲悯和慈爱而在历史的长河中，几经磨难而丰沛优雅，美丽仍旧。桐君山上，梧桐身影处处，阳光从碧绿桐叶间筛下金色的碎粒，洒在那个清癯老人修长而伤痕累累的手上，他手中的药草仿佛还沾着水珠，深吸一口气，隐隐的药香贯穿肺腑。草庐已不知所踪，只留下一座小小的庙宇，几缕香烟缭绕着那个美好的传说。富春江水近在脚下，阳光织一片粼粼的锦缎，谁在江面散尽千斛金子？便想起那句话“绿水青山就是金山银山”。富春江是滋养桐庐的母亲河。桐庐的灵秀，是富春江的水汽雾气和草木的清气浸润出来的；桐庐的富裕，也是滔滔的富春江和江畔的叠叠青山一咕嘟一咕嘟地吞吐出来的吧？而桐庐的潇洒，也正是在山霭和白云间悄然凝结，随一阵轻风荡漾开去，桐庐人的心间便有了云的高度和霭的清逸。

行舟于江上，富春山居图中的青山迎面走来，山被丰饶的林木覆盖，阳光走在幽深葱郁的枝叶间，突然乱了脚步，一枚枚金色的脚印，踩出明与暗的光影艺术。桐花黯淡下去了，偶尔有一点淡淡的紫，也柔弱得扶不起似的，只有金樱子在绿树间制造一片又一片纯洁的恋情。风从林间兜兜转转，江面便荡开几多涟漪，林木的清气混合了水汽，凝成一缕清淡如兰的香，沁人心脾。

江面开阔，绿水悠悠，哪些是我曾经见过的钱塘江源头娇嫩的水滴？从源头到这里，她们几易其名，钱塘江衢江乌溪江婺江兰溪江富春江，数千公里的行旅，多少险滩多少风雨，容颜未改，清丽不减，是多少人的努力呵护，其中多少挣扎中的抉择和多少抉择中的挣扎啊！“发展可以慢些，也要护一江水的清澈。”桐庐当家人这么说时，多少人安下心来。浮躁的人心，多需要这一江清澈的涤荡和洗礼；浮躁的信仰，更需要这一江清澈的沉淀和超拔。

其实，看看蓑衣垂钓的严子陵就明白了，放弃是更深层次的拥有，低处是更难抵达的高境。想来，范仲淹也是在钓台下写的《潇洒桐庐郡十咏》的吧？“潇洒桐庐郡，清潭百丈中。钓翁应有道，所得是嘉鱼。”顺着他的目光看去，江虽还是这条江，水却是时时不同的新水，那些不能游泳的河里翻着白肚皮的鱼，应该叹息，做一尾富春江的鱼儿是多么幸运。同样，钓翁也该庆幸，时至今日，历史的卷帙已尘埃漫漶，却仍有那么多人从俗世的功禄里抽出身来，追随着他，“不闻歌舞事，绕舍石泉声”，用平淡赢得一方的安逸和清净，用无争换取一江的清澈和美丽。

这，才是真正的潇洒吧。桐庐潇洒得果真不同凡响。

齐溪的雨声

中午从杭州出发，行行复行行，采风团一行到开化已是黄昏。

春山在细雨中逶迤。那些深深浅浅的绿，娇憨，蓬勃，有种不自知的美好，让人不由得心生欢喜。车在高速行进，可总也走不出春山。像赴一场豪奢的盛宴，不必急吼吼地看风景，不用担心美景稍纵即逝。有一搭没一搭地看，漫不经心地把自己幻化成春山里的一草一叶，或干脆闭上眼睛，感觉那些幽微的气息，来自虫鸣，来自绿叶，来自溪流，来自每一枚欣然盛开的生命蓓蕾。

路越来越弯，越来越窄，清溪越来越近，仿佛伸伸手就可触及。空气似婴儿的呼吸，弥散着大地的乳香。负氧离子酿了一坛醇香的美酒，泼得满山满谷都是清香，让人沉醉，也让人分外神清气醒。黄昏独有的雍容的气定神闲，雨天别具的低温的缠绵悱恻，在开化叫齐溪的一个小小峡谷里，亲密地洇染成一场春山黄昏雨，让眼波柔软，让心潮低回。

听开化的当家人说开化，语声语调里满是自豪。说得最多的，是水。如数家珍。寻找不可游鱼的河。找到有奖。每条河，每道溪，都清冽得让人不忍濯足，都只想掬一捧入口洗心洗肺，咋会不是鱼儿的乐园。人在岸上走，鱼在水中游。天经地义。可如今又是何其难能可贵，许多许多地方，寻一条可游泳的河，都是不可企及的梦想。还有，寻找有矿泉水瓶的村庄。村庄里随处都是矿泉水，瓶装矿泉水自然无立锥之地。角度虽小，却那么清晰那么自傲地彰显了这一方水土的不一般。喜欢这份言辞里的自得。因为自得的背后，是清溪和青山筑就的底气，是烟雨与山岚织就的空灵。

夜来，山乡静谧，雨水穿越树叶伴着溪水，特别清越清脆，雨声的旋律如一阕声声慢。远处有蛙鸣，轻微得像梦中的一声呓语，只一现，便消失在绵密的雨声里。

这，只是到开化后的匆匆一瞥。但，明天的开化之行，惊艳，没有悬念。

就像，不用看懂离骚，就能感觉其大美。这里是钱江源头，我要把这样的清澈，一路带出去。

安吉访竹

每一个地方，都会有一种与她气场相契合的植物，像胡杨之于沙漠，紫柳之于高山，杨柳之于江湖，白杨之于黄土坡，它们相互依存，相互成就，在无涯的时间荒原里，掩去彼此光芒的棱角，留下岁月磨砺后的圆融和通透。

契合于安吉的，无疑就是竹子。这个取自《诗经》“安且吉兮”的地名，在近两千年的时间洪流里，安稳静好地守护着一方天地。好地方，跟好人一样，都有一样美好的品质，那就是包容。竹子，生性清淡，不枝不蔓，不以花艳讨喜，不以叶阔惹眼，只以一身笔直青翠，击破所有浊世的繁华。它缠绵于诗，缱绻于文，被当作感情的化身，可它终是孤独的。安吉便以母亲的胸怀包容了它。

安吉是竹的家园。这里有四百多种竹，几乎世界上所有的竹都能在这里找到自己的兄弟姐妹。来自世界各地的奇篁异筠与寻常巷陌的芦竹苦竹，在这里友好牵手；伟岸凌空的毛竹与低矮匍匐的琉球矢竹，在这里深情对望；形如缨花枪的枪刀竹与优雅端丽的金镶玉竹，在这里把手言欢。紫得发亮的紫竹、红中带紫的金竹、花色斑斓的角竹，绿皮黄筋竹，黄皮绿筋竹，它们则是竹中的女子，花枝招展，妩媚妖娆。那围着母竹不离不弃长得葳蕤茂密的孝顺竹，简直就是一幅亲慈子孝的亲情图。还有黄槽竹、高节竹、斑竹、金丝毛竹、灰竹、黄秆乌哺鸡竹……只这一说，眼前便一片清风摇曳，竹影婆娑了。

清晨进竹博园，竹子都在浓雾里，惺忪着眼，睫毛上亮着露珠。瞅一眼，胸腔内盈满清气。果然秀色可餐。深吸一口，再深吸一口，晕陶陶的，险些醉了。久在都市里浸渍，几曾遇到这样的清新，醉也是当然。满目的青翠，让眼睛失了分辨力，仿佛只需这一种颜色，便可旖旎整个世界。敲开一座泥墙茅草房，听到了孟宗哭竹。远在三国的孟宗，凄凄惶惶地抱竹一哭，直把天寒地冻的山麓，哭裂出数茎嫩笋，他捧鲜笋汤喂病重的母亲，母亲喝着，喝着，病便好了。竹子心软，它愿意成全世间的孝子。路过一座竹庐，斑竹幻化为衣袂飘飘的湘妃，她们哭着心爱的男人，心有多痛，泪有多少，爱有多深，情有多美，竹子慈悲，斑斑点点，一一记录了。墨竹院内，诗意的狂草与结构的幽默，竹子承载着，让翰墨飘出立体而浮雕的香；走走竹峰栈道，身子轻了，仿佛也要如《卧虎藏龙》，脚尖踮着细竹竿，在半空闪转腾挪，潇洒飞驰。

在一丛苦竹前停下步来。一山翠绿如海的竹林中，高不盈丈、粗不过指的苦竹实在太不起眼。苏沧桑说淡竹是混得不好的中年男子，那这苦竹，就是出身寒门，又七灾八病，整日里泡在药罐子里，形纤骨瘦的女子了。那黄渍渍的叶，半枯半干，像守寒窑的王宝钏，苦哈哈地熬着日子，熬得一身的苦味，黄獐都不吃它的叶子，山鼠都不啃它的嫩笋。它质脆篑粗，剖下的篾编不成筐，镂不成花，甚至，它熬不了火，烧不成炭，简直百无一用，不招人待见。可是，你万万想不到，它是笛箫的前世今生。它形容憔悴，它萎靡困顿，是因为它像蚌，用所有的精血都用来养沙，那些清越的声音，那些悠扬的旋律，是熬在它腹中的珍珠。

竹博物馆是六千年竹文化的浓缩，看一看竹编的《清明上河图》《兰亭序》，便知安吉的竹编艺术已是何等精深了，世界上最粗最大的巨龙竹、实心的古里竹，都不足以一叹了，毕竟这是天工，而安吉人更善于巧夺天工。

怎么能没有熊猫。辟在园子东北角的熊猫园，让竹子变得有滋有味。憨态可掬的熊猫在它的领地里，旁若无人地啃着竹子，晒着暖阳，肥肥壮壮的身子，直把笨拙演绎得比灵巧还可爱。

在竹子的绿影里喝一盏安吉白茶，生在竹乡的吴昌硕，一盏一盏喝着，便喝成了一代名家，他的诗、书、画、印都染了竹的清气茶的清香。安吉也不客气，名正言顺地把世界人居奖和“中国竹乡”的勋章，挂到了自己的胸前。

明茶叙

我们把盏对坐，品饮着西湖饱满的清香，在八月柔美的夜风里。

正是国庆黄金周期间，白堤上，游人如织。夜的风轻而柔，撩拨着四散的发，层叠的裙裾凌乱的、翩然的。两侧的湖水轻漾，垂柳微殇，游人或急或徐的身影，或高或低的笑语，白堤的韵致在间或顶着闪光牛角的童趣里闪着绿莹莹的光中倏忽而过，此刻的白堤深沉而亲切，厚重而轻灵。踩着轻轻的步履缓缓行来，西湖秋的梦呓响自足间的得得。

茶室就在白堤上，亭、廊、阁沿着层层叠叠的翠绿阔大的荷，在湖畔绕成T字形，亭子四周挂竹帘，廊下摆竹椅竹桌，墙角种竹子，这一“竹”字文章，经店家轻描淡写地做来，十分巧妙、雅致。来此喝茶的人，大多是满目红尘，满身烟尘，进得门来，便有竹影可涤心尘，有竹椅竹桌可偎疲身，有竹帘可弄隔帘花影，心身俱为妥帖了。平常最不喜附庸风雅，却一不小心被店家的手笔折服，原来许多年后，依然对风雅毫无抵抗力，心甘情愿地附庸了一把。

原以为会有很多喝茶的人，却不料来得正是时候，前一拨刚离去，残茶还未收拾干净，亭廊内寂然无声。与红袖择亭内沙发而坐，点了茶点来品。对茶，我一向没有心得，因睡眠问题也颇忌讳，入此茶室，便入乡随俗，总不能对店家说：不要茶，只喝白开水！人家还当我是来踢馆子的！点了人参乌龙，其实是贪恋那茶中的清甜——我就是贪甜的人罢。红袖是雅人，正儿八经地点了新摘龙井来品，那龙井在薄透的玻璃茶杯内沉沉浮浮，仿若绿衣的舞者，倾心倾力演绎一生的悲喜，方知店家为何选了轻浮的玻璃茶杯，原本好茶不是应盛在蓝花或青花的瓷杯或陶杯里的吗？这一想，才明白我是占了大便宜的，龙井的美，原只在喝茶人的唇齿间回味，因了这玻璃茶杯，我才可赏及龙井姿势的美——这也算隔岸观花，隔帘弄影？

竹帘子被店家高高卷起，视野甚为开阔，此时，保俶山上的灯光如梦如幻，在清甜的茶香中品来，很有些湖上仙山的韵致，看久了，会以为是梦，背对它而坐，不为它所迷惑，偶然侧头一瞥，惊鸿掠影。偶有风过，亭下荷叶翻起绿浪。红袖说："荷花盛开时节……"我想象得到那成阵明艳。这荷只占西湖的一小隅，而此刻目光所及，皆是其浩大的声势。荷的绿在昏暗的灯光下，只是墨色的暗影，却更有回味的空间，仿若随意泼墨之作，疏淡有致。秋声渐响，花的艳去了，叶的绿也将去了，听雨时节，只留得零丁的残枝枯叶，收藏哗哗的雨声。这，都是风雅的事了。

不知何时，保俶山上的灯光熄了，夜色低垂在静静的湖面上。这时，亭内的灯光引许多小小的绿蛾不时地扑进来，那么柔嫩纤细的身体，那么细小单薄的羽翅，弱小得让人忧心：怎经得住渐起的秋风秋雨？绿蛾一只又一只停留在桌面上，盘中的瓜果上，茶盅里，仿若一行行灵动的诗句，一支带翅的小令，绕过传说，避开神话，将一湖苍茫的旧事优雅地写在杯来盏去中。

茶室名明茶叙，红袖说：大概是好茶待好友的意思。离开时，见墙角竹子间有蜘蛛忙着结网，为生计奔波的又何止是你我！明茶叙，便是在繁乱匆促的人生中，暂作歇息停留的地方。

当西湖遇上雪

生在南方，长在海岛，生命中有雪的日子不多，如果有，就一定得留给西湖，留给孤山，留给断桥。这念头，应追溯到遥远的童年，外婆摇着蒲扇，在夏虫的鸣啾中，讲白蛇传时。

这些年，总是去杭州，走西湖成了我的“业余爱好”，可是，遇到春花秋月，看惯曲院风荷，却一直遇不到雪。每每走在断桥，总觉得西湖欠我点什么，或者是，我欠西湖点什么。

那天，是奔着雪消息去的杭州，可阳光好得让雪消息成了又一则谎言。以为这一年，又要与雪擦肩，收拾行囊时，发现窗外飘起了大朵大朵的雪花，密密麻麻，仿佛谁抖开了装棉絮的袋子，漫天都是轻盈的飞絮。

向西湖。伞收背囊里，不想撑开，走在雪中，任雪花在青衣上印白花，濡湿一片，又印上一片，花一层层消失，又一层层印上，倒是帽檐上，薄薄地压一层，长发上也有，像黑色绸缎上跳跃了几丝浪花白，眉上沾了几枚，化了，溜到颊边，像泪，鼻尖也哈了几朵，然后就变红，像雪人脸上的红萝卜。

白堤上行人不多，却都兴高采烈，都是我的同路人，踮着脚尖走，跳着舞步走，踩的都是雪花节奏，仿佛矜持地走着，就对不住漫天的飞雪。雪一落路面便化了，只留亮亮的一道痕，两旁的草地上，雪轻轻悄悄地稳下身形，草用枯黄的小手臂护着她们，慢慢地，雪便把草掩在身下了，枯草正需一床雪被暖暖地盖着，好孕育一个青青的梦。柳树的枝条太瘦，接不住雪花，只不断地滴下水珠子。荷也用褐色的指掌捧一朵朵雪花，她们是在听雪吧，还是雪要借枯荷听雨声？一群麻鸭还在湖中欢快地游着，不时吆喝上几声，像是山歌，又像与同伴耳语，鱼早沉到水深处去了，他们忙忙地啄来啄去，是想尝尝雪的滋味吗？

断桥的雪，是要等残了才看的，那就去孤山吧。孤山的梅花早斟了一盏梅香等着了，远远地，就闻着醉了。红梅艳艳地映着白雪，妖娆得像上了浓妆抹了脂粉的女子，惹得人心里痒痒的，难怪那风雅至极的林逋要迎娶她，这新娘委实太迷人；白梅最是可怜，娇怯怯地藏在雪后，只是那红的黄的蕊，悄悄地探出来，还有那香，是藏也藏不住的，唉，白梅这新娘，合该有一场西式婚礼，让她成为主角。

几只麻雀在枝头寻寻觅觅，不会也是被梅香吸引来的吧，这时节，它们用什么果腹？吃花瓣，饮雪水，这风雅之地，平凡如麻雀，也如此风雅，比起那些酒足饭饱后附庸风雅的人，这些小麻雀可爱太多了。

曲径被雪掩埋，两行脚印清晰地书写着工整的偶句，让人实在不忍踩上去，生怕零乱诗句的工整和诗意，只好踮着脚尖小心翼翼地就着脚印，亦步亦趋。孤山下那一片完整的雪地，厚厚的，软软的，让人想躺上去打几个滚儿，可又怕踩坏它，只伸手轻轻拈起一片，放到唇边，凉凉的，沁人心脾的冰爽。湖边的长椅也披了层厚厚的雪，不知谁在椅子上画了两颗交叉的心，和两双手交握的印痕，再看那椅子，竟觉得那雪一定如白糖般，是甜的。

该驾一叶小舟，披一张蓑衣，温一壶酒，像张岱那样，在茫茫苍苍的湖上，看只剩淡淡一痕的断桥，遇三俩痴绝之人，把酒言欢。可我，哪有那份风雅，只好在咖啡屋前，抖一抖满身的雪花，扑面而来的暖风把眉间发上的雪花都吹化了，雪又一次深深地浸润我。捧一杯暖暖的水，一口口喝着，唇齿间竟都是梅香，或许是刚才在梅下站得太久吧。

咖啡屋正对着断桥，雪仍在落，断桥那盛大的爱情在雪中增厚。浊世的悲欢，凡素的冷暖，由一朵雪花开始，渐渐被掩埋，只任一场爱情从洁白剔透出发，不去想能走多远。即便雪残了，不也仍是一段轰轰烈烈的爱吗？

生命里的雪不多，有这一场，与西湖，与断桥，与孤山分享，便是生命的轻舞飞扬，便是人世的雪月风花。

DU AI CI JIANGNAN

第五辑· 独爱此江南

最美海岛八月天

八月的海岛像一位少女，经历了春的孕育、萌发，此刻出落得风情万种。如果说海岛的四季是一册厚重的线装书，八月就是她最动人的篇章。

八月的海岛也骄阳似火，但火里仍有微微的风，带着蓝色海洋的气息，吹在脸上身上，轻轻的，凉凉的，像喝了一口本地产的辛辣的"船老大"米酒后，张大嘴巴无言地呼一声辣，再咂巴着嘴，细细地回味酒后的一丝甘醇。八月的海岛不需接天莲叶的渲染，也不需映日荷花的衬托，她只收去烟岚，掠去浮云，让你站在岸边，望见遥远的海平线，心灵充溢着渺远的情思。

八月的海岛是万顷碧波上的一只摇篮，海水是一匹弄皱了的蓝色绸缎，你远远地用目光轻抚过绸缎，感觉身体也伸出了许多你并不知的或收藏得太久，忘了它的存在的触须，它们一一回传给你密密麻麻的信息，每条信息都那么柔软温和、晶亮剔透，像婴儿的肌肤，像记忆中母亲的手，像含在口中慢慢融化的冰激凌。而待她用细浪轻拍你，用浪花飞溅你，你却怯怯地只伸出一只纤细雪白的脚丫与她相握。然后，她就牵着你，一起奔跑，一起嬉戏，一起跳跃，一起把浪花拍成一团细碎的雪雾，再从雾里飞出一支欢乐的歌。她拽住你的长裙，像顽皮的孩子，把裙当成捉迷藏的小道具；她又涌起一层浪，在不经意的时候拥住你，你惊呼着从她怀中挣脱出来，想笑骂一声她的顽皮，可你已忍不住笑倒在她的怀中了。于是，你开始与她全方位亲密接触，风度啦矜持啦烦忧啦，你统统放下了，漂浮在这匹蓝色的绸缎上，望着湛蓝的天空，你沉醉在一个蓝色的梦里，清凉又爽脆，你知海岛就是以这样的气度，吸引一拨拨的人对她魂牵梦萦，难舍难弃。

八月的海岛是镶嵌在蓝色水晶上的绿宝石。岛是山之巅，你估测不出脚下这块小山坡的海拔多高。你抬头看看头顶的那片浓荫，有知了不知疲倦的欢叫，有麻雀扑腾着翅膀在林间穿梭。你还在一棵梧桐树的枝丫间，看到一个小小的灰色雀巢，你躺在不知是谁随手系在桉树间的破渔网上。那渔网撑开来，就是一张摇摇床，你掏出一本书盖在脸上，任渔网摇晃你，任海风轻拍你。略带咸腥的海风，吹上一会儿，身上就凉了，你又掏出一张报纸盖在身上，忽然想起小时候的一首童谣，“甘蔗皮盖眉毛，网丝盖肚脐，不知风从哪里来”。你不禁笑了，小时觉得这首童谣好没道理好夸张，你现在突然明白，海岛八月天的风是没有穿透力的，一张薄薄的报纸就可以抵挡凉意。微闭上眼，浪涛声声入耳，以前你以为浪涛声是单一的，一成不变的，现在才发现，浪涛的节奏如此变幻多端，时而是欢快的圆舞曲，时而是奔放的摇滚乐，你觉得那一声声浪涛的歌吟，其实都是海的情绪。你知道海不总是温顺的，八月的海岛，有最猛烈的海的狂啸。海岛的八月天，台风是一段又一段插曲。好像一部精彩的电影里，插曲一次次把剧情推向高潮。经历过狂风骤雨洗礼的海岛人，更懂得珍惜风调雨顺的日子，更无畏地直面生活的沟沟坎坎。

八月的海岛是一座天然的储鲜柜。早出晚归的渔船，总带来一篓篓活蹦乱跳的鱼虾。日落时分，你在家中把酒熨好，把粥煮得又稠又绵，然后，听到村口的小码头上有渔民的吆喝声，你拎个竹篓出去，鱼呀虾呀蟹呀，捡上一些扔在竹篓里，渔民只瞟一眼，报个价钱，你欣欣然给了钱，渔民觉得给多了，又往你的篓里扔下几只你平素最爱的虾姑，你过意不去，他却挥挥手毫不在意。

你被鲜虾活鱼宠坏了唇齿，你被凉风细浪牵住了情思，以致想不起世间还有什么能比得过这海岛八月天。你心灵坐标的原点，永远固定在东海边那个叫作洞头的海岛，永不漂移。

海岛的雪

气象台发布过几次雪预报了，但我们都没有当真。每次，雪的脚步声就在耳边了，雪却在离我们不远的地方，硬生生地驻了足。2008年那场惊天动地的雪，我们这儿，也就潦潦草草洒几粒雪籽，逗得我们心痒痒。多少年了，盼得眼都酸了，连诗人都只写这样的句子：雪，飘在别处。

晚上，电视新闻里到处雪纷纷，意兴阑珊睡去，半夜，感觉有些异样，掀开窗帘看，对面的瓦楞上，小区绿化带的草地上，盛开的三角梅上，一溜排开的轿车上，都敷上了一层白，是雪吗？急步跑到阳台，雪花一朵朵，跳舞似的，轻轻盈盈，摇摇摆摆，飘飘荡荡，伸出手去，一朵雪花，又一朵雪花，落在温热的手心里，瞬间消遁为凉凉的水。知道自己的爱，会伤害到她，急急地缩回手来，只用热切的眼光，目送着她们飘飘洒洒，心底仍是欢喜的，像母亲看着自己远行的孩子，像孩子放飞心爱的风筝。

再回被窝，枕上梦已细碎，簌簌的，心底里似一只细牙在轻啮。夜还那么长。恍恍惚惚中，一声惊喜的高呼：雪，雪啊，窗一扇扇呼啦啦地打开，窗后是一张张花一样绽开的脸，何其相似！雪，真是绝好的背景，映衬得人心里往外透着亮儿。

雪并不算厚，也不把所有都覆盖了，瓦楞上，黑白相间，是齐白石的手法，疏疏的几笔墨色，轻盈却空灵；三角梅的紫花，像悄悄掀了盖头抬眉偷瞄新郎的新娘，怯怯的，几许羞涩，几许欣然；行道上的榕树，苍绿的叶片，给白雪镶了一道翡翠丝边；屋前的孔砖，像一屉屉蒸笼，白馒头松松软软，似乎冒着热气儿；远山，是晕染在宣纸上的国画，写意地皴出朦胧的层次。这雪，是海岛在冬日的狂风中打的一个盹儿，薄薄的，做成一个浅浅的梦；这雪，是渔民下海前，轻咕的那一口酒，微微的醺，浅浅的醉，却让人心底儿热乎乎的，筋骨里都长了劲。

雪还在疏疏地飘着，多风的海岛，此刻却像被拢在一个大大的白色布袋里，所有的风都被挡在外面，所有的雨也被挡在外面，好像一个慈爱的母亲为蹒跚学步的孩子，安放了软软的保护垫，放心地让孩子恣意玩乐。提了伞走出去，却不撑开，任雪落在发上、身上，轻轻地踩在雪上，像踩在一个个甜蜜的陷阱里，仰起脸，雪在眉睫上踮起了脚尖，迷离了的眼前全是晶莹的珠翠，张开嘴，一片片收脚不及的雪跌落进去，化入了冰凉的琼浆，还不过瘾儿，轻轻地托起一把雪，含入口中，清凉入腑，是打通筋脉后的神清气爽。

路上还没有很多的人，几行脚印浅浅地逶迤着，像少女的心事，浅浅淡淡，又迷迷离离，不确定，却又那么真实而美好。红色护栏上，一条条透明的冰凌垂挂下来，长长短短，像一个个感叹号，又像一串跳跃的音符；伞形的玻璃路灯，成了一个个盛雪的银碗，“白马入芦花，银碗里盛雪”，高远的禅意如此轻巧地悬挂在眼前。撑开伞，玫瑰色的伞花在长长的堤坝上，在银色的世界里，像一首小令，绕过传说，避开神话，而成为尘世间一片凡俗的欢喜。

雪越来越密，纷纷扬扬的，漫天飞舞。人渐渐多了，都是热烈的情绪，一年级的孩子还是第一次看到雪，打雪仗是必需的，堆雪人也是必需的，雪地上打几个滚儿，摆几个“普士”留影，那些只在影视里看到的场景，这回要亲自演绎一番，主角范儿自是不能马虎，于是雪人堆得格外别致，圣诞老人的五官像白玉雕像一样圆润、慈祥；雪娃娃也有男有女，扎着冲天羊角辫的是女孩，绿叶片做成的翡翠项链俏丽迷人；戴红色棒球帽的是男孩，红色的扫把是哈利波特的魔法帚；临海的堤边，一个穿蓑衣戴斗笠的雪翁，正举着钓竿，独钓寒江雪；车顶上的雪，堆成了两个相依相偎的新人，在城市间招摇着甜蜜和幸福；梧桐树桠间，谁妙笔生花，点上桂圆籽的眼睛，和三根细树枝的爪子，一只雪狐栩栩如生。

政府办公大楼的屋顶上，笑喊声甚嚣尘上，平日里正襟危坐不苟言笑的人，此刻，忘了长幼之序，上下之别，以雪为器，你一把我一把，打得浑身是雪，再看着对方的狼狈样，笑弯了腰。

一个银花飘飘的老人蹲在桃花树下，将一捧一捧的雪放入一个青花瓷瓮中，几个女孩围过来，问，奶奶，你在做啥呀？老人慢悠悠地说：六月时，这雪水是清凉的药哩。女孩哦了一声，四散开去，对于药，一年级的她们是没有兴趣的。馒头庵里的妙玉与这些女孩年龄相当，她采梅花上的雪，积在鬼脸青的瓷瓮里，再埋在地下，几年后才取出来煮茶。那样的风雅，已不是她们的范儿了。老人扶枝小立，目光悠远，面容平静，轻轻哼唱的却是风雪夜归人。那遥远岁月里的风雪夜，曾有怎样的跌宕起伏在她的故事里流传？

雪住了。海面波平如砥，一屉屉紫菜架子，横竖撇捺，像在雨声中残荷；海天之间，远山是一抹空灵的筝鸣，近树是一群清越的弦音，一曲雪之乐，正悠悠回荡在海岛胸臆间，瑞雪兆丰年，这雪，把一份丰年的喜悦挂到每个海岛人的脸上。

积水沧浪一望中

1

在东海之滨百岛洞头，你无法忽略雄踞在本岛最高处，葱郁而秀丽的山顶上，那一幢古朴典雅、端庄秀丽的望海楼，因为你一进入洞头地界，他就会时时出现在你不经意的仰俯间和随意流转的眼角余晖里。这是一处地标似的建筑，走近他，就是走进一段历史，走进一方文化。

探访望海楼，是需要些人文底气和渔海情怀的。

望海楼所在的烟墩山，是洞头本岛最高的山，海拔仅270米。以车代步，座位还未焐热，人就靠近了他。如体力尚可，从盘旋而上的山道，信步走去，三四十分钟，便可来到望海楼脚下。山蜿蜒入海，海不澎湃，山也不峻峭，却分明又有着些许李白的醉意、陶潜的菊香裹卷盘旋。容身衰草茂树间，呼吸着满含绿意的空气，心头荡漾起清冽和悠然，便像怀揣一壶本地产“船老大”米酒，心底顾自酿了几许醇香。穿行在石头房屋鳞次栉比的小村落，不时被渔乡独特的闽越风情绊住脚步，又一次次陶醉在绵软亲切的闽南乡音里。

拾级而上，但见一座牌坊式的山门，琉璃彩绘，飞檐斗拱，古朴雅致，正中间“百岛一望”四个金色大字，灵动飞扬。百岛一望，望什么？望东海万顷碧波，望百岛秀美风光？还是唐代温州刺史、著名诗人张又新追寻洞头望海楼无果而作的诗“积水沧浪一望中”？又或者，望海楼，就是世人向百岛张望的一扇窗，百岛人望向历史的一面镜？两旁门柱上镶嵌着用青灰色大理石凿刻的一副对联，像给了我一个解释，“一海放千帆，美景难收，为有朝霞托日起；四时妆百岛，良辰未尽，更留明月待潮生”，墨意满满，大气磅礴，让人在恣意挥洒的墨迹之间通体舒泰，使得凡胎肉身有了走向高贵雅致的可能。

2

踏进山门，便与一手执书卷、须眉飘飘、衣袂翩然的老者不期而遇，颜延之，这位生活在南北朝的太守而兼诗人，望海楼是他写在天地间最秀雅的诗句吧？我忽然有些迫不及待了，我想赏读那诗中的意蕴，句中的平仄，那会是诗人胸臆间怎样的豪迈和放达？疾步穿过龙飞凤舞的影刻长廊，匆匆走过精致的亭台楼榭，“诗句”便赫然入目。

这“诗句”是凝固的音乐，是雄浑的交响。三十余米的楼面不算高壮，却足够肃雅端庄，明三暗五的设计虽不新颖，却古风悠远、古韵绵长，崭新的楼体虽漆新色鲜，却传递着千余年前的明朗旷达、疏狂潇洒。山不魁梧，楼却伟岸，更有瓦蓝高远的天空衬映，有万顷碧波烘托，一种傲然的气势呼之欲出。远处七桥雄踞，五岛连峙，一曲天堑变通途的渔歌山谣，闲闲唱来，却彰显出渔乡人不平凡的气度。难怪，连檐角上安稳静坐的小兽也安然雄峙，仿佛沾染了十足的傲气。

这“诗句”是历史的载体，是文化的意象。楼内，海洋文化与海岛民俗展厅，汇聚了百岛风情和渔乡历史的精粹。质朴的石头房子和狭长的巷道，让人恍若步入某个港口渔村，织网的渔妇大嫂随时会起身为你斟一盏渔乡米酒，出海的渔歌号子，那粗犷的余音仿佛还飘荡在耳边，而晒得焦黄的鱼干鳗鲞，已让人忍不住直咽口水。更有那独特的洞头海岛民俗八大巧，“木船用火烤，驾舟靠双脚，纸灯水上漂，动物满船跑，生米锅中炒，熟饭用粉包，猫耳朵下水煮，美人儿任你咬”，让人醉心于渔乡文化之余，又不禁为渔人的幽默和智慧莞尔。

这“诗句”是舒展的画册，是流动的卷轴。漫步观光回廊，凉风扑面，心旷神怡。凭栏西眺，海天一色，绿岛如棋，长堤似练，10万吨级的状元岙深水港隐约在薄雾里；倚柱东望，半屏山遥遥相对，隐约的浪溢堤岸的轰响与渔舟行进的动感极其合拍；近处杜鹃红遍，山色如染，几多村落点缀其间，瓦房悄然，一种与世无争的宁静让人动容；耳畔，有蝉歌虫谣，轻一声，重一声，淡淡寡寡，又绵绵长长。

高天流云，碧海扬帆，思绪便随之漫延，在潮起潮落间，跳跃成一枚枚晶莹的浪花。

屈指细数，总该有一千五百年了吧，斗转星移间，曾经有过多少位骏发昂扬的侠隐文豪，躲在这山清海静的望海楼台上，做着纵横四海的大梦。但凡胸怀天下的仁人志士，总不甘心只写几首好诗，在江湖上扬名立万，便绝意此生，他们更想阑干拍遍，登高一呼。

3

于是颜延之立了头功。

这位与谢灵运齐名的文学大家还是慧眼独具的。公元426年，永嘉太守颜延之巡视温州沿海，对秀山美水的洞头流连忘返，他特意在岛上建楼，以观海景，名曰望海。文人筑楼，蕴含更多理性的浪漫和诗意的优雅。公务之余，颜延之便手握书卷盘桓其中，超脱淡泊，他的灵魂中会升腾起一种悠远而和谐的宁静，进思修身齐家，退思安邦治国，极尽风雅。原来，最得意的消遣便是这般儒意的山水相望，鸡犬相闻了。但时间剥蚀，人文更替，当历史的厚重感被时间揉撮得弹指可破的时候，那些蓄谋已久的寂灭和苍凉便占了上风，于是，亭颓榭废，一座楼在朗月清风之下，又能挺得过多少未尽的气数?

四百余年后，唐代宝历年间，状元诗人温州刺史张又新故迹重游，人去亭毁，只见灵海翠峰，积水沧浪，诗人无比感慨，“灵海泓澄匝翠峰，昔贤心赏已成空。今朝亭馆无遗制，积水沧浪一望中。”一首七绝道尽了人世沧桑，时光消磨。

草芜茎长，石零瓦落，一切摧残和销毁都具体得触目惊心。一座楼的倒掉似乎引不来世人多少好奇的眼光，那些衣衫草草的行者依旧来去匆匆，他们解缆问桨，几杯酒，一首诗，发思古幽情，然后，买棹而去，再不回头。因为他们知道，建筑不仅有表情，也有思想与惆怅，“千古江山，英雄无觅，风流总被雨打风吹去。”任是谁也无法抵挡一枚小小的秒针，天朝更替，景致荣衰，时间掌指轻挥便纷纷败退溃不成军，于是，坍塌在地的昔时伟岸，便就是当年雄浑威武屹然不朽的建筑的后英雄时代么？似乎没有人能从永恒的本意上真正说得清，倒是史学家们从尘埃遍布的史书竹简中细细挑拣，才多少有些模样可以理顺得像是本交代得通的时间简史。

时间永远像烧不尽的野草，一轮疯长之后便可以湮没众生，何况一处破败得鸟栖燕筑的景致！当年丰满巍峨的楼宇是英雄气，那么后来的残砖剩瓦便是寂寞感了，所谓历史传承，便如此地在残缺美中装订成册，让那些过眼风云在架上庄严肃立，案几生香。

4

重建望海楼，日历已撕到了二十一世纪。那么好吧，一座古色古香的楼，也可以现代化一回，面对青山绿水，梳洗打扮，盛装而出。

那么，以虔诚的心和执着的力，是不是就可以回望历史？凝视远眺之间，会不会不经意地与那些衫轻琴重的古人撞个满怀？如果可以，厚重的人格魅力便可以因一座楼的存在而变得炯炯有神，以生命的名义索回所有存在的价值。

讨海裤，蓑衣，木屐，当年的渔歌已远，亭刻已残，一座楼到底能与这远山近海对峙多久？轻舟与万重山总是逼面相逢，就像你我，在此刻横跨历史与未来，一脚踏出，便已是尘封的千年。晋唐远韵，山月照人，望海楼下的千年光色，历久弥新。当一座楼胆敢与时间对抗的当口，所有的登访者默默吟诵着那几首烂熟于胸的诗，心下便也因此豪情万丈了吧？对步履轻盈、行色端庄的游客而言，品味历史，他们有的是时间。

探访望海楼，原是需要勇敢心和朝圣感的，毕竟，敢与千年的积淀做最直白的触摸，需要一种完全自由的、精神上的独立力量和意识形态的皈依，并由此建立一个古今通用的周转方式，用来上接过去，下启未来。望海楼以其高昂而谦和的姿态，担起了周转与承接，让所有前来探访的人都在这个连接点上回眸和展望。

果戈理曾说："建筑是世界的年鉴，当歌曲和传说已经缄默，它还依旧诉说。”当众多城市在大兴土木中噩梦般丧失了自己的个性、文化特质和历史记忆，当人们纷纷叹息那些让人类在大地上诗意栖居、让文人墨客心醉神迷的建筑哪里去了的时候，作为百岛洞头地标似的建筑，望海楼正兴致勃勃地娓娓诉说着渔家人的纯朴情怀和诗人的深情吟咏：“苍江几度变桑田，海外桃源别有天；云满碧山花满谷，此间小住亦神仙。”

独爱此江南

立 春

等待的风铃已编织完毕，窗推开了四扇，鼓乐声依稀可闻，迎亲的队伍却迟迟未到。风阻了吗，雾挡了吗？来海岛的路，山遥遥水迢迢，总有风雾阻挠，载着新娘的船只，要穿过一个个季节的港口，小雪——大雪——冬至——小寒——大寒，才停靠立春的岸。是，我是海岛上引颈等待新娘的人，我的新娘叫春天。

从秋天的第一场雨后，我就开始编织等待的风铃。树梢飘落的黄叶，林间跌落的蝉鸣，草地上的霜降，瓦楞间的雪花，都被我织进风铃，我要站在立春的门槛上，把风铃高高挂起。

那天，风还凛冽，阳光却像一个爽朗的汉子，磊落坦荡，天空没有一丝云遮蔽。所有的窗纷纷亮出五彩的旗帜，那些在冬天里捂久了的心事，一遇着磊落的阳光，便了无踪影。我倚着窗，就着被子里阳光的芳香，闲闲地翻看一本旧书，看书中说这天里曾经风雅的事：

“五彩旌旗喧锣鼓，围看府尹鞭春牛”，这从唐朝就开始的“打春牛”迎春仪式，皇帝都带了头，应是全民总动员了，不难想象场面的隆重与热闹。

“笙歌间错华筵启。菜传纤手，青丝轻细。戴得更忔戏。”那一家人团坐吃春盘，女孩的头上，袅袅娜娜翩然欲飞的春燕，洋溢着新春平和温暖的幸福。

“剪绮裁红妙春色，宫梅殿柳识天情。瑶筐彩燕先呈瑞，金缕晨鸡未学鸣。”一群村妇村姑，手上剪子嘶嘶作响，口中笑语不断，挂春幡，贴春燕，农家的小院里，也曾那样风雅喜气过。

而我更喜欢那个痴情的女子：“春日宴，绿酒一杯歌一遍，再拜陈三愿，一愿郎君千岁，二愿妾身常健，三愿如同梁上燕，岁岁常相伴。”一遍遍读来，一次次眼热。

这些风雅的喜乐，经了时光漫漶，渐渐模糊，乃至消失，但我并不遗憾。在海岛，“年大不如春大”，立春仍是最重要的节日。忌讳的话不能说，一不小心说了，要到墙角吐口水呸几声；忌讳的事不能做，心里有再苦再难的事，也要先放一边，乐乐呵呵地过完这一天；孩子犯了错，也托了立春的福，被大人轻轻饶过。

我年迈的母亲，早早翻过皇历，掐着手指盼这一天。她的立春，精确到时辰。一早，她就沐浴更衣，准备香案供品，大小鞭炮。时辰一到，鞭炮声中，她唱诵起祝祷平安的经文，有时，她还会请道士来念“三官”经，为一家人消灾解厄。

祝祷完毕，母亲便颠着老腿，颤颤巍巍去到萝卜地里，把那些经了一冬霜雪的萝卜一个一个挖出来。海岛冬天少雨，土地是干涸坚硬的，那萝卜樱子已苍黄，像操劳过度的母亲，发丝枯槁。深藏在泥土里的身子，却洁白如玉，饱满多汁，像养在深闺的女儿。白白胖胖的萝卜装满筐，母亲拎到村头的古井旁，打两桶清冽甘甜的井水，一一洗净，再分送到儿孙手中，人手一个。萝卜脆，却有些辣，糖水里泡大的孙辈都皱了眉，苹果香梨都吃腻了，谁还肯吃这辣萝卜。可咬春，就要咬这辣萝卜，所谓咬得菜根，百事可做。我耄耋之年的母亲，不一定懂得这道理，她对孙辈几乎百依百顺，却固执地在立春这天，执意要他们吃一根萝卜，咬咬春。几十年的老习俗了，怎可丢弃。母亲一生里，历经无数的贫困饥寒，艰难坎坷，如今，儿孙满堂，平顺安康，在母亲看来，这与她恪守咬春旧俗不无关系，在春来的第一天，咬咬春，许个平安愿，一年才会平安顺遂。

“咬春”后，就该“烤春”了。“烤春”要用早稻草和香樟木块。整个海岛，开门见“海”，耕地大多是贫瘠的山地，只有打水鞍村有一小块稻田，母亲每年都去一趟打水鞍村的表姨家，为的就是讨这把早稻草。我家门前，有一棵香樟树，长得枝繁叶茂，母亲早早就砍下几根稍粗的树枝，晒干，斩成一段一段，邻居有派孩子来要的，也有直接去树上砍一截去的。吃过午饭，母亲就将早稻草裹住香樟木块，扎在竹竿上，点上火，在屋内屋外、墙脚篱落、灶前门后、水缸边楼板下，细细熏烤，烧死蟑蚁虫卵，让庭宅洁净。在海岛渔村，蚊蝇特别多，麦收时节，更有长着厚厚棕褐色细毛的毛毛虫到处乱爬，屋子里，灶头上，被褥上，甚至人身上，都会看到它快速蠕动的踪迹，令人毛骨悚然。母亲说立春日用火烤一下门槛，毛毛虫就不会爬进来了。我极怕毛毛虫，于是不管真假，每年都积极投入"烤春运动"，角角落落，一点也不放过，烤得认真又细致。香樟木燃起后，会发出噼里啪啦的声音，母亲便不断地轻喊：烤春烤春，日日春，日日春。烤完春后很多天，家家户户的屋子里还弥漫着一股香樟特有的清香。现在住进了楼房，毛毛虫看不到了，蚊蝇也很少见，但"烤春"却一直没中断，母亲的早稻草和樟木块，也年年准时送来。

而我在立春，在樟木燃起的噼啪声和馥郁的清香中，如行宗教仪式一般，郑重地将等待的风铃挂在盼望的窗口，等待春风前来奏一曲轻扬的歌儿。

雾来

海岛的春天，是羞涩的新娘；雾，是新娘脸上的面纱。雾来了，春天就到了。

于是，等待一场雾，是我立春后心中唯一的念想。

总是风，总是风，像尖尖的利牙，把树叶子咬着嘶嘶作响，屋子与屋子之间回旋着，梦与梦之间拍打着，好像讨要红包故意挡截的娘家人，张牙舞爪地守在门外，新娘明明就在眼前了，却又似乎遥不可及。

梦里零零散散的野花，像珍珠，在晨岚里，在初阳里，折射着光。一丝青草的气息，湿润，柔绵，甜丝丝的，轻轻吮吸一口，像刚饮过清冽的山泉，又像含着一颗淡淡的薄荷糖，我不自禁梦呓般地喃喃：好甜。

雾来了。

那些铁枝般不着一叶的树木，那些坚硬冰凉的楼房，都缠上了雪白的轻纱。远山不见了，鸟鸣声穿雾而来。先是怯生生的，像刚睡醒的人，嗓音还带着惺忪。含一口雾气酿的清泉漱漱口就好了，清亮亮的，像落在玉盘里的珠粒，唧啾，唧唧啾，唧唧唧啾啾，旋律谱出来了，起起伏伏，却像一个生涩怯场的歌手，老跑偏了调，还忘了加漂亮的修饰音。先是独唱，后来，是二重唱，两个声部，左一声右一声，来来回回应和着，像叙说离情别绪，再后来，好像所有的观众都加入的演唱会，几乎群情激昂了，清越，高亢，悠扬，好一曲春之咏叹调。

开了门出去，雾珠奔溅而来，脸上发上，顿时敷上了一层保湿膜，湿润却不黏不腻；苍黄的树叶，像经过一夜欢爱的女子，滋滋润润，含羞带怯，却掩不住春意荡漾；曾几何时，山茶花已开得热烈泼辣了，雾霭里，更显得容光焕发；公园里曲曲折折的木桥，像通往仙境的梯子，把此岸与彼岸似断未断地连接起来；河边的亭台伸出飞檐的翘角，勾住几缕飘忽的轻纱，缥缥缈缈，痴痴缠缠，柔媚曼妙；在黑暗中走了一夜的路灯，困倦的眼，因了雾气的轻吻，也变得含情脉脉。

走上长长的海堤，浓雾张翅扑来。我却不闪不躲，微抬起下巴，闭了双眼，迎上去，像迎接一个甜蜜的亲吻；海是看不见了，山也看不见，却能看到风的姿态。看，雾像哪吒脚踏的风火轮子，一团一团向南方滚动起来，衣襟上，长发上，脚前脚后，雾像顽皮的孩子，牵缠一番，又撒手而去，一拨刚去，一拨又来。我忍不住追着它奔跑起来，久不活动的筋骨，有些艰涩，有些僵硬，慢慢地，好像感染了雾的轻盈，脚步不再滞重，心灵像解了禁锢，随着雾轻飞而去。

晨练的脚步声远远就听到了，可良久，才看到一个玫红色的身影，近了近了，挥挥手，两朵被雾气催开的花，擦肩而过。

择一方临水的草地坐下，闭眼是最合适的，在这样的浓雾清晨，眼睛可以省略。我突然发现，我的耳朵有特异功能，一个个嫩芽初萌的声音，细细的，怯怯的，像从洞穴探出头来的幼鼠，又像破壳而出的雏鸟；我似乎听到薄翅初张的声音，那应该是属于小飞虫的，蜜蜂还是蝴蝶？我又听到一个声音，是来自脚下的泥土，我知道，那是湿润的泥土，拉着花草的根脉，叮嘱她们把春天的消息传播开来。我的鼻尖也聚集起一缕缕久违了的香气，清清的，是草，淡淡的，是花，我无比坚信自己的判断，因为，这是记忆中的春天的味道，我伸出手去，指尖沾满的是她们的幸福。

平日看惯了的风景，在雾里，焕然一新。春，是最高明的装修师，她把加减法运用得娴熟、精到，又如此简单，只用一些些似有若无的轻纱，就幻化出无穷的意境。我以为踏入蓬莱仙境了，身子被雾轻托起来，飘飘欲仙。而我又看到只留云雾在山头的青山，巍然屹立在海岛最高峰的望海楼，轻悄伫立在茫茫大海上的小岛，飞架在岛与岛之间的或长或短的跨海大桥，像一幅大写意的水墨长卷，等着我去打开，去览阅。我不禁恍惚起来，以为哪位高人连夜挥毫泼墨，创作了这幅墨迹未干的画。

穿行在迷迷蒙蒙的浓雾里，心却透亮：春来了，春真的，真的来了。

花　开

雾过后，趁着春光，就可踏青去了。

一路走来，心里有隐隐的担忧，来早了吧，秃山枯树，似乎都还没动静呢，还是冬天里萧瑟的模样。海岛的春天，注定不同于苏杭的江南春，垂柳依依，草长莺飞，春水荡漾。但我相信，一定会有几个愣头愣脑的小精灵，迫不及待地出来发布春天的消息。

果然，坟茔边，几朵黄色小野花，在枯黄嫩绿相间的草地里躲躲藏藏，探头探脑，像玩捉迷藏的小姑娘，扑闪着晶亮的明眸；背风的角落，一丛丛乳白色的小花，似谁随手撒下一把春雪，草地上星星点点。忽然想到一个花名，“满天星”，我忽然觉得满天星于她是再贴切不过的，因为满天星的英文名叫婴儿的呼吸。她细碎轻薄的花屑，可不就像婴儿细细的呼吸。向阳的山坡上，一种蓝色的野花开得极精致，虽不知她的名，但从十字交叉的四瓣花形，就可断定是十字花科的花。她的花瓣圆滚滚的，到瓣梢却削尖了去，四个花瓣大小长短一模一样，像四个抵足对坐的刚入托的小女孩，规规矩矩，简简单单，却拙扑可爱。这花不枝不蔓，枝干笔挺，三四层叶托起一朵花蕾。那叶，也是精工细作过的，好像为映衬四瓣花形，特意修剪成五个圆角，工工整整，像对仗严谨的五言绝句。我禁不住感叹起来，造化真是神奇，是怎样严丝合缝的设计理念，才会有这一季一季一丝不苟地花开花谢。微风过处，整片山坡荡漾开一股股淡淡的花草清香，花们摇头晃脑，柳腰款摆，像跟着老夫子吟诵诗词的一脸稚气的总角小儿。

这些野花，我叫不出名，我曾四处探寻过，试图找出她们专属的名称，我认为这是对生命、对美的尊重敬爱，也是给爱一个明确的对象，而不是一抹模糊的色彩。我想在每处看到她们的地方，都能轻轻唤出她们的名字，像跟邻家羞怯的女孩打招呼，看她们回应时脸上淡淡的红晕。可我什么也没找到。我为她们不甘，凭她们的美丽，怎可缺席春天的史册？而我又释然了，为名所累，被名缰利锁羁绊的人和事还少吗？能如此散漫又随性地怒放凋谢，何尝不是一种福气！诗人不是也感慨了吗，“看野花，携村酒，烦恼如何到心头。红缨白马难消受。二顷田，两只牛，饱时候。”平静淡泊，于今时今日，是何等名贵的奢侈品。

山坡上，一位老妇人正弯腰锄草，发白的头发被海风吹得有些凌乱。海岛耕地少，山坡上种蚕豆豌豆的地，都是从砂石缝里开掘出来的，蚕豆种在中间，边边角角，寄种几棵豌豆。土地不肥沃，蚕豆豌豆却长得玉立亭亭，青翠可人。豌豆的花儿，像一只只张翅欲飞的蝴蝶，白的，紫的，懵里懵懂地站在枝头，怡然自得。这些可爱的精灵，刚从风霜雨雪中走来，却不见丝毫沧桑憔悴，它大概知道自己平凡，不像梅花桃花被人礼赞受人注目，只有独自盛开，才不辜负大好春光。

那锄草的妇人忽然向我招手，喊我的乳名，我走过去一看，原来是“沙角人”婶婶。年过八旬的人了，还硬朗清癯，好久不见，又隔这么远，她还能认出我来，我有遇故知的欣喜了。我记事起，就听人喊她“沙角人”，我以为是她的本名，后来才知道，她的娘家在沙角，嫁到村里第一天，沙角人就成了她的名字，同辈的称她为沙角嫂，后辈的喊她为沙角婶，她的婆婆就唤她沙角人。在海岛，村里娶进门来的媳妇，都是拿娘家的村名当名字来称谓的，像小朴人，东岙人，桐桥人，她们的原名因很少被人提起，渐渐地，恐怕连她们自己也忘了。

沙角人婶婶裹过脚，十岁当了童养媳后，因要上山入海干活，脚被放开了，却已畸形，尾趾已弯到脚板底下，走路歪歪扭扭，从海边挑一担鱼回来，脚就磨破了，鲜血直流。她以为日子久了，结上厚痂，就好了。可多年过去，一挑重担，还是出血。但她似乎从没因此少做些重活，生活状况不允许，她好强的心性也不允许。解放初期，海岛军民联防，她加入了女子民兵连，站岗，巡逻，她一跳一跳地走在队伍里，跳羚似的，却从不掉队，她枪法练得很精准，曾被评为“海霞女子神枪手”。提起当女民兵的往事，沙角人婶婶神采飞扬，手中的锄头挥舞得像钢枪。她一辈子没有离开过海岛，但她一生华彩的篇章，从不曾缺斤短两过。

这些海岛上的村妇，跟野花一样，出身贫贱，她们也曾有好听的名字，只是被“沙角人”“桐桥人”叫惯了，原来的名字成了她们压在箱底的粉色记忆。好在“无名自红紫，有意占年华”，她们的青春依然恣意张扬，浩浩荡荡，春天少了她们，就是一篇没有细节的小说，一幕缺少铺垫的话剧，一首意象单一的诗。

我忽然发现，终日处于风口浪尖的海岛，大笔书写巨幅狂篇的海岛，这漫山遍野的野花，是一曲通俗生动的小令，明快精练，把海岛的春天装点得灵动有趣。

梅 香

海岛没有梅树，我一直以为，是因为海岛冬无苛寒夏无酷暑的环境，不适合梅树生长。

我只在意境悠远的古画里，认识嶙峋山石旁，那一树树艳艳的花开；在高亢优美的旋律里，心仪那千里冰霜、三九严寒里的傲然怒放；在缠绵悱恻的诗词里，感受那“无意苦争春，一任群芳妒”的累累香飘。

有时出岛去，我也去探访梅林，可总遇不上好时候，满目里只是毫无特色的枯枝，我穷尽想象的笔墨，终是描不出枝丫间那一抹妖娆和热闹。

十四岁那年，我参加学校文艺演出，要穿白色的毛衣。母亲在灯下熬了几宿，终于织成了，可穿在身上，母亲前看后看，皱了眉：太素了。半夜醒来，睡眼蒙眬，问凑在灯前的母亲，怎么还不睡？第二天，白毛衣的胸前和袖口，多了一圈红艳如血的花朵。我以为是桃花，可桃花哪有这样恣意的红，我抬起疑惑的眉，母亲说，是红梅哩！我欣喜万分，那远在天边的花，一下子如此亲近。多年后，我仍不识梅花，只把那穿小的毛衣收藏在箱底，许多次，母亲要拆了重织，我都摇头反对，总舍不得那一串岁月洇染里仍然艳丽的红。

后来，我终于见到了梅花。再后来，每到梅花盛开的日子，我就背起行囊，去异地他乡踏雪寻梅。

我在一树树芳香的梅树下徜徉，心是欢喜的，却也惆怅。感觉像是看一场戏剧，才子佳人多情缠绵美轮美奂，故事情节跌宕起伏扣人心弦，可人在眼前走着，声在耳畔飘着，却终是隔着岁月的，终有遥不可及的疏离。

我从没有想过，海岛上也会有梅花。那日，一向不苟言笑的同事围在一起叽叽喳喳，像一群传播春天消息的蜂蝶，隐隐约约听到她们说梅花坞，在渔村东岙的山上。我以为是误传，上网查看，可不就是那一树一树的红梅吗？千真万确，就在岛上。我直扑东岙而去，可出租车司机也不知岛上有梅，问了许多本地人，都像不知有秦汉的武陵人，一脸茫然。我不甘心，千回百转，才在路旁的山坡上，看到“梅花坞”三个字。这路，不久前我学汽车驾驶，哪天不走上三五回，怎从未曾留意？我有些赧然，觉得像负心的薄情郎，嘴上说爱着恋着，却在锣鼓喧天的婚礼上缺了席，生生地辜负了伊人的切切芳心。

我急急向山上跑去。路是田间随意踩踏出来的小径，久无人走，枯黄的杂草便占山为王了，它们站在道中，像拦截的兵士，倒下了一些，仍有不少手持长矛坚守的。我小心翼翼地绕过藤蔓的纠缠，撩开杂草的长矛。探梅，总要斯斯文文，不唐突了佳人才好。梅香似有若无，远远地，风轻送来。我顾不得再与草们理论，迈开大步，奔突过去。呀，一树一树的红梅，已是“绣幕卷波香引穗，急管繁弦，共爱人间瑞”。我奔到这边，又站到那边，像误入花丛的蜂蝶，像孟浪的花花公子，每一朵，都想一亲芳泽，每一树，都想搂一搂抱一抱，心底里却一点也不羞愧，我深知她高洁纯朴的本色，容不得世俗的亵渎，只是我心底里有一个声音，一直在不停地轻唤着：我们的梅，我们的。

没嶙峋的山石可倚，也没皑皑的白雪来衬，梅在一片枯黄的杂草中，像一群装扮齐整的小旦，唇红齿白，妖娆明媚，在草草搭就的戏台子，尽是极致的绽放，忘我的倾情，演绎着冬去春来的悲欢。

倚着一株梅树坐下来，阵阵的清香，浪似的溅到怀里来。阳光和煦，把梅朵熔化在脸上发上衣上，心盛满了细细碎碎的欢，清清浅浅的醉，就此做一个芳香的梦吧，却被一阵清脆的啁啾声唤醒。一只长尾巴的鸟站在枝头唧唧啾啾，一阵呼朋引伴，不一会儿，就飞来一只，两只鸟儿在梅枝上跳来跃去，又一番唧唧啾啾，叽叽喳喳，语速又急又快，像是交代事情的前因后果，又像商量着军机大事。我抬头一看，原来我倚着的这棵梅树的枝丫间，有一只枯草垒成的鸟巢，我原以为，那是谁随手抓了一把杂草塞在枝丫间呢！这鸟，是担心我这不速之客损坏了她们的爱巢，才如此急切地商量对策吧？我急忙站起身来走开，心里暗自笑了，这对鸟儿可真风雅之极了，世间恐怕再难找如此浪漫的爱巢了吧，即便是一掷千金购买的别墅，也难有这芳香的四邻。

海岛有梅，梅在绽放，这个春天，我的心被梅香酿成的圆满的幸福陶醉了。

行走洞头

“百岛之县”洞头，由168个岛屿组成，岛礁像一串璀璨的珍珠，镶嵌在碧波万顷的东海边。洞头距温州33海里，由八座彩虹般跨海大桥和一条14.5公里的长堤连接，像大陆母亲伸向海岛长臂。洞头水清、岛美、礁奇、滩佳、鱼鲜、生态优，有“海外桃源别有天，此间小住亦神仙”的美誉。

行走洞头，你会被岛上旖旎风光所迷醉。被誉为“神州海上第一屏”的半屏山，与台湾的半屏山隔海相望，断崖峭壁，犹如刀削斧劈，山成半爿，直立千仞，是国内少有的海上天然岩雕长廊。有海上盆景之称的仙叠岩，背山面海，怪石嶙峋，石与石相叠斜倚，势似将坠，岌岌可危，却任风吹雨打，仍固若金汤。于月夜，站崖上，听崖下惊涛，恍若遗世独立。“黄金滩”状似畚箕，坡度平缓，海水清澈，沙质细腻密实，踩过无痕，似铁板，人称铁板沙。竹屿岛上数万平方米的天然大草坪，绿得恣意张扬。更有海上第一楼望海楼，巍然屹立在海岛最高处，中普陀的梵音袅袅涤人心魂。这些岛屿像一个个奇异的意象，在诗行间穿梭，让人百嚼不厌，回味无穷。

行走洞头，你会被如云的绿荫所勾连。海岛陆地面积少，土地贫瘠，台风又多，但岛上却绿荫处处，花香飘逸，那是洞头县树——台湾相思树。她枝叶细致繁密，如同团团绿色的云朵，金黄色花朵如针如缕，如雾气氤氲，如雪花飘飞。相思树生长速度快，适应性强，在恶劣环境中都能茁壮生长，长期栽种，还能改善土壤条件，在洞头流传着这样一句话：“好地种桉树，差地种相思。”相思树木质坚硬，树纹扭曲，是最好的防风林，当台风正面来袭，她可以庇护海岛。台风过后，桉树、桂树横七竖八倒俯一地，只有她，仅被台风打下些树叶和细枝，树干依然巍然屹立！

阅读洞头，你会被独特的海岛风味小吃所勾连。洞头海洋资源丰富，八百平方公里的海域面积，常年洄游的鱼、虾、蟹类达300多种。一年四季，你都能吃到鲜活的海鲜，海边礁石上，藤壶星罗棋布，石缝间，海螺、龟脚、小鲍鱼、石葵小心翼翼地藏身其中，滩涂是文蛤、蛏子、小蟹的天堂，羊栖菜、紫菜、海带在海面上轻轻荡漾。这些东西，不用费心烧作，只需清蒸白煮就美味无比。猫耳朵、鱼圆、敲鱼、目鱼饼、蛏子羹，这些别具一格的风味小吃，更让人唇齿留香，难以忘怀。

行走洞头，你会被丰富的海岛文化所震撼。这里是闽南文化和东瓯文化的交汇处。船上敬妈祖，出海迎“头鬃”，祈佑放水灯，节庆赛灯会让你耳目一新。还有冬至的“鸡母狗镙”、七夕的“巧人儿”“红圆”和“红龟”等独具特色的渔乡文化。

行走洞头，你会被那一群平凡却英勇的人所感动。那是驰名全国的海霞女子民兵连。灰色的岁月里，“苦水里泡大”的海岛姑娘，帮部队生产建设，洗衣服、运弹药、搬给养，与战士们一起挖战壕、修掩体、搞联欢，合唱了一曲“军民联防”的模范赞歌，她们用青春和热血书写传奇。电影《海霞》以它为原型，风靡了一代人。如今，海霞军事主题公园记录着那些烽火岁月，“爱岛尚武，励志奉献”的海霞精神，也传承了一代代。

行走洞头，就是阅读一首激情澎湃的诗，每一个岛屿就是一句诗，14个居人岛是平实的叙述，89个无人岛是浪漫的抒情。阅读洞头，就是为心灵做一次诗意的栖居。

海岛之秋

盛夏走了，台风也跟着离开了。几经台风的肆虐，海岛变得异常明净，天是蓝的，蓝得透亮；海是蓝的，蓝得晶莹；船是蓝的，蓝得鲜艳。都说秋天是金色的，但海岛的秋天是蓝色的，天和海像一个巨大的蓝色琥珀，岛凝固在琥珀里。

海岛的秋天，没有八月桂花香，也没有满城尽带黄金甲，有的是消了暑气微微凉起的海风；海岛的秋天，没有遍插茱萸少一人的惆怅，也没有把酒问青天的悠闲，有的是休了一季整装待发的豪情；海岛的秋天，没有潇潇秋雨点滴到天明的愁怨，也没有瑟瑟秋虫把秋水叫寒的凄凉，有的是那一声声的开捕汽笛，响彻云霄，恢宏磅礴。

这时节，沙滩是寂静的。喧闹了一夏的沙滩，此刻恬静如处子，没有了奔跑嬉戏大呼小叫的孩子，没有了穿花戴绿妖娆多姿的美女，没有了惊涛骇浪中展现高超泳技的帅哥，海浪也悠然地低吟着，似乎在体味繁华喧嚣后的平静淡然。海水已有些冰凉，但柔软细腻的沙子仍诱惑你赤了脚踩上去，那自足底传来的柔曼轻悄只有在这样的宁静时刻，才更贴近心灵；风不再是柔和的，却也不凛冽，丝丝缕缕抚过脸颊，带足秋的况味；曾经灼目的阳光，此刻已平易如母亲的眼眸，温柔而亲切。宽阔的沙滩上，蓝天高远，白云堆雪，波光粼粼的海面上，海鸥高飞低翔于白浪岩崖间，涛声依旧拍岸清越。秋天的沙滩，让人心胸开阔，神清气爽。

渔港里却是喧闹的，数百艘整修一新的钢制渔轮整齐地停靠着，蓝色的船身像撷取了大海的精魂，桅杆上猎猎飘扬的红旗是燃烧的火把，网具堆积成一座小山，起网机擦得锃亮，甲板上所有的渔具各就各位，船舱内水是满的，冰是满的，油是满的，渔民们摩拳擦掌，古铜色的脸上满是对大海的眷恋，对丰收的向往。船老大手持高香，向大海、妈祖神像敬献五谷、五果、三牲，数百名渔家汉子高举海碗向大海、妈祖敬酒喊颂：“一敬酒，感恩海洋；二敬酒，波平浪静；三敬酒，鱼虾满仓。”喜庆的鼓点敲起来了，祝福的歌舞跳起来了，激昂的号角吹起来了，欢送的鞭炮响起来了，几百艘渔船同时拉响了启航的汽笛，一时间，蓝色的海面上，千帆竞发，气势如虹，汽笛声在海岛的上空久久回荡。

U字形的近海港湾，是天然的养殖场，一方方紫菜田纵横交错，在微波细浪里，如田田的荷。戴着箬笠的渔民驾着小舟，挥着长竿，在阡陌间穿行。紫菜已如少女披肩长发，油亮繁密，碧绿的海水轻漾着，像在为她们做出嫁前的梳洗妆扮。秋天，正是她们初嫁时节，她们要被采剪下来，晒干，再销往海内外。第一次采剪的紫菜，叫花水紫菜，最是鲜嫩，无须加工，晒干即是佳品。落潮时，渔民们驾着舴艋舟来了，他们一人一舟，手扶舵柄，单脚当桨，在海涂上箭一般滑行。这种“海上自行车”，是海岛人的独创。渔民们谁也不甘落后，踩得飞快，几只舴艋舟像阅兵式上的飞行队，滩涂上留下一条条清晰的弧线。他们坐在舴艋舟里，蹲在紫菜架下，剪下一根根紫得发绿的紫菜，放在小舟中。舟装满了，潮水也涨上来了，他们便拿出木桨来，悠悠然地划着回来。

秋天的滩涂上，大脚蟹红红的大脚格外耀眼，这些小精灵趁着落潮时分出来闲逛，平坦如镜的滩涂，它们用大脚描绘下一行行恣意的狂草，有时，它们把身体藏在圆形的蟹洞里，露出那只红色的大脚，像点染在狂草后的朱印。海边的孩子待不住了，纷纷踩着软软的滩涂追着大脚蟹去，大脚蟹一听到动静，迅速钻进洞穴，孩子们的手沿着洞穴摸去，整只手臂都没入泥涂，却还够不着。他们学乖了，不再穷追猛打，只悄悄地拿一把泥涂在手里，待大脚蟹放松警惕，钻出洞来闲庭信步，再猛地将手中的泥涂挥去，堵住洞口。找不到洞口的大脚蟹惊惶失措，这时就可手到擒来了。蟹极肥，满壳红膏，肉质鲜美，或蒸或腌，都是极好的美味。

礁丛，是秋天垂钓的好去处。“菊花黄，钓鱼忙”，岛坨边、礁石上、码头、大桥上，甚至海边沙滩上，到处都有钓鱼的人。这些钓鱼人多是海岛上的来客，大多是“钓着玩的”。岛上以垂钓为生的渔民都划船去礁丛垂钓了。他们的钓具很特别，一个比洗脸盆稍大稍深的竹筐，筐沿缝上一圈稻草，一条几十米长的绿色尼龙绳上，间隔二三十公分系上一条三四十公分长的白色细绳，细绳的另一端系上钓钩。隔一米要在长绳上加一枚沉甸甸的铅坠。把长绳一圈圈放进竹筐，钓钩依次钩在筐沿稻草上。放钓的时候，一一取下钓钩，钩上鱼饵，放到海里，等上个把小时，慢慢拉上来，鲈鱼、鳗鱼、螃蟹、石斑鱼，应有尽有。一般船上都会备有七八盆这样的钓具，因为在礁丛，钓钩时常会被礁石钩住，拉不回来。渔民把这种钓法叫“钓裙”，是极辛苦的工作，凌晨一两点要划船出去，傍晚才回来，饿了只能以干粮充饥，许多人就这样落下胃病。

秋夜泛舟海上垂钓最为有趣，皓月当空，渔船在铺满月光的海面上划出层层涟漪，船开出半小时左右，便熄了火任它随波漂荡，岛已远远地被抛在后面，海水轻拍着船舷，海面偶尔有点点鳞光闪动。夜钓的工具也有些特殊用品，如能在夜晚发亮的荧光棒浮漂与很大颗的铅陲，鱼饵则是冰冻过的七八公分长的小鱼。人们屏声静气地挂饵投线，时光在悄悄地流淌，突然有人大叫一声，快来看，好大的金雕！月光下的鱼身闪闪发亮，如同身披铠甲，摇头摆尾，还像鸽子般发出“咕咕”的叫声。

秋天，番薯地里绿叶葱茏。海岛并不肥沃的土地，只适合番薯这种对土地要求不高的农作物，从一根细藤，分化出爬满沟畦的茂密，无惧烈日暴晒、台风的欺凌，默默地孕育出一串丰硕的果实。番薯，极像粗生贱养、生命力强的海岛渔家人。渔家人对番薯也惺惺相惜，收割的时候，分外小心，先用镰刀小心翼翼地把藤条割下来，这藤条是猪狗牛羊过冬的主食，再用长锄轻轻刨开泥土，番薯露出来了，再用力深掘，唯恐一不小心伤着了它们。刨过的地，还要再细细刨一遍，不舍得遗落下一个半个。渔妇们把番薯洗净切成片或刨成条，然后晒成番薯干或番薯丝，这样渔家人就有了一冬的主粮。

海岛的秋天是蓝色的，却闪烁着金黄的收获，那金色收获镶嵌了渔家人幸福的梦想；海岛的秋天是豪迈的，却洋溢着渔家人纯朴的柔情，那纯朴柔情造就了渔家人旷达的品质。

在鲳鱼礁，抵达梦中的故乡

曾几何时，我的故园只能在梦中追寻了。

因为科技园区建设，承载我人生最初泪与笑的村庄消失了，那不高却蕴藏着无数美味野果的山坡，夷为了平地，那不大却有无数鱼虾海螺的海滩，建上了高楼。钢筋和水泥硬化了滋长生命和欢乐的土地，也冻结了生机蓬勃的地气。

开山辟地的炮声是驱逐令，裂开的墙体在村民的心底划上一道深深的伤痕，村民在扑簌而下的粉尘里，喝下最后一碗粥，收拾起家当，在崭新却逼仄的楼房，重建新的生活秩序。忙时下海闲时上山的生活格局变了，洗脚上岸的渔民茫然无措中离开了熟悉的行当，长满硬茧的手在全新的谋生方式里，像拈起绣花针一样别扭和艰难；习惯于在自家的田园里栽种一家餐中菜肴的村妇，捧着一把去年收藏的瓜果种子，黯然神伤，找不到一方土地可以安放春播秋收的喜悦，没有了耕耘的岁月，时令的轮转变得模糊而惆怅，令人心慌；那些把山坡和海滩当成游乐场的孩子们，只能退守到电视电脑前，把童年时光交给一块冰冷又单调的屏幕，隔着屏幕回味那些海边的嬉戏山间的欢笑；那些远在他乡的人，失去故园的荫蔽，像断线的风筝，无根的浮萍，没有了着落，再光鲜辉煌也如锦衣夜行，漂泊感是刻在他们心上的暗伤。

再没有春来时走向新草掩蔽的小径被花草的清香迷醉的惬意，再没有盛夏里海边游泳嬉闹的快乐，秋后瓜果飘散的芳香只成梦中的呓语，冬日暖阳下到哪里寻一处避风的墙角？

在一个微雨后的夏日的黄昏，不经意间遇到了鹿西渔港边的鲳鱼礁村，故园的记忆再现了，重叠在斑斑驳驳的虎皮房的石隙间，在屋前屋后瓜果累累的瓜棚下，在家门口竹椅条凳上闭着眼睛听着鼓词的老人的闲适里，在一扇扇吱吱呀呀的木门后。

这是一个依山傍海的小渔村，二三十座石头房，座座都久经风霜，岁月的风雨在它们的身上留下苍绿的苔衣，水泥顺着石头的缝隙，把墙面画成形状各异的图案，或黄或灰的石色仿若斑斓的虎皮，虎皮房的美称因此而起。

正是晚炊时分，开在墙上的烟囱冒出缕缕炊烟，长年累月积下的黑黑的烟灰像给虎皮房画了个浓浓的烟熏妆。从一户人家的房前经过，听到一串“呼呼噜，呼呼噜”的声音，似曾相识，却想不起到底是什么，从敞开的大门探身进去，只见庞大的灶台后面，一个白发老妪正在拉风箱，灶膛里的火光映在她汗湿的满是皱褶的脸上，仿佛一朵鲜亮的花在绽放。记忆中，我家也有这样的风箱，每到做饭时，我总抢着替母亲拉风箱，母亲常常会在柴灰里埋几粒蚕豆，土豆，或红薯，作为奖赏，豆香袅袅而起，而我早就垂涎欲滴。许多年过去，风箱声伴随着豆香，清晰地停栖在记忆深处，午夜梦回时，常常如蝶翅翩飞。在这一刻，那些远去的童年时光，那与母亲相依的岁月，悄然回归。

村间的小路，像一棵长满枝丫的树，每一个枝头都开着一朵虎皮的花。砌上了水泥的路面，粗糙，却十分洁净。路旁各色小草小花恣意生长，狗尾巴草顶着长长的穗，在风中袅袅娜娜；车前草米粒大的紫花，羞怯怯地藏在绿叶之后；蒲公英的毛球球还含在花苞里，像一群一年级的新生，只等下课的铃声一响，就迫不及待地要冲出去；瓜子草从石壁上悬挂下来，像一串串翠色不太纯正，水头却极好的玉琏；艾草青翠，这时节正是她的好时候，像能干的主妇，前前后后都是她当着家。小时候，总是在这时节，随母亲上山采艾叶，顶端上的叶芯，煮熟揉出草汁，与米粉一起和好，做成一个个青粿，让出海打鱼的父亲带去当午餐，而父亲总会从不多的午餐里省下一两个，带回来给我解馋。冷掉的青粿硬硬的，粿面圆润，艾草的青丝丝缕缕浸润着，像碧绿的翡翠。啃下一小块，慢慢咀嚼着，艾草的香混杂在米香里，有一丝微微的苦。母亲还会把艾草的叶子捋下来，搓成团，晒干，祖母风湿痛了，母亲就用这样的艾团给她灸，那些天寒地冻的冬夜，满室艾香，祛除了祖母的痛，也驱走冬夜的寒。夏夜里，母亲还会燃一把艾草驱蚊，纳凉的人们在艾香中悠然摇着蒲扇，闲话家常。当夜色降临，鲳鱼礁村，会不会也弥漫着一片艾香的清香？我摘下一捧艾草芯，我要带回给年迈的母亲，她会是怎样的惊喜。

在一座篱笆墙外小站，满架的蒲瓜，如吊环上的运动员，匀称的身子轻盈地悬空着，身上细细的茸毛透着青葱少年似的蓬勃和生气。架下是一丛丛顶着红红果实的向天椒，圆润饱满，如一粒粒莹亮剔透的玛瑙。凤仙花就开在篱落，红红白白的花，如一只只停在枝上的蝴蝶，仿佛展了翅就要高飞去。想来，这是哪位母亲的闲来之笔，种瓜栽豆之际，也不忘随手放一粒凤仙花的籽，不为收获，只为美丽。渔家夏季最闲，忙于生计的母亲只有这个时候，才会有些许悠闲时光，凤仙花开得最好的时候，母亲总会去采摘了来，捣碎，敷在我的指甲上，我那未经世事的纤嫩的手，指尖便开满十朵鲜红的指甲花。眼前这一丛凤仙花，又将在哪个小女孩的指尖绽放？多年后，那个小女孩是否也会如我这般，惆怅却甜蜜，柔软却忧伤地怀想着一朵凤仙花？

沿着小路往上走，只见一座老旧的石头房，三开间，二层楼，石墙黑瓦，朱红的大门上，砌出一块两米见方的匾额，和我的老屋十分相似，只是我家的匾额写的是建造年度1968，而这里却是四个仿宋大字“山家小筑”，这在渔村极鲜见。单从这别具一格的四个字，便不难看出主人对这个家的热爱。是怎么样的主人，会给自己的家起这样风雅的名字。可惜门扉紧闭，屋前的杂草不多，却长到了门口，苍苔也爬到窗沿下，窗台上一棵艾草亭亭而立，一副君临天下的傲然。一张竹匾靠在大门边的墙上，经了些风雨，显得乌黑发亮。屋后是高大的梧桐树，茂密的枝叶遮蔽了半个房子，瓦间长出了几棵杂草。想来主人已离开多时，但又不会太久，从屋前草的长势看，最多一个春夏。我相信，不久主人就会回来。倾注过爱和心血的家，怎舍得舍弃？

在村口，遇到两个小姐弟，五六岁的样子，各拿着一只狗尾巴草，互挠痒痒，嬉笑着，追逐着，在照相机前，却有些羞赧扭捏，晶眸粉颊，透着纯净和天真。我问，爸爸妈妈呢？她脆生生地回答：爸爸在船上，妈妈在补网。这时才注意到，渔港那边传来一阵阵电焊的声音。虽是休渔期，渔民们也不得闲，渔船和渔具的修理，都须在这炎炎的夏日里完成，难怪刚才在村里看不到壮年男女。到乘车离开时，才遇见三三两两回家的人，都是一身汗，一身油渍。记忆中，我也是每日在村口的小路上，迎我的一身汗水、一身疲倦的父兄们，不由得眼底有些泪湿。

去鹿西前，有新闻记者要一同前行，看到我们的行程后，他便放弃了，他说他们要反映新渔村建设。言外之意，不难明白。只是新渔村的标准，就是有高楼大厦？富裕而幸福的渔村，更该有这份淡然气质和沉静内涵吧？再怎么新再怎么建设，总要留一个安放心灵、安放记忆、安放灵魂的家园！

何其幸，在这偏僻的渔村，于不经意间，抵达了梦中的故园。我终于可以安下心来。尽管世事纷繁，时代的风潮如飓风席卷，但还有这样一个小小村落，让那些失去故园的人栖居怀念之情。

村在鹿西岛东面的小渔港边，岛是东海上的孤岛。从洞头本岛坐快艇，只需半个多小时。我曾多次到鹿西，却是第一次来到鲳鱼礁村。我相信，我还会来。

海外桃源别有天

一个村子的命运，会在一朝之间改写，是许多人没有想到的。

渔村花岗也没有想到。

苍茫的大海上，这个被浊浪簇拥着的0.7平方公里的小岛是孤独的，它与大陆的距离，是隔海相望，是望洋兴叹，是舟行大海的颠簸和可望而不可即的无奈。但它也不孤独。它与大陆的对话，虽有浊浪排空的悲愤，也有浪花飞溅的轻盈，有风来传递远方的消息，更有鸟衔来春天的希望。

有希望便有脚步的停留。小小的山往里凹进去一小段，像母亲含着的怀，家就在这怀里，一点点长出来。米黄色的石头，是岛上的特产吧，就那么方方正正，没有花样，无须设计，垒成一个个平平实实却能遮风避雨的家。东海边的这个小小的岛，就这样长出了一个村子，村子有了好听的名，叫花岗。它像一朵娴静的野花，静静地，从容地，在潮起潮落间，在花之朝月之夕，吐露着岁月的芳香。

改变从那一天开始。一座座大桥从远处飞架过来，像天上的虹，遗落在人间。花岗作为一个连接点，像一座闭关自守的城池，突然门窗洞开，清风朗日，铺天盖地而来。

百花凋零的岁末，我们去花岗。朋友说，这时节，花岗无花，我们去看什么。

我也茫然。这个无数次驱车从村前公路经过的小村落，春暖花开的时候，必是野花遍岗的吧，但她给匆匆掠过的眼眸余晖留下的唯一印记，只是石头房。

到了花岗，才发现，米黄不只是娇艳的色彩，也可以是岁月风雨冲刷后的沉静。那些鳞次栉比的米黄色的石头房子，简洁而不失细致，随意而不失古朴，让这个东海边上的小小村落，显得那么独特而富有渔家村庄的气质；到了花岗，也才知道，天堑可以变通途，孤岛也可以被一条条跨海的桥，像母亲的手一样，揽进大陆的怀抱，那些习惯了借舟楫迈出的脚步，忽然间，被一辆辆飞奔而过的车，迷茫得无所适从，心猿意马。

进村的路，很独特。从公路下来，绕到海边，再从一个桥洞里穿过，便到了村口小广场。广场边植了树，立了假山，假山石上刻了村名，“花岗村”在刻意营造出来的假山流水中，显出几分婉约和柔媚。

进入村庄的路，是拾级而上的台阶，依山而建的房子，错落有致地散落在这片面向西北的山坡上。家家户户门前，都有一片空地，有的大些，有的略小，大的足有半个篮球场，小的也就两三席地，却无一例外地种了菜。几块石头片子围住松软的土，就成一个小小的菜园。破残了的陶瓷缸，漏了底的脸盆，闲置的水泥砖，甚至掉了把柄的口杯里，都种上了蔬菜。菜的种类不多，青菜，芥菜，芹菜，还有葱，青翠得掐得出水来，把这数九寒冬演绎得春意盎然。海岛地贫土瘠，耕地稀少，海岛人对土地的重视和珍爱，不是大陆上的人可以想象的。这些年，我走过不少地方，屡见不鲜的是，广袤的原野上矗起了座座烟囱，肥沃的粮田上建起了幢幢高楼，大片的耕地被闲置、撂荒、蚕食……人们对土地越来越轻视和冷漠，土地不再是万物之本源，不再弥漫稻谷瓜果的芳香，不再有对它顶礼膜拜的心，有的只是无止境的索取和侵占。在花岗渔村，面对这一些些虽然只有小小的几撮，却长得丰沛蓬勃的菜蔬，体会着渔村人对一撮土的珍爱，心里肃然起敬。

一行人走走停停，上到半山腰，见一两鬓斑白的老太太，站在几根旧木条钉成的梯子上掏烟囱，额上和双颊都沾了黑黑的烟灰，不名衣服随手改成的围裙和袖套也都斑斑点点，我过去帮她扶着梯子，她冲我咧嘴一笑，说，没事儿，我干惯了的。闺女，到家里坐坐吧。少了两颗门牙的笑容，透着几许质朴和天真，渔村蒲风禾露的生活，让老人沧桑的容颜里不乏洁净而健康的光泽。朋友手中的相机，定格了这个笑容。她说，留在心烦时翻来看看，会静气宁神的。

在高楼以魔幻般的触角，延伸到城市乡村的各个角落的本世纪，渔村虽还保持着旧貌，但却留不住年轻的心了。曾经耕海牧渔，在风口浪尖讨生活的年轻人，都从村前的公路上，一步步走向更广阔的天地。于是，渔村像许许多多古村落一样，慢慢地，只剩下老人和孩子。掏烟囱这样高危力气活，也只得由老人承担了。

老人的家，地面已用水泥硬化了，装上了自来水，墙面也涂了白石灰，煤气灶被一条大毛巾覆盖着，老土灶的灶面缺了一角，却干干净净，原木锅盖刷得雪白，灶前堆满了柴禾，老人用吃饭的碗盛了茶来，茶梗粗粗的，一看便知不是多好的茶，茶色却清透，香气也清爽。多年未曾用这么简陋的茶具，端在手里，却有别样的温暖。老人捧了一把韭菜，坐矮凳上，边拣去黄叶边与我们聊：说是保护古村落，不让我们翻盖房子，孩子们只好搬到县城去了，我老了，在那里待不惯，还是老屋子踏实。

老人的两个儿子，原来都是岛上的渔民，一个以捕鱼为生，一个以摆渡兼挖藤壶、海螺为生，通了车后，他们也洗脚上岸了，一个买了卡车给围垦工地运土，另一个跟亲戚到外面开灯具店。问老人，通了车好不好。老人沉吟了半晌，慢慢地说，也好，也不好，方便是方便了，可孩子们都不在身边了。

村中唯一的小卖部里，几个老人正在闲话家常，见有人来，忽忽地跑出来，冲着我们喊，为啥不让我们盖新房子？他们指着对面沙角村，说，看他们多好命啊，都能住上新房！

我们面面相觑，不知如何应答，陪同的乡干部说，已在想办法解决了，老人们想住新房，又不想离开家，纠结呢！新与旧的碰撞，保护和发展的矛盾，大概每个古村保护都会遇到这样的问题吧，若干年后，他们会发现，他们今时今日的付出，留下的是怎样的一笔财富。

在村中，遇到一拨来自丽水的摄友，他们的长枪短炮，对准渔村的角角落落，咔嚓声此起彼伏，这些和时间一起走进岁月深处的，在海风中依然不改其色的石头房子，让人体验生命的在场和光阴的过眼云烟，而成为他们撷取创作灵感的现场，和一种滋养心灵的场所。

坐在村子最高处的一户人家门前的石臼上小憩，眼前是片片黑瓦整齐排列的屋顶，和正在涨潮的大海。一条从远处开山填海架桥过来的路，一辆辆飞奔着的汽车，正带着现代化的气息穿过彩虹桥向小村跑来，又在村边拐个弯，从我们的视野消失，那匆匆的身影在小村的屋檐暗影里轻轻地滑过，一天又一天。只有大海的涛声，随潮起潮落，变幻着节奏和声浪，把花岗渔村掩映在从前的岁月里，让渔村飘忽了的心魂，有了一个安然淡定的归处，也让渔村人知道，历史的脚步注定不再后退，我们的精神却需要一次又一次的回归，开放只是外在的风骨，固守才是内敛的精魂。

在花岗，你会发现，大海，涛声，彩虹桥，老树，昏鸦，石头房，不是意境，而是生活。

二上鸟岛

相较于聪明伶俐的动物，我更喜欢植物。那些沉默的生命，不需阿谀谄媚、尔虞我诈、积心处虑，只以自己的姿势，安然在自己的世界里恣意，率性，活着，或死去。

在喜欢装聋作哑、装腔作势、装乖卖傻的动物里，我更喜欢鸟，那些诗性的、飘逸的生灵，让人仰望，给人以飞翔的梦。它们那貌似单调的鸣叫里，有人所不知道的自在。在它们的眼中，自我膨胀到无所不能的人，很多时候，只是一粒小小的尘埃。

只是，鸟离我们越来越远了，它们的身影渐渐淡出了我们的视线，它们的声音也渐渐湮没在尘嚣里。钢筋水泥的丛林，安放不下它们小小的巢，被蚕食得越来越少的绿地，也成不了它们的家园。它们退守到一个小小的岛上，在苍茫大海中的一隅安身立命，繁延生息。

第一次上鸟岛，在十年前，那是五月，草长莺飞，花繁叶茂，小鸟们刚刚孵化出来，学着慢慢张开翅膀，而大鸟们，爱情的甜蜜还在继续，天性中的慈爱又正丰盈。

四个来自福建的摄影爱好者，慕名而来，他们说，这是最丰富最有表现力的鸟的世界。于是，他们千里迢迢扛着“长枪短炮”来了。

说来惭愧。我只隐约听说过鸟岛，具体方位全然不知。既然是岛，必定是在海中央，以我这逢船必晕的体质，避之唯恐不及。倒是这群远来客人的热情，点燃我想一探究竟的好奇。

在洞头县鹿西岛西10余海里处，两个相邻的岛，叫南爿山和北爿山，因岛上聚集了许多鸟，人称鸟岛。从洞头本岛坐一种当地叫“扑扑”的木船，需两个多小时。上了船才知道，所谓的“扑扑”，源自船开动时柴油机的声音，“扑扑”之声，震动着整个船身，四五米长的木船，几乎无处不在颤动，人在船上，交谈声仿佛也颤动着。两个多小时的行程，小船在浪涛里颠起又跌落，胃里翻江倒海，恨不得立即生了双翅，飞离这“苦海”。

总算看到了鸟岛。颠簸中，顺朋友所指，看到苍茫大海上静静卧着的两个小岛。岛并不特别。不足一平方公里的岛，东西走向，厚厚的植被像一身绿绿的蓑衣，把岛包裹得严严实实，远远看着，像一粒巨大的绿蚕豆。

临近岛，早有几只通体雪白的海鸥飞到船边，上下翻飞，左右翱翔，一声声欢快的鸣叫，仿佛跟我们打着招呼。我们这群不速之客，在它们看来，要多新鲜有多新鲜。孤岛上的生活难免单调，有访客来，自是按捺不住好奇。再近了些，便见岛上到处是翩跹的鸟翅，高一声低一声的鸣叫，在风中，在浪涛声中听来，分外清越。

上了岸，攀过一片赭红色的礁石，但见岛上植被虽厚，却鲜少乔木，几丛矮矮的灌木上，爬满了葛藤野蔓，茅草也与藤蔓纠缠在一起。而鸟，就停栖在这些茅草藤蔓上。一行人沿着杂草遮蔽的小路，小心翼翼地向山上走去，不时与鸟巢迎面相逢。那些鸟巢简陋、粗糙，几根茅草盘结而成，巢内都有刚孵出来的小鸟，张着小嘴，嗷嗷待哺，那种急切，那种天真，真让人动容，心霎时柔软了。有些小鸟扑到巢外，是等妈妈的喂食等得不耐烦了，不小心掉出来，还是试着学飞？还没长齐的羽翼下，露出粉红色的肌肤，双翅不断扑腾着，嗷嗷的叫声，楚楚可怜。够得着的，我们都过去把她们重新捧回到鸟巢内，够不着的，只能任由他们继续等待鸟妈妈的求援。

走走停停，只为倾听鸟的喁喁情语。不高的灌木上，总能看到两只情意绵绵的鸟夫妻，鸟情侣，什么叫比翼双飞，什么叫鹣鲽情深，眼前这一幕便是了。同行的摄友们更是不时把这些相亲相爱的画面收藏入相机里，那些绿意葱茏的植物，更衬得鸟羽白的更白，黑的更黑，而鸟们的款款深情，也在这生机勃勃的时节，更显得美好而温暖。

第二次上鸟岛，是十年后的盛夏。在鹿西采风，鸟岛与鹿西的东臼村隔海相望，从东臼出发，还是坐“扑扑”船，但二十几分钟就到了。只是看似风平浪静，平坦如砥，浪却依然很大，船颠簸起伏，浪不时扑到我们身上来。船老大说，跟鹿西港的“横身浪”有关，无风也起三尺浪啊。

船靠上鸟岛，礁石上，灰白色的鸟屎把礁石画成斑斑的花海。几只海燕停在一面迎风而立的礁石上，恍若穿了白衬衫黑礼服的男生合唱小组，整齐的队列，仿佛受过训练似的，摄友的相机对准它们，越来越近，越来越近，可它们一点也不为所动，依然整整齐齐挺立着，像五线谱上一串音符。

天空中，鸟的双翅密密麻麻的，明明有很多是白鹭鸶，可奇怪的是，从底下往上看，却都是黑色的。鸟鸣声此起彼伏，宁静的海因了这些自由的歌者，而变得如此喧闹。站在山顶上看鸟儿捕鱼，极为有趣。鸟在海面上盘旋着，平展的双翅飘浮在空中，忽地冲向水面，快速一点，尖尖的嘴里便叼着一尾还在挣扎着甩动尾巴的小鱼。那种快捷而准确，利落得像一位快狠准杀手。

还是那些茅草藤蔓，还是拨开枝蔓才能前行的小路，只是一路行去，却再看不到鸟巢和幼鸟了，想来鸟巢只用来下蛋、孵化，成鸟便另择枝而栖。只是这些成鸟，都在何处栖身？正彷徨四顾间，忽然一颗鸟屎在肩上开了花，前面后面的人，也或头上，或身上，都中了招，幸亏事先做了防范，戴了帽子，穿了长袖。头顶上的鸟，却若无其事地拍动着翅膀，得意洋洋地在我们身前身后翻来飞去。这些顽皮的生灵啊。是哩，这是它们的领地，对于入侵者，挨几颗鸟屎，算是客气了。

它们已退居到这荒无人迹的小小的岛上，这是它们最后的家园了。

在岛上看到未经批准严禁上岛的告示。才知道，我们此行，是经过海洋渔业局特批过的。与鸟们如此亲近的机会，还会有吗？多希望在尘世间，能给鸟多留一个生存的空间，也给我们自己留一个诗性的空间。

洞头的冬天

地处北纬27° 51′、东经121° 08′的“百岛之县”洞头，168个岛屿散落在东海万顷碧波中。北国已几度飘雪，海岛的冬天还了无踪迹。

霜降后，百岛洞头依然淡定如戏台上的老生，不紧不慢地踱着方步，继续着夏的余韵。站到立冬的门槛上，向远处望望，山间的林木才有了些许霜红的叶片，像簪在发际的金钗步摇，熠熠生辉。路边的荒草，才伸出枯黄的手，承接白色的霜衣；山野里，星星点点的野菊，绽开紫色的笑靥，田埂垄间，仿佛处处可闻她们银铃般的笑声。一直到冬至，风一阵雨一阵，海岛才删繁就简，露出疏朗遒劲的骨骼，透出一股凛然英雄气。

洞头的冬天，是风唤来的。风是冬的触须，自屋顶瓦楞间，窗棂细隙间，严实的被缝间，挤进来，细细碎碎，却又锋利如刀，海岛咸腥的空气中便弥漫了冬的气味。夜半，风在窗外，抡起捣衣的木槌，将树梢上依旧繁密的叶子翻翻卷卷，拍拍打打。那深绿的、淡黄的、枫红的叶子，像一群刚刚放学的孩子时而惊呼，时而哗笑，追追打打，噼噼啪啪，响成一片；风从晾紫菜的竹竿架穿过，呜呜如响哨，又如深长的叹息，像谁在暗夜，用街头艺人的风格，散漫地吹奏一曲冬之吟；晾在房檐下的一串串鱼干，在风的喊声中纷纷醒来，摇摆着单薄的身子，仿佛回到蔚蓝的海水里，悠游如前。冬恍若站在时间高处的上将军，气定神闲，指挥着风，像统帅千军万马，一夜间，攻陷了海岛的所有城池。起夜的人向窗外匆匆一望，风起处，影影绰绰，冬的影子丛生，便哆哆嗦嗦，叹一声：冬来了。

风，在洞头，是计算渔期的量词。渔船往往只在大风起时，才会收网回港避风，于是，从出海捕鱼到刮风返回的整个渔期，称为“一风”，第一次起风回港，海岛人叫作“头风”，第二次，就是“二风”，海岛的冬天，被一次次的风分割成一段段长短不一的岁月行板，像结绳记事般简洁明了。

洞头的冬天，是顺着汤圆滑来的。在洞头，冬至是冬的标志，更是新的开始。“吃了冬至汤圆长一岁”，是洞头人独一无二的习俗。孩子们说自己的年龄，会奶声奶声地说“吃了冬至汤圆就几岁了”，一脸对长大的期待。因此，洞头的冬至像过年般隆重。长年在海水里浸泡劳作的渔妇们，冬至的前夜，会用粗糙皲裂的手，搓一颗颗细滑如丝的汤圆，祈求一家人团团圆圆。在洞头，更有吃冬至“状元圆”得状元的祈愿。所谓的“状元圆”，是个头比较大，包了芝麻馅的汤圆，洞头人称之为“圆母”。女人们便会搓一个又大又甜的“圆母”，悄悄留给最心爱的孩子吃。洞头还有独特的冬至民俗，用米粉捏一些惟妙惟肖的鸡鸭鱼虾，叫“鸡母狗粿”，来祭拜上苍，祈求六畜兴旺，五谷丰登。冬至一早，人手一碗滚烫甜腻的汤圆，几个香甜可口的“鸡母狗粿”，吃得一家老小身暖心热，海岛的冬天便在这暖意里，徐徐展开冬的云梯。

洞头的冬天，山寒水瘦，却是渔家人的旺季。民谚说：“冬至过，年关末，带鱼像柴片。”渔船出海几天后，起风了，夜里，女人们就要起来几次，看看渔港里有没有男人渔船的桅灯。一旦发现熟悉的标志灯，女人们便从窗口探出头去，高声喊，渔船进港啰！一时间，宁静的村子里，灯纷纷“啪”地亮了，狗吠声此起彼伏，女人们三下两下穿戴暖和，顶着寒风，拎着马灯，挑着鱼篓，跑到岸边，跳上小舢板，解缆提橹，“欸乃欸乃”向渔船划去。男人们把鱼卸到小舢板上，边卸边相互询问海上的事家里的事，有时来不及细说，便去补充供给。那些鱼，就交给女人们处理了。鱼贩子来了，挑挑拣拣，再好的鱼在他们的口中都成了臭鱼烂虾。女人们不着急，也不争辩，这鱼是自家男人在风口浪尖捕来，是男人的血汗，更是一家老少的温饱，听两句不好听的，打什么紧，等他们贬够了，该什么价，还是什么价，毫厘不让。结完账，收了钱，才笑嘻嘻地回道：你当挑媳妇呢，嫌这嫌那，你媳妇还不一定有这鱼虾鲜嫩哩！三两句把鱼贩子堵得无话可说。狂风大作的日子，渔家人围着炉火，烤几条目鱼须，蒸一些鮟鱇鱼干，就着本地产的“船老大”米酒，摩搓着硬茧处处的手掌，咀嚼一番狂风恶浪里的壮怀激烈。女人们则拿出毛线，打起孩子的毛衣裤，或是帮人织一段渔网，贴补家用。

洞头的冬天，雪是尊贵的稀客，一入冬，海岛人就盼着下雪。“年头雪，鲳鱼肥，年末雪，鱼蟹满仓‘北’（爬）。”下雪，就意味着这是一个丰收的冬季。可是海岛极少下雪，偶尔撒下几颗雪籽，孩子们就跑到屋外不停地蹦啊跳啊，伸出手掬着，张开嘴接着。渔家谚语说：冬天一捧雪，胜过药十帖。海岛一下雪，女人们就拿出瓶瓶罐罐，把积雪一点点收藏起来，夏天孩子上火了，发烧了，或生了疖痈，取去雪水喝上几口，用雪水冲洗疮口，便“药”到病除。

洞头的冬天，来得迟，去得也缓，节令过了雨水，有时惊蛰的雷响也过了，它还缠缠绵绵，不肯离去，海岛人常说“不吃五月粽，破衣破袄不能放”。只有雾来了，洞头的冬天，才真正地解缆挥桨，去岁月深处，等待风的再一次召唤。

洞头虎皮房

虎皮房曾是洞头的地域标签，如今，它成了海岛的一道独特风景。

地处浙南沿海的洞头岛，处在台风活跃带，每年夏天，都要经历多次台风正面袭击。临海而居的渔村，一个巨浪扑来，半个村庄就淹没浊浪狂涛里，依山傍海的宁静和安逸，瞬间演变成风口浪尖的跌宕和惊恐。泥坯房茅草房木板房，是经不起狂风巨浪的肆淫，海岛人只能选择用石头建房子。

岛上石头不多，建一座房子，要四处采集石头，每块石头都有天然的颜色和纹路，砌成一堵墙，便像一张色彩斑斓的虎皮，一座房子就是一只雄踞的老虎，远远地看，村庄像一群老虎在休憩。

因为台风，岛上房子都建得低矮，单层，四合院似的结构，窗户开得小，门也少，一座房子只有一个大门，最多在后院再开个小门，方便进出。屋内一口小天井，用来采光，也用来收集雨水。海岛淡水稀缺，小天井向内凹斜成漏斗，雨水汇聚到天井四角，下面各放一口大缸，缸内水可洗涮，可浇灌房前屋后菜地，更可作消防之需。屋顶盖瓦，瓦上需压着一排排石头，防止瓦片被风吹走，可是，台风时，瓦片还是轻盈如落叶，呼呼风中，夹杂瓦片落地的噼啪声，听得人心里一颤一颤的。上世纪六十年代后，虎皮房多为双层排屋，仍是小窗小门，规规整整的，一楼一排长方形的门，二楼一排方方正正的窗，像中山装的上下口袋。

虎皮房是最宽厚的，它给杂草留着了生存空间。春来，每一条墙缝间的泥土里都会萌出许多嫩芽，秋天，墙隙会冒出几点细碎的小黄花。青苔也不时出现在虎皮房的墙面上，让虎皮房色彩更丰富。

台风过后，到处一片狼藉，树折了，篱笆倒了，碎瓦片到处都是，退潮的海滩上，木头船板杂草鞋子脸盆什么都有。幸好，房子还在，虽受了重创，屋顶的瓦片稀疏得像筛子，地面泥泞，泥脚印踩得屋里屋外都是，但人们的内心却不绝望，灾后重建也不那么沉重。

大人们忙着收拾残局，无暇顾及小孩子，孩子就坐在门口石凳上，小小人儿经历一场台风，仿佛忽然长大了，知道不吵不闹。百无聊赖中端详起虎皮墙。虎皮墙经历了浪的侵袭，雨的冲刷，分外洁净。台风后的阳光，像闯了祸的孩子，懒散，顽皮，甚至有点羞涩，有一种特别的光芒，照在虎皮墙上，斑斓的花纹上跳动着清凉纯净的光。虎皮墙上，有一块石头，上面像一片云彩，绛红的，边上还打着卷儿，中间有一只黑色的鹰正展翅向云彩飞去，下面一片青苔像草地，阳光把云彩、黑鹰、草地都敷上一层薄薄的金粉。孩子忍不住伸手去揩，粉嫩的指尖仿佛染了金粉。再看另一块石头，分明是两只斗得正酣的蚱蜢，眼睛鼓鼓的，双腿绷得很紧，翅膀向一侧倾斜，显然斗得两败俱伤了。另一块石头上，一群蚂蚁在搬家，却被一只苍蝇挡了道，有绕道走的，有攀上蝇身的，十分有趣。孩子看得忘了时间，更不再无聊，慢慢地发现虎皮墙的每一块石头，都是一个故事，一段生活。于是，有事没事，孩子就会盯着墙看，盯着一块块石头看，还要与其他孩子交流，甚至争得面红耳赤。虎皮墙是海岛孩子人生的第一册书。

清晨，虎皮房顶冒出一缕缕炊烟，渔夫整理网具准备出海，渔妇洒扫屋前屋后，孩子们端着碗在门口吃饭，边吃边讨论今天的潮水适不适合赶海，狗走东家窜西家撒着欢儿，鸡踩着梅花印在墙角觅食，村庄像一群刚睡醒的虎，生气勃勃。女人在屋前屋后开垦出一小块一小块地，种上葱蒜，栽上草药，也养些花草，还种上树。春来时，草木葳蕤，树叶茂密，从远处看村庄，恍若森林里几只英气逼人的虎，忽隐忽现。

后来，有了红砖石灰，有了钢筋水泥，村庄里整洁漂亮、高大气派的洋房一幢幢拔地而起。落地窗，玻璃门，釉面砖，琉璃瓦，富丽堂皇得让虎皮房自惭形秽，只好悄悄地藏在新房子阴影下，躲在村庄的角落里。新渔村建设的浪潮掀来，该拆要拆，该保要保，虎皮房终安下心来，在海岛渔村里，成为一道景观，记录那些与风抗争、与浪搏斗的岁月，承载几代渔家人对家园的守望。

此间小坐也神仙

村庄如果有表情，海岛渔村白迭的表情应该是虚惊一场后的欣然。

第一次去白迭，是在2005年。春正发生，杜鹃在山岗放了一把火，把漫山遍野燃烧得春意勃勃。

那时，我们四个人正在做医院志，白天出去采访，查资料，晚上加班整理素材，形成文字，忙得昏头昏脑。春天是有诱惑力的，埋头在故纸堆里的脑袋，不约而同抬起来：去踏青。同事说，去我老家吧，白迭，听说政府要将它作为全县垃圾填埋场。同事这么说着，声音是哀伤的。一缕忧伤漫上了我们的心头。总是有些事物要成为历史的过眼云烟，若干年后，谁能重现今时今日的月明风清，像我们这些日子，不断去追寻那些过往，求证那些隐藏在故纸堆里的往事，又能找回几多真实。更何况，谁愿意有一天指着垃圾堆对儿孙说，这里曾是我们的家……

我们能做的，只有在它还没有消失的时候，去亲近它，珍惜它，去见证它的存在和美好。

去白迭没有直达的公交车，只能先到洞头岛上最高的山——烟墩山的东郊村。公交车有些年头了，一路都爬坡，车走得气喘吁吁，常常发出一声哮鸣音，顿一下，再往上走，像一个患了肺心病的老人。

下了车，顺着同事手指，就看见远在山脚下的白迭。山低下了头，与海相握，山挽起了臂，与海相拥，山海相握相拥处，一个小小的村落静静地在山海间繁衍生息。站在通往白迭的路口，才发现，不是没有直达公交车，而是没有通车的路。通往村庄的唯一的路，是一条蜿蜒的羊肠小道，是那种走得多了走出来的路，陡峭难行的地方，才用了石头砌几级台阶。

雨刚过，路有些泥泞，小心翼翼地走着，仍不时滑倒，好在路上长了细细碎碎的野草，松松软软的，就是滑倒，也不过是沾几片草叶、几颗露珠在身上。路旁的草地除了开得艳艳的杜鹃，还有许多植物，颜色也很丰沛，蕨菜的紫，野绿萝的墨绿，紫云英的翠，还有不知名的草木初生的鹅黄。同事一路走，一路采着野菜，嫩嫩的马齿苋，香喷喷的野葱，还有一根根铁丝似的打着卷儿的蕨菜。忽然明白，来时采买食物，同事为啥交代蔬菜不用买。是哩，满山都是菜了。路上遇一挑担的老农，一头紫菜，堆得半人多高，另一头的箩筐里装着红薯，老农黑瘦，脸上的皱褶纵横交错，汗水在皱褶里走，像是万千道沟渠，发了场洪水。在黄山遇到过挑夫，年轻力壮，挑着重担，攀登在陡峭的山路上，虬结的肌肉里流淌着迸发的力量，而同是攀登，这老农，他枯瘦的身体，仿佛被岁月过早地透支了。如果愚公生活在这村里，是不是也会想移山呢。

下到山底，过一道溪，就进了村。它那么低，低得原本不高的山都显得巍峨；它那么小，只有几间石头房子，在花树掩映下若隐若现。它那么静，静得不太悦耳的鸟鸣，都显得婉转动听；它那么纯朴，纯朴得一弯小小的山道便可直抵它的心灵；它又是那么豪奢，奢华得可听风吟可踏浪声可聆鸟语，朝墩夕照，只需凭耳朵去感知。

村子里只有十几户人家，房子是清一色的石头房，门前都晒着衣服，紫菜，桌椅，甚至碗筷，也许是春天后一直下雨，难得一个晴日吧。房前屋后，鸡鸭来来回回奔走，长得极健硕，羽毛光亮丰满，同事说，这些鸡鸭基本上不用喂食，早晨放出去，它们会自己到山上海边找吃的，天黑了才回各自的窝。同事的家是一间两层楼的石头房子，门前有两棵柿树，一棵桃树，一棵梧桐，春都已满枝头。走出去几米，就是海。不大的海滩长了许多海苔，绿绿的，在沙泥相间的海滩上绘一幅写意中国画，小蟹在画面上悠然地踱步，海螺则给画面添几道随意潦草的线条。同事带我们去采海苔。那些海苔，绿得像刚涂了油，让人怀疑它身上沾着的，不是海水而是油。几条废弃的破船在海滩上搁着，身上留着一片片灰白的牡蛎藤壶的壳，船板松垮垮的，缺了钙骨质疏松了一般，小小的蚀孔遍布，像长了老人斑的脸。我站在船边，呆怔着，同事手中的相机对准我咔嚓了几声。我的鲜衣和不远处的桃花，与这老去的船，是极鲜明的对比吧。

海苔被巧手的同事用红薯粉和肉末做成海苔丸子，那美味，许多年后，仍然不断被提起，也不断说，什么时候再去白迭，却终是没有去成，而当年同行的同事，一个因交通意外离开了人间，一个退休后就去外地帮儿子带孩子，还有一个，被检出得了癌症，正做着化疗。而我也调离医院，白迭之行竟成绝版。

再去白迭，是在今年初冬的一个午后，没有约定，也没有计划，没有匆匆赶赴，也没有心驰神往，只是阳光和暖而明亮，一如多年前的那个春日，便想起白迭。这些年，它不仅没有成为垃圾填埋场，不久前，还被评为省级生态村，听说车已能直达。

身边刚好有志趣相投的人，就伸手招了辆出租车。司机说，打不打表，都是二十五元，一天去许多趟呢，入秋后去看枫林的，摘柿子的，挺多。仍是上山的路，仍然要不时地换挡爬坡，到了岛的最高处，看到远处的白迭，车却不停下来，而是循着一条洁净的水泥路蛇行而下，不多时，白迭就在眼前了。

一块大石悠然而立，上书“田园牧歌，白迭生态”。几棵老柿树，柿叶已经掉光了，只剩红红橙橙的柿子，在枝头独自狂欢。村里并不见游客，只有一个中年女人在胡萝卜地里除草捉虫，把太密集的胡萝卜秧子删出来，走近了，听到她在哼唱着歌，像是越剧《碧玉簪》里的《三盖衣》，愁肠百结的曲调，她以闲适悠扬的调子唱来，听着也不觉别扭，也许那些千金小姐的愁情烦事，到乡间来晾一晾，就风烟俱净、天山共色了。有溪从山上穿村而过，奔流到海，溪水不多，时断时续。溪上仿木水泥石桥与两旁石屋，勾画出了“小桥、流水、人家”的田园风光。溪边有一口井，用水泥筑了井台，井上架了辘轳，这在海岛上极少见着，大概是因为海岛的井都不深吧。伸头看井，井水挺多，倒映出清晰的人影，做个鬼脸，哧哧一笑，井水似起了微澜，把水桶扔下去，摇几下，便打起一桶清澈的水，虽是初冬，海岛上还热着呢，清水洗脸洗手，冰冰凉凉，掬一捧入口，微微的甜，沁入心脾。

村子仍然只有十来户人家，石头墙的缝隙抹上了青石灰，显得整洁了许多。香樟树下，一架秋千静静地伫立着，有些落寞的空，忍不住快步走上前去，坐下，用脚一踮，慢慢地晃悠，仰头看天，天空湛蓝洁净，没有一丝云彩，山上有几架大大的白色的风车，无风自转着，好似镶嵌在蓝天里，天空的平铺直叙，因此而起了美好的波澜。几只鸡在悠然踱步，毛色油亮鲜艳，两颊红润，它们也如多年前那样，在海边在山间自行觅食吗？秋千旁有石桌石凳，桌上画了纵横交错的线，线条也不笔直，显然是随意画的，有米青两色石子放在线格里，正纳闷谁这么无聊，竟把桌面弄得脏乎乎的，细看，原来是一盘未下完的棋，不禁想，该是一拨怎样风雅的人？

一只天牛沿着一根枯枝慢慢爬行，它是要去往何处？一对灰衣长尾的鸟在枝头欢跃，唧唧的鸣叫声，似在对话家常，又似诉无尽喜悦。一只白蝴蝶扇动着单薄的翅翼，这叶落草枯时节，它还能坚持多久？万紫千红不过是一时绚烂，却是它从蛹到蝶漫长一世的向往。

就这么闲闲坐着，看着，想着，沉浸于与尘世万象的对话，分享鸟雀的天伦，天牛的缓慢，和白蝶的坚守，竟有些睡意。这初冬的阳光就是一坛春时酿的酒，经过春的缠绵、夏的热烈和秋的丰沛，被白迭以幽静开启，便熏得人醉意朦胧。

挂念着那海，便起身往海边去，一老妇在家门前靠墙坐着，手里抱着纸盒，盒里是岛上人用来烧给神佛和祖先的“金元宝”。这种“金元宝”很独特，在别处几乎看不到。用火棉纸裁成长方形，中间贴上一方金箔，然后折成元宝状，还要念上一卷心经。岛上几乎人人都会折这种“金元宝”。老妇人显然也是在折，只是她睡着了，头歪在竹椅背上，苍老的脸却看不到一块老人斑，面容安详而平和。这沧过桑过的脸，是怎样变得这般安详而平和的？想起一首诗：她们的额际上都写着共同热爱的/山川/高出来的地方，是宽厚，仁慈/低下去的地方，是安宁，自得。

也许，只是如此而已吧。

原来通向海边的路堆满了石子，东张西望找着路，一个在田里浇水的老农冲着我喊，过不去了，要绕到山后！比画了半天，我还一头雾水，他丢下农具，跑过来，要领我过去。“挺远的，海水正涨潮呢，没什么好看的，还是别去了！”我问，那海苔还有吧？“没有了，被修路的沙石堆掉了，不要着急，正在清理沙石呢，清理好了，慢慢就有了！去看看枫树林吧，这时候正好呢！”

对啊，我怎么忘了枫树林呢！进村时，就看见村子对面的山坡上，如荼如火的红叶，在风中跳跃的。匆匆告别老农，奔着去了，枫林的入口处，有一间绿色的毛竹片搭就的小屋。记得多年前，这里是个公厕，远远地就被它那声势浩大的异味击倒，经过它时，是一路小跑过去的。现在这里不仅没了异味，还有这么雅致的小屋。仔细一看，原来还是那个公厕，只是如今厕所里引了山上的水来，利用自上而下的势能作用，采取高峰时段自动冲水、低峰时段手动控制的办法，最先走上了省电节水的低碳路线。据说，白迭村的生态建设中，还有许多可圈可点的，垃圾屋就是其中之一。垃圾屋建在污水处理池右边，里面安装了一个自动消毒装置、一个杀蚊与照明两用的LED节能灯。垃圾屋头顶立了一个太阳能蓄电板，虽然只有书本的大小，却可以满足垃圾屋日常的用电需求。有了消毒装置的定期杀毒和节能灯的杀蚊，垃圾屋才没有异味，与众不同。

枫树林前，建了一片照壁，壁上有诗，正念着，枫叶在壁后探头探脑，引诱人迫不及待追着她去。这时节，正是枫树的好时候，像一个情窦初开的少女，羞红着脸等着心上人的到来。也像一个新嫁娘，披着红盖头，端端正正地坐着，只等着新郎来掀起盖头。其实，世间万物，总有一季属于自己的美丽，无论是春暖还是冬寒。在树下小坐，呼吸着满带泥土和树叶芳香的空气，在都市里禁锢久了的心魂慢慢地松懈下来。一阵风过，枫叶纷纷扬扬地飘落，落在草地上，给苍黄的草地绣上红色的花片。如果冬天有这一片热烈的枫红，那严寒又何惧？

如果漫长疲惫的人生路上，有这样一处小憩的村庄，又何惧？白迭，此间小坐亦神仙。

小村后垅

小村依山，山不高，绵延成“V”字形，像一双长长的手臂把小村拥在怀中。几间瓦房疏疏落落地撒在绿树浓荫中，瓦房面海，海是天然的小小的港湾。早起推窗，帆影点点，汽笛声声，车水马龙，一派生机勃勃的繁忙景象。晚上睡前，色彩缤纷的渔火映在纱帐上，如放映着一出唱做俱佳的渔舟唱晚。

小村临溪，一条溪流在村前入海，淙淙的流水声让人在梦中感悟时间如流水一去不复返的真谛。溪水清澈，溪边纹路粗粝的石头，是天然的洗衣板，早晨浣洗衣裳的女人的说笑声、捣衣声和孩子们泼水玩闹的惊叫声交织成一支动人的晨浣曲。溪中水草蜿蜒，小草鱼在水草间东嗅嗅西荡荡、悠然自得，小蝌蚪成群结队地浮游在水面觅食，水面一有动静，便整齐地掉转方向，还有小跳虾那近乎透明的身子一伸一缩地游走着，逗得孩子们忍不住下水用装肥皂的盒子捕捉，这些小小的生灵儿却极灵巧极敏捷的，孩子们稍有动作，它们便快速逃开去，孩子们难以得手，最后不是衣服湿了让大人臭骂，就是不小心跌倒呛了水，狼狈不堪，鱼虾儿却顾自在溪水中悠游。这种你追我逃的戏码在夏日清晨的溪边每天上演着。溪里有河蟹，没有台风的年头还不少，秋后菊香蟹肥，村人夜里打着手电筒，用稻草探进河蟹的洞里，睡意蒙眬的河蟹紧抓着稻草不放，便一一落住捉蟹人的囊中。最有趣的莫过于“引”蜻蜓，夏天是蜻蜓的繁殖季节，捉一雌蜻蜓，用细绳子绑着，牵在手中在溪边来来回回奔跑，便有许多的雄蜻蜓跟来，在它们谈情说爱、忘乎所以的当口逮了来，再用细绳绑了，在雄蜻蜓的尾部涂上黄泥，许多不知真相的蜻蜓跟在后面追逐，非常有趣。年少时暑假的午后都是在溪边度过的，多少的欢笑撒落溪中，人晒得黑炭一般，露出雪白牙齿的笑靥却时时出现在成年后的梦中。

小村面海，海滩也是孩子们的天堂，且不说炎热夏天在这天然游泳池里自由自在地游泳多惬意，也不说那输了得跳入水中游回岸边的划小舢板比赛多带劲，单是那退潮后抠牡蛎、挖龟脚、拾海螺，就让童年的生活多姿多彩。村前的海面上有座灯塔，其形似香炉，村人唤作“香炉塔”，落潮时塔下的礁石露出来，石隙的海螺、龟脚品种多个儿大，村人常去拣拾。塔距岸有两百多米，滩涂上还有一条宽宽的沟，水流很急，塔边的海涂又软又深，因此小个子的孩子是不能去的，而这更让人对塔向往起来。因了这份向往，我每日死缠硬磨着哥哥，让他带我去，哥哥不胜其烦，便答应了。第二天早早地在海边等退潮，潮落到最低处，哥哥让我坐在推桶上（一种上小下大底平滑的木制桶，在水中浮力大，在滩涂上推着走阻力小，这是我心灵手巧的父亲为喜欢下海的哥哥特制的），哥哥先是推着我走，到了水流边，哥哥把推桶紧紧地绑在胸前，我在推桶上一动都不敢动，怕一动就翻到水里，哥哥踩着水，小心地保持着推桶平衡，一步一步向对岸挪去。过了岸，滩涂深了许多，哥哥的长腿整个儿陷入滩涂中，行走已很艰难，推桶因了我的重量也陷入了些，推起来更不易，我有些后悔自己的任性，泪水含在眼中，哥哥却满不在乎地说，没事没事，一会儿就到了。塔下礁石嶙峋，塔是灰色的砖砌成的，露出水面的那一截还是原来的颜色，浸在水中的却长满水草爬满牡蛎。塔顶的灯火一明一灭的，日夜不休。哥哥忙着挖螺捞鱼，我帮着拣些小海螺、小蟹儿，没一会儿就回潮了，哥哥匆匆带着我回程，途中，哥哥的腿被海涂中尖利的牡蛎壳划了一道大大的口子，缝了十几针。蜈蚣一样的疤痕爬在哥哥的腿上，也一直深烙在我心里。

小村最美的时候是春天，油菜花开，金灿灿的，漫山遍野，整个村子都溶入金色的海洋，荷锄的肩头，沾泥的脚底，在在都是油菜花香。村头井边有一树桃花，枝条繁密，桃花密匝匝地挤在枝条上，村人知道我爱桃花，便允许我摘几条缀满花蕾的桃枝带回家养在瓶里，往往树上的花落了，萌出绿叶儿，瓶里的花还热热闹闹地开着。家门前有一棵大大的桑树，夏天结满紫红的桑椹，树下便围满垂涎欲滴的孩子，有胆大的上了树去摘，吃得满口流香，胆小的只能望而兴叹，不得已找根竹竿来，对着挂满桑椹的枝条一阵猛击，成熟的不成熟的桑椹还有桑叶儿便如雨般落下。当然这种方法只能没人在场的时候用，不然会挨骂的。

小村民风朴实，家家户户门户洞开，哪家少个柴米油盐或是缺把锄头短个水桶什么的，只管到邻家借去，有时人不在家，自管拿了去也不打紧，记得还来就好。要是被借的那人要用到那器物，只要在门口喊一声，便有人立马送了来。

小村名叫后垅，在洞头县东屏镇中仑村的西边，现已划入县工业园区版块。前日去时，山已去了大半，村民也做了搬迁的准备，过些日子，村子也消失了。想起小时候种种，聊以此为记。

沙 滩

家离那一片沙滩不远，就十几分钟的路程。沙滩被山环抱着，不是很大，沙却是极细、极柔软的。沙滩的前方正对着初升的太阳，有一段时间常常早起骑上摩托车，到沙滩上看红日从海平面上跃出，看一天一地的霞光把世界渲染得金碧辉煌，一天的心情便似霞光般灿烂。夏日时，晚上也常去，那里有露天舞厅，可以听听音乐，观观海潮，也可以踩着海浪的节奏，伴着月光的旋律在沙滩上翩翩起舞；有时约上三五好友，支起篝火，搭起帐篷，在沙滩上尽情地玩耍，看月光下的沙滩妩媚如恋爱中的女郎，看海浪与礁石情语喁喁纠缠不休，再在月儿沉落之后静静地等待黎明的来临，等待一道金色的霞光划破夜的宁静，等待万顷碧波捧出孩儿面般红润而不张扬的红日，等待红日掀开面纱射出万丈光芒，等待山川、树木、礁石、浪花和沙滩睁开惺忪的眼，在金色的霞光中欢腾、喧嚣……

后来，生活的琐事渐渐多了，心也粗糙了许多，但还是常去沙滩上坐坐，让海浪吻吻疲累了的脚。直到那天，围城里的两个人有了一次争吵，受伤的心只想逃开去，含了泪的眼并没有注意到这是一个的台风夜，不知是台风将临还是刚过，风很大，林木飒飒，一路上没有一盏灯光，一心一意只想到没有人的地方抚慰受伤的心。忽然，车翻了，人也摔出老远，细看是一根树的断枝横亘在路中间，腿上鲜血淋淋也不知道疼。费了九牛二虎之力扶起车，车灯下碧玉手镯的碎片熠熠生辉，才惊觉佩戴多年的碧玉手镯不在手上了，这碧玉手镯有一段很绵长的故事，使一向不喜欢任何饰物的我从拥有它那天起就与它须臾不离。捡拾起一片片破碎的晶莹，泪水一串串落在碎片上，心好似有了一个缺口。那种伤痛许久后的今天想起来，仍是哽咽在喉，心如针刺样疼痛。后来是怎么回来的不记得了，车是不能开了，大概是哭了很久以后，才一步步走回来的。

那次之后便不再常去了，沙滩也变了，游人如织，垃圾成堆，不再是给我霞光般灿烂心情的沙滩了。每年夏天有远方的朋友来，才陪着走一回，也只是坐在茶室里喝喝茶，等朋友玩够了就离开。

日子一天天过着，生活的烦恼却不时袭来，累极了，偶尔还是会想起那宁静的、柔软的沙滩，还是会想去吹吹海风，梳理那纷乱的思绪，想让那片宁静、那份柔软抚慰疲累的心。

今夜风大，又是涨满潮时分，沙滩完全淹没在海水里，一弯下弦月淡淡地洒着清辉。坐在礁石上，任风儿撩拨着长发，海浪白莲花般绽放在四周，此刻我仿若入定的老僧，在莲花的宝座上，作着念珠祷告似的追忆。

佛说："一滴水怎样才能不干涸？只有融入大海里。"

"宁可干涸也不成为茫茫大海里无可辨识的一滴水！"年少的我轻狂地说。

潮起潮落，不经意间，沙滩已展露了恬静的容颜。走在沙与浪的边缘，一阵阵战栗自脚底沁入心深深处，往事如潮涨来，曾经的眼泪和欢笑，曾经纠结的哀伤和怅惘只凝成一声轻叹，随那涉水的哗哗声，蹒跚岁月之海。再回首，浪花起起落落间哪有走过的痕迹？拢紧衣襟，挽起湿透的裙角，想起佛的智慧和年少的轻狂，含着泪，笑了……

难道也要得走过后再看它的美？

未琢的天真

周日清早，我陪母亲去庙里烧香。

庙很小，小到没名字，在一个叫九仙的小山坳里。九仙在岛的最西边。在县城乘公交车，坐到岛的尽头，下了车，再往山下一直走，看到海滩，就快到了。下山的路是那种走多了便走出来的路，极难走。遇上雨天，泥石往下流，路就被淹没。

我们去得早，山海都未醒。与母亲相互搀扶着，不时抓着路旁的枝枝杈杈，深一脚浅一脚地探着往下挪，不一会儿身上就沾了许多斑斑的泥迹。暮秋的山野，空气里满是纯净的草香，一缕缕青灰色的晨岚萦绕山间，山风似有似无地抚过脸庞。路旁的小雏菊黄黄的蕊像极灿烂的笑脸，秋天的喜悦都写在她的笑脸里；牵牛花拉着一只只紫色的小喇叭，一路播撒着秋天的讯息；夹竹桃不时地在转弯处冒出一两朵或红或白的花，像给满山的翠色标上一个个标点；一丛不知名的矮木，上面结满棱形的果子，像一只只绿色的小灯笼，摘下掰开来看，竟是石榴样的小果子，晶莹剔透，一捏竟冒出一滴滴白色的乳汁；狗尾巴草随处可见，随手扯下几根，把小尾巴在脸上刷来刷去，痒痒的，非常惬意。

“快看！”母亲指着对面的山坡上说。顺着母亲所指看去，竟是一片木芙蓉，红的白的花朵儿将山野衬托出一股春天的韵致，这时节已是菊花的天下，哪知居然有这样一片木芙蓉躲在此姹紫嫣红。

一只鲁莽的小蚱蜢猛地从草丛里蹦出来，居然跃上我的脚背，一弯腰就逮住它，我掀开它的双翅一看：“红裙子！”举到母亲面前，说：“是女孩！”母亲笑了：“小时候，你看到蚱蜢就猛追，非要看看是红裙子还是绿裙子，到现在还这样。”突然想起一首儿歌，轻轻地念出来：“小蚱蜢，穿红裙，摇摇摆摆去乘船……”八十岁的母亲居然接着念下去！而我也记起来了，模糊的记忆一下清晰。有些事似乎化成慧黠的小精灵潜伏在记忆的角落里，在你不经意间，悄悄溜出来，给你惊喜。

拐过一个弯，只见一排排晒满紫菜的竹匾整齐地立在路边。黑黑的紫菜在晨曦里发出油亮的光泽，像黑色的宝石。走近了，才看清紫菜是透着黑的紫。一村妇在锅盖大小的圆竹匾里来回拨拉着新剪的紫菜，这晒好的紫菜揭下来，就是圆圆的紫菜片。母亲说，这是“花水”紫菜，最好吃了。

村里人家的袅袅炊烟正轻轻地缠上屋前屋后的树梢，还在打鸣的鸡和看到陌生人汪汪叫的狗，一群嘎嘎叫着往海边去的鸭子，把这小村子渲染得格外富有生气。母亲一路走来，不时跟村里人打着招呼。

到了，小庙依然破旧，却十分整洁。母亲点烛焚香期间，有三两个村里人也来烧香，口中念念有词，说的都是拿不定主意的家务事，想是把小庙的神佛当成自家的长辈了。

母亲拜着佛，我便到庙外转转。庙前就是辽阔的大海，此时正涨潮，远处，五岛连桥把空蒙的海天描成一幅淡远的画，一方方紫菜网随着海浪的韵律起起伏伏，系在岸边的舴艋舟憨头憨脑地在细浪里晃动。海水轻轻拍打着礁石，一朵朵雪白的浪花绽放在黑色的礁岩上。在一块岩石上坐下，闭上眼，听海水用千万年不变的手势拍击着海岸，“哗——哗——哗”，一声声，把漫长的时光拍打成悠闲的岁月。鸟的鸣叫声在树梢间传递着，吱吱啾啾，在海涛低缓浑重的乐章里加入一串清越的音符，汇成一段让人心醉神迷的天籁之音。

忽然明白母亲为何舍近求远、不厌其烦地一次次来。这小村小庙的幽美，全在这一片未凿的天真里。如今，到处是借建设之名挖掘得伤痕累累的山海，留这一份未凿的天真给我们，给未来，多好。

不如与花缠绵

春水一盏，桃花蘸着开，梨花也蘸着开，踏青的人采了满捧粉的红的杜鹃来。都在说：春来，春来。是，春天了。可油菜花不开，我的春天，就一直空着，像空枝寂寂的爱情，像蝴蝶飞不过的沧海。我等油菜花，沿着风的足印、月的清迹，沿着时光的河道，踩着梦的阶梯，驮来一个花枝招展的春天。

而其实，油菜花早就开了，开在那个叫大门的岛上。那个岛，离我不近也不远，隔海可相望，仿佛近在咫尺，却要烦劳舟楫摆渡。一重水，十座山哪。何况是海，有风来阻，雾来挡，还有暗潮汹涌。那油菜花便离我忽远又忽近。春天不短，却只够看一场油菜花开。于是，我要把这唯一留给油菜花最华美的时刻。

岛上人最解风情，早在春风初漾之时就掐算出油菜花的好日子，今年，他们把日子定在3月22日，就像女儿养到十八岁，要择个良辰吉时出嫁一般。好风景是要等的，就像好姻缘要等一样，就像步子迈大了要慢下来等等灵魂一样，一年一会的油菜花，也因等待而更美更好。等待的日子里，我在心里勾画她们的模样，她们的亭亭之姿，她们的嫩绿与轻黄。心中的画一日一笔添上，像画九九消寒图，画好，好日子便到了。

多雨的春天，竟也通人情，不仅收起了连绵的雨，还留了几缕淡淡的雾，好日子里有个暖暖春阳，已是何等完美，再有雾气氤氲，更风情万种了。

坐了早班船去。一船满满的，全是看花人，几百号人叽叽喳喳，聊着花事，竟似一群等着采蜜的蜂。上了岛，直奔花事烂漫处。远远地，便听到锣鼓喧天，便见人山人海。循着锣鼓声去，朝着人群去，见一堵心愿墙，密密麻麻的心愿，如油菜花般透着香，透着暖。然后，便见着那几个字——大门第四届油菜花节。平民如油菜花，竟也有了自己盛大的节日，满山的油菜花，仿佛一夕之间矜贵了起来。

同行的人，都迫不及待地飞入花海中。油菜花开得极好了，不多不少，七八分，花似盛开，细看，却还几分含胸低眉的谦逊，枝已亭亭，却仍在伸枝展叶吐苞绽蕊。春风是最好的设计师，多少顷风，吹开多少花开，仿佛有精确的指数。不紧不慢，慢条斯理开来，把春天演绎得如同一出剧情缓缓推进的大戏。

金黄的色块，是最好的底色，红绿黑白，都能点染成绝美的画面。花丛中，一张张笑脸是绝美的风景，浅笑的，大笑的，抿着嘴的，露着牙的，都很春天，都很娇媚。

一个老农在油菜花旁的豌豆地里摘豌豆，摘着摘着却停下来，直起身，望向不处的树，定格了一般，久久不动。循着他的目光看那树，不过是一棵平常的桉树，没什么好看的呀。他大概察觉到我的疑惑，回头冲我一笑，竟带几分羞赧，说，那鸟叫得真好听！

大门的油菜花，最懂得布局。她们不呼啦啦傻开一气，开得一望无际，让人喘不过气来，她们仿佛只是信手涂鸦的孩子，拿一只彩笔，随意一抹，就把一个岛变成一幅田园的画，哪里该留白给水塘，哪里该点缀个村庄，哪里该有孩子的轻笑蜂蝶的追逐，哪里又该简静得只剩花开的声音，都拿捏得恰到好处。在小荆村的山顶上看油菜花，油菜花的层次更是清清楚楚，高低错落，宽窄有致，像一首音韵流畅的山歌，高一声低一声，直把山坡都唱响了。那些垄间的绿，有时是连接线，有时是休止符，像一阕格律严谨的宋词，长句是叙述，短句是抒情。人在花中走，蜂在花间绕，这首金黄的歌，这阕翠绿的词，便婉转了流动了。

穿过长长的岁月回望，花间走着的，是年轻的自己。二十多年前，我从卫校毕业，第一份工作便是在大门岛上。年轻的心禁不起春风的怂恿鼓动，被一片油菜花海迷醉得神魂颠倒，日子仿佛一袭金黄镶了绿边的锦衣，满是新布的香气。和煦的春阳又切切地酿一坛油菜花的酒，就是要让人醉的。从第一朵新蕾初绽，流连到枝头满是绿绿的籽荚，一春的花事，一季的春事，都记录在一片金黄里了。岁月倏忽，二十多年的光阴啊，不过是几场油菜花黄。

宁静的小荆村，托了油菜花的福，一年只热闹一回。这一天，人比花稠。光鲜的衣着，在小村的屋舍间，织出一段繁盛的花事。村庄便似仰了脸，冲着春天笑开了。村庄是新的。新建的楼房，粉墙上涂了各色脂粉，鲜亮得像一段明丽的快三眼。也还有许多旧石屋。旧石屋的墙角篱落，春花春草乐颠颠的，长得随意和散淡，一股子自家院落的轻松和自在。都是旧石屋，却也有区别。人住着的，石屋有烟火熏着，便有浓浓的生机，苔藓最怕人气，有人守着，它们便远远地就止了步，好像守卫森严的城池，侵袭者只好在远处观望。一旦屋子空下来，草们苔们，就当仁不让地占了势，做了主人。门前的石臼也是古老的。岁月的青苔给青石臼披了一件绿蓑衣，臼面和臼槽内却光洁如新。持石锤的，是个穿彩衣的中年妇人，健壮敦实，石锤在她手中犹如拈枚绣花针般轻巧。站在旁边翻动米粉的，也是中年女子，满脸是笑，仿佛那随石锤起落翻动一下米粉，是世间最美好的差事。臼边围满了人，有老有少，有男有女，眼睛都跟着石锤一上一下转动，咽部也不时滚动一下，米粉的香早引得人垂涎欲滴。清明草煮过了，汁液青翠，被石锤一下一下地捣进蒸好的米粉里，雪白的米粉渐渐变成一块碧绿的翡翠。这米粉，原是要做成清明粿的，可翻米粉的大婶心软，听到了咽口水的声音，便扯下一块塞进身旁的孩子嘴里。就这么一扯一扯的，一块足球大的米粉，还未捣好，就所剩无几了。吃精细食物长大的孩子，也是沾了油菜花的光，才尝到这种掺杂了乡间野趣和民俗文化的滋味吧。

离开小荆村时，路过“小荆村文化礼堂”，油菜花，与油菜花节的诸多细节，都在展厅里美美地展示着了。原来，小荆村把油菜花作为一种诠释小荆的风土人情，传承一个村庄的美好品质的文化媒介了。

夜来，人散了，村庄静了，闹腾了一天的油菜花也歇了。一群人饭后闲步消食，走着走着，就走进沙岩的油菜花地。沙岩的油菜花与小荆不同，小荆的油菜花是一浪一浪高上去的，沙岩的油菜花，则是与大海一堤之隔的另一片海，所以，走在沙岩油菜花旁，你会恍若枕在一片涛声里，这涛声是极细极微的花香，是极幽极黯的花语。一群人迈不动脚了，坐下来，在海堤上，双腿在堤边打着随意的节拍，左拥着大海潮起潮落的澎湃，右抱着花海若隐若现的怒艳。龟岩上，一弯下弦月挂在山梁上，清辉淡淡。风从远处来，有海的气息，有花的香馨，仿佛酿了一冬的酒，开坛时又加了几味清香的料，更是醉人了。想起老树的诗："无奈生于世间，日子真不清闲。与其与人纠结，不如与花缠绵。"与花一夕缠绵，便足以抵挡无数庸常与烦扰，就像一辈子，爱过一场，便可消磨漫长岁月。

染了一身花香，睡去，梦也香。清晨，竟被宁静唤醒。推窗，只见油菜花在薄雾里更加娇怯可怜，让人忍不住想亲近想抚慰。随手抓了本书出去。清晨在村头读书，还是少年时的事。如今，不读书已多年，这一刻只觉得唯有书方配得上这样的清晨，这样成片成海的花。与花对坐，花自绽放，我自在书中抵达另一方天地，各自无猜各自闲。读着读着，烟岚散去，山野眉清目秀，油菜花沾满晨露，在阳光下如新过门的媳妇，妩媚，羞涩，眉眼含情。不远处，一位农人抽着烟，望着花海，神情恬淡，眼神幽远。或许，他看到的是，不久后，花落籽成，新油飘香吧。不由得叹服起这油菜花来，人家开花纯粹为着美为着香，只有它，美之余，香之余，还有累累果实，丰实农家的生活。它是最值得善待的，也最深得农人欢心。

离开大门时，从蜂农家买了两罐新酿的蜂蜜。捧着这两瓶蜂蜜，坐车，坐船，又坐车回家，如那些踏青归来采了满把花枝的人一般，我兜回一怀甜蜜和芳菲，用来腌制一衣一饭的琐屑。

仙叠岩琐记

仙叠岩位于浙江洞头县城东南2.7公里处，东临大海、西接洞头渔港，与“海上神州第一屏”半屏山隔海相望。仙叠岩巨石摩天，危石层叠，险峻多姿，蔚为奇观，是听涛、观海、赏石的绝佳处。传说危石为神仙所叠，故称仙叠岩。

——摘自《洞头县志》

1

我没想到，再去仙叠岩，竟是十八年后。

那片矗立在浙南海岛最东边，巍然成洞头县标志的岩石，我十五岁外出求学前，每年正月初一都随母亲去拜谒。后来虽不再在正月初一去，但月明星稀、凉风如水的夏夜，也会约三五知心好友，带几罐啤酒，散坐仙叠岩的岩石上，就着朗月清风、粼粼波光，喝酒聊天，舒怀畅谈。再后来因堂姐若兰，仙叠岩成了伤心地，就再没勇气踏上这条路。

岁月匆匆，十八年倏忽而过。这些年里，我曾数次从仙叠岩边路过，却从不敢转身走向它，有时在某个地方，不经意抬头，远远地看到它的身影，顿时，疼痛像浪潮般一波波地涌上心头。

两天前，海岛下了一场十多年不遇的大雪，我偶然点开洞头新闻网，网站上，“仙叠岩”三个火红的大字在皑皑白雪中那样鲜艳夺目，一下子攫取了我的神思，让我对东海碧波间的那些美丽岩石牵牵念念起来——也许，该是面谒它的时候了。

当我忙完手头的事前去时，阳光好得让人想躺在礁岩上，睡一个慵懒的午觉，雪，自是消融得一点痕迹也没有。只有路边一片倒伏在地的芦竹，留下一点雪曾来过的蛛丝马迹。

好在，仙叠岩的美，无须外物来衬托，也不因季节变幻而不同。寒来暑往，仙叠岩只一袭素净的灰衣，像淡泊的僧袍，风霜雨雪，只加深了一点点岁月的灰。

十八个年头未见，仙叠岩变化甚少，神龟依然在如痴如醉地听经，相思树依然枝繁叶茂，三角梅依然姹紫嫣红，赖以成名的岩石依然层层叠叠巍然矗立，岩下的浪涛依然日夜不息地翻腾着，呐喊着。只有斧削一般错落有致的巉岩上，多了些摩崖石刻，最突出的一块数丈高的崖壁上，一幅巨幅观音正慈眉善目地注视着海面上往来的船只，口中轻诵的佛语，在起起落落的浪涛声中泽润着苍生。

阳光晴好，站在仙叠岩高耸的危石上，海面是一张年代久远的宣纸，辽阔地铺展着，谁在用国画的手法勾皴擦染点？波涛是用披麻皴和折带皴皴出的波纹，一浪一浪，层次分明；羊栖菜的网格纵横成阡陌，渔舟轻盈地点缀其间；远处的南策、北策岛，被灰色的线条勾勒得流畅清晰，历历在目；近在咫尺的半屏山，却因强烈的阳光晕染得扑朔迷离；海平线是碧波与天穹间一道柔美的黛色划痕，越过这道苍茫的海平线，便是台湾的基隆。在那里，有舳舻千里与椰雨蕉风，还有半屏山的另半屏。此时的海平静安详，仿佛慈祥的母亲，在轻轻摇晃拍打着哼哼入睡的孩童。

2

仙叠岩顶有座庙宇，建立在岩石间，准确地说，是依傍着一块大岩石搭建出来的，不大，香火却鼎盛。仙叠岩下是渔船出入港口的地方，渔民出海了，渔妇就到这岩顶目送渔船驶向东海。当渔船变成一个小黑点，渐渐在视野里消失，她们便走进庙宇，匍匐在地，烧香祈祷，求佑风调雨顺，平安丰收。在海岛，神佛是渔家人心灵的守护神，渔妇们平时节衣缩食，一逢修庙或庙会，却慷慨解囊，初一十五，更是举家烧香祭拜。这与海岛人世代长年累月在海上谋生有关。没有天气预报的年月，摇橹张帆出海的渔民，每天都行走在生死边缘。最惨烈的一次，是有一年六月初十，海上突起大风暴，几十只“白底船”（船底刷上白蛎灰的木船）来不及返航。风暴过后，人们蜂拥到仙叠岩上，祈望视野里会出现一个小黑点，像以前的每一次，由远而近，黑点慢慢变大，然后，看到帆旁的红令旗，看到船身的蓝颜色，便知道这是谁家的船。但这一次，奇迹没出现。等了几天，海面依旧空空荡荡，曾经浊浪滔天的海已变得平静如砥，若无其事，渔船却依然杳无音信。渔妇们才不得不接受人和船都已葬身海底的现实，隐忍了许久不忍落下的泪，随着一声恸哭，纷纷夺眶而出，像雷管引爆了一大片地雷般，一时间，仙叠岩上哭声如雷，惊天动地。岛上每家每户都有人在那天丧生，母亲告诉我，那时，好长一段时间，走到哪都会听到孤儿寡母的哀哭，一个人的哭声，就会引出一大群人的眼泪，好像悲伤大合唱。我姥爷就死于那一次海难，姥姥几乎哭瞎了眼。姥姥有三个儿子，都是渔民，她每天都提心吊胆，一点风吹草动，就战战兢兢，仙叠岩成了她的望子崖。三年后，她的大儿子，我的大舅舅，也重蹈姥爷的覆辙，一去不回。丧夫失子的打击，何其惨痛。从此，姥姥精神恍惚，常自言自语，或突然喊姥爷和大舅的名字。她的眼睛也落下暗疾，看啥都像抖动的相片，模模糊糊，又颤动不已。

仙叠岩右侧向西延伸出一片礁石，与对面的半屏山形成一个不足百米的通道，落潮时更窄，仅容两三只渔船通过，这是渔船进出港口的必经之路。渔民们在礁石上建了座两米多高的灯塔，作为助航标志。夜深人静，四周幽暗，一灯孤悬，归航的渔民们远远地看到这一明一灭的灯火，精神顿时一振：家到了！摇橹摇得酸疼的手，又会变得勇武有力，因为家就在不远处了，黑暗中有一盏昏黄的灯，是为他点燃的，有一双眼睛因等待他而焦灼疼痛。

解放前，灯塔没电，用的是大号柴油灯，每户人家轮流值班添油。一个暴风雨夜，小舅舅外出捕鱼未归，姥姥坐卧不安，她担心雨太大轮值的人家没去点灯，又担心灯会被暴风雨吹灭，没有灯塔的指引，夜黑风高，小舅舅怎么找得到回家的路。姥姥披着蓑衣，冒着大雨摸到仙叠岩下，愣是在灯塔下守了一夜，等回了小舅舅。

如今，渔民们用的是现代化导航设施齐备的钢制渔轮，但面对波谲云诡的大海，很多时候仍束手无策，海难偶有发生，仙叠岩顶上庙宇的香火仍缭绕不息，仙叠岩仍是渔妇们的“盼归崖”。

3

站在仙叠岩上看半屏山，是绝好的观景处。“半屏山，一半在洞头，一半在台湾”，这是海岛人打小就会唱的童谣。传说台湾基隆的半屏山和这半屏原是合在一起的，后被发怒的龙王用龙尾劈到台湾。那似被刀削斧劈过的屏壁，依然保持着千万年前那一劈的姿势；绵延千里的屏壁，固执地寸草不长，让伤口依稀疼痛依旧。

从记事起，每年正月初一，母亲都会带着穿戴一新的我到仙叠岩烧香膜拜。每次，烧完香后，母亲就独自坐在面向大海的危石上，默默地，目光长久地锁定远方，慢慢地，眼中盈满了泪。

母亲唯一的姐姐，我的姨妈，在海的那一边。后来才知，就在台湾岛靠洞头最近的基隆港。

母亲和姨妈小时，每年正月初一，都随姥姥到仙叠岩顶的庙宇烧香，为在风口浪尖讨生活的父兄祈福。那时，她们还小，生离死别的苦难还没降临，还不识愁滋味。她们喜欢把双手拢在嘴边，对着渺远的海天大声呼喊对方的名字玩，“阿真……”“嫣然……”，声音传出很远，随汹涌的浪涛起起伏伏，仿佛渺远的海天都记录了她们好听的名字，她们才得意地相对哈哈大笑。可解放前夕的一个风雨夜，姨妈出去寻找新婚不久的丈夫，再没有回来。

我姨父是在出海捕鱼归来时，连人带船被撤退的国民党部队带走，一同被带走的，还有在码头开杂货店的张伯的儿子。姨妈不吃不喝，哭了几天几夜，我母亲也陪着不吃不喝流泪不已。姨妈心疼妹妹，强忍悲痛做了一锅芥菜糊糊，把平时舍不得吃，要放到过年才吃的虾米、鳗鱼干，都放进去。我母亲那时年纪尚小，又饿了几天，加了虾米的芥菜糊糊香味扑鼻，开始，她还抽抽泣泣吃得没滋没味，后来，就把悲痛放到了一边，捧着碗窸窸窣窣地吃将开来。她还没有从美味中醒过来，姨妈拉着她的手，说：妹，我要去找你姐夫，你先不告诉娘，找到了我就回来。母亲抱着姨妈死不肯放手，说，要去我也去，我帮你划船。姨妈说：父亲和大哥都没了，我们俩再都走了，娘怎么办？我一定会回来。母亲无奈，帮姨妈收拾几件衣裳，看着她坐上小船离去。姨妈走后，母亲天天跑到仙叠岩上望啊等啊，可归舟一只又一只，却没有一只带回她的姐姐。就在母亲快要绝望的时候，姨妈回来了，一个人，又黑又瘦，衣衫褴褛。她一路打听部队撤退的消息，一路追寻而去，可总是迟一步。毕竟年轻，休整几天后，姨妈的身体就恢复了。一天黄昏，风雨交加，姨妈正在喂猪，张伯匆匆跑来说，有姨父他们的消息了，他儿媳妇要去找，问姨妈要不要一起去，姨妈扔下猪食桶，就跟着走了，连门都没关，只托张伯跟我母亲说一声。这一去，音讯全无，许多年后，才有消息说姨妈随姨父去了台湾。

儿时常听母亲和姥姥紧闭房门悄悄说起姨妈，相对抹泪："这么多年了，不知是死是活，也没个信儿。"那时，对台湾亲人的思念，不仅不能表达，平日里，每当有人提及姨妈，母亲总用轻描淡写的口吻，说，早死了。然后紧抿嘴唇，一整天都不言语，好像一张开嘴，这恶毒的咒语就会应验，在无人处，母亲才潸然泪下。

仙叠岩是母亲能去的离姨妈最近的地方，她要在这里默默地倾诉，祈祷，把满腔的牵挂和思念都交付仙叠岩来承载。上世纪八十年代初的一天，我家突然收到一封境外来信。信封上贴满了花花绿绿的邮票，盖了好多圆的方的邮戳，字是竖排的繁体字。母亲看了好一会儿，突然跑出去拴上门，流着泪小声地对我姥姥说，姐姐还活着，就在对面的基隆。后来，两岸三通了，姨妈回来过三次，从台北转香港经上海到温州，再坐4个小时的轮船到洞头，一路辗转。每次见面，姐妹俩都不眠不休地絮叨，每次分手，姐妹俩都垂泪惜别。姨父的坟在基隆，儿女们还在台湾，姨妈离不开她生活了数十载的地方，他乡故乡，故乡他乡，姨妈不知哪里才是她灵魂安息的地方。台杭直航时，姨妈已是耄耋之年，又体弱多病，不能远行。老姐妹俩相约，每年正月初一，一个在基隆的仙洞岩，一个在洞头的仙叠岩，烧香祈福，遥寄相思。去年过年，八十三岁的母亲因股静脉栓塞，左腿肿得像“大象腿”，不能弯曲，更无法行走。正月初一那天，她非要去仙叠岩，劝都劝不住，我哥哥只好背着她去。母亲坐在小庙前的石头上，哥哥用手机拨通了姨妈的电话，信号断断续续，老姐俩的听力都不太好，她们倾尽全力呼喊对方的名字，像儿时那般。听着母亲急切的声音，哥哥叹息，何幸生为姐妹，何不幸骨肉如此长分离！

4

从仙叠岩边的石阶拾级而下，不一会儿，就到了听涛亭。石阶是从一片深灰色的岩石上凿出来的，石阶边的岩石上盛开着一朵朵雏菊似的苔藓，或灰白或淡黄，绵延成一大片，像一处菊花的园圃。岁月的风霜竟以风雅清绝的手笔，装点这些寂然无声的礁岩，让人感慨良多。

坐在听涛亭前的礁石上，托腮细听海的吟咏，海像情人般喁喁细语。远处走来一对小恋人，身穿红蓝相间的情侣装，牵着手，沿着灯塔边的小路，一直攀爬到海边，在临水的地方坐下来，相依相偎，撩着水玩，夕阳的余晖和海面的金波，把他们的身影打上了一轮绚丽的光圈。

我想起若兰。若兰是三婶的女儿，大我二岁，打小我就喜欢跟着她一起玩耍，一起去溪边浣衣。上小学起，若兰就负责做全家人的饭菜，我常帮她拉风箱，而她每天把我的长发编成漂亮别致的麻花辫。有一年，我头上长虱子，母亲要一剪了之，我哭着找若兰，若兰苦求我母亲，并保证会把我头上虱子清干净。一有空，她就拿着篦子，拆掉我的发辫，一遍遍地篦虱子，有时篦久了，头皮很痛，我忍不住想哭，她就改用手拨开我的头发，轻轻地把发丝上白色的虱子卵捋下来，让我咯嘣咯嘣挤着玩。后来，若兰初中没毕业，就自作主张去水产加工厂做工，供两个弟弟上学。

我曾和若兰一起到听涛亭见识过大海的怒吼。我收到温州卫校录取通知书那天，若兰比我还高兴，抱着我又笑又跳，直夸我有出息，为渔家女争了光，然后，她神秘地说要带我去好玩的地方。台风将临，风把碗口粗的笔直的桉树都吹弯了腰，雨也疏一阵紧一阵的，大人们忙着做抗台准备。若兰拉着我跑到仙叠岩，沿着石阶（那时没修建好）慢慢爬下来，到了听涛亭，浊浪一个接一个打到脚边，海像一群发狂的困兽，对半岛发起一次次猛攻。听涛亭下的崖缝，被一拨拨进攻的海浪，擂出阵阵洪钟般的轰鸣，我吓得浑身哆嗦，若兰却很兴奋，在汹涌扑来的浪花间跳来跳去，又是尖叫又是大笑，她说，胆小鬼，我一个人来过好多次，我就喜欢这样的波涛，气势磅礴，荡气回肠，多带劲！

若兰二十岁时，我还在温州读书，寒假回来，她悄悄地告诉我，她爱上了一名驻岛边防军官。她面若桃花，眼睛晶亮，一副恋爱中人的俏模样。

边防大队离村子不远，每天都能听到战士们操练时发出的整齐喊声。挂着鲜艳五星红旗的大队军艇，就停靠在我家前的码头上。若兰爱上的军官，叫王冠，是军艇上的干事，长得不算帅，但穿着军装，有股逼人的英气。二十岁的若兰纯朴甜美，洋溢着青春气息，王冠很喜欢她，他向老家的未婚妻“摊牌”，未婚妻威胁他，如不跟她结婚，就将他跟驻地女青年谈恋爱的事告诉部队，他的前程就毁了。这些事，王冠始终没瞒若兰，却也没推开她，任由若兰陷入温柔情网，不能自拔。若兰不想影响他前程，又无法斩断情丝。纠纠缠缠中，三四年过去了，这期间，若兰悄悄堕过两次胎。若兰二十五岁生日那天，王冠送了一条红色的丝巾给她，却告诉她，他得回去结婚了，婚后部队要提拔他当副艇长。若兰心如死灰。王冠走后，她失魂落魄，终在一个落雨的午后，踉跄到他们牵手过无数次的听涛亭，纵身一跃，花样生命凋谢了。她留下一封信：一切都是女儿自愿，与王冠无关，千万不可去部队闹事。闻讯赶来的三婶，哭得死去活来：兰啊，你怎么这么糊涂，不孝的女儿啊，你让我怎么活啊！十八年来，三婶凄厉的哭声在我耳边时时回荡。

我想象不出，一个花样女子要何等伤心绝望才会走上这条路，若兰纵身一跃前，可曾想过她的母亲？她用生命来爱的那个男人，后来，我曾碰到，他跟打扮得花团锦簇的妻子女儿，一家人其乐融融在肯德基就餐。他会在鲜衣怒马的生活之余想起若兰，那个为他而死的女孩吗？我无从得知。我只知道，若兰死后，三婶便卧病不起，第二年就去世了。若兰地下有知，应该明白，真正痛惜她的，只有骨肉至亲，用生命去爱一个人没有错，但爱错了，可重新来过的，不是吗？

“若兰——”我轻声唤着，泪盈满眶。十八年来无数次在梦中喊着这个名字，醒来泪湿枕巾。那一对穿情侣装的小恋人嘻嘻哈哈地一前一后追逐着从我的前面经过，女孩跑过来，说，姐，帮我们拍个合影吧。男孩从后面抱住女孩，女孩娇美地倚在男孩胸前，我接过相机，咔嚓一声，那些柔情蜜意定格在仙叠岩下。爱情的最初，都是这般美好。为这美好，多少人用生命来埋单。

抬起头，半屏山顶晚霞绚烂如火，变幻莫测，一片乌云压过来，如火的晚霞变成了一片绛紫色的湖水，中间，一道金色的光线，像是谁驾着小船犁开平静的湖面。回过头来，仙叠岩上，一轮圆月正淡淡地悬挂着，只等夕阳收去余晖，她便要挥甩起清辉的水袖，而仙叠岩那刀削斧劈般的岩石，也柔曼温情起来。

图书在版编目（CIP）数据

山水间 / 施立松著. -- 南昌：百花洲文艺出版社,2016.11
ISBN 978-7-5500-1982-9

Ⅰ. ①山… Ⅱ. ①施… Ⅲ. ①散文集 - 中国 - 当代
Ⅳ. ①I267

中国版本图书馆CIP数据核字(2016)第266101号

山水间

施立松　著

出版人　姚雪雪
责任编辑　王丰林
美术编辑　张诗思
制　作　李秀娟
出版发行　百花洲文艺出版社
社　址　南昌市红谷滩新区世贸路898号博能中心一期A座20楼
邮　编　330038
经　销　全国新华书店
印　刷　江西千叶彩印有限公司
开　本　787mm×1092mm　1/16　印张　18.75
版　次　2017年5月第1版第1次印刷
字　数　260千字
书　号　ISBN 978-7-5500-1982-9
定　价　35.00元

赣版权登字　05-2016-359

邮购联系　0791-86895108
网　址　http://www.bhzwy.com